HEYNE BÜCHER

SCIENCE FICTION

Herausgegeben
von Wolfgang Jeschke

HIGH
8000

BEST OF SCIENCE FICTION
herausgegeben von
WOLFGANG JESCHKE

Band 1: Bob Shaw, ANDERE TAGE, ANDERE AUGEN · 06/8001
Band 2: D.G. Compton, TOD LIVE · 06/8002
Band 3: John Brunner, SCHAFE BLICKEN AUF · 06/8003
Band 4: John Brunner, MORGENWELT · 06/8004
Band 5: Dan Simmons, HYPERION · 06/8005
Band 6: Dan Simmons, DER STURZ VON HYPERION · 06/8006
Band 7: Kurd Laßwitz, AUF ZWEI PLANETEN · 06/8007
Band 8: Norman Spinrad, CHAMPION JACK BARRON · 06/8008
Band 9: C. S. Lewis, DER SCHWEIGENDE STERN · 06/8009
Band 10: Harry Harrison, NEW YORK 1999 · 06/8010
Band 11: R. A. Lafferty, IM ORBIT · 06/8011 (in Vorb.)
Band 12: Ward Moore, DER GROSSE SÜDEN · 06/8012

Taschenbücher mit festem Einband

HIGH
8000

Eine Auswahl guter Science Fiction
herausgegeben von
WOLFGANG JESCHKE

WARD MOORE

DER GROSSE SÜDEN

Roman

Aus dem Amerikanischen von
WALTER BRUMM

WILHELM HEYNE VERLAG
MÜNCHEN

HEYNE SCIENCE FICTION & FANTASY
Band 06/8012

Titel der amerikanischen Originalausgabe
BRING THE JUBILEE
Deutsche Übersetzung von Walter Brumm
Das Umschlagbild ist von Arndt Drechsler

Umwelthinweis:
Dieses Buch wurde auf chlor- und
säurefreiem Papier gedruckt

Bearbeitete Neuauflage

Redaktion: Wolfgang Jeschke

http://www.heyne.de
Taschenbuchausgabe 3/2001
Printed in Germany 1/2001
Umschlaggestaltung: Nele Schütz Design, München
Technische Betreuung: M. Spinola
Satz: Schaber Datentechnik, Wels
Druck und Bindung: Ebner Ulm

ISBN 3-453-17949-8

Inhalt

Der sogenannte Parallel- oder Alternativwelt-Roman (die *alternate timestream novel*) berichtet aus einem ›kontrafaktischen‹ Universum, das mit unserer Welt mehr oder weniger Ähnlichkeit aufweist, in dem die Geschichte jedoch anders verlaufen ist. Diese andersartige Historie wird auf ein Ereignis im sogenannten Konvergenzpunkt zurückgeführt – oftmals handelt es sich nur um eine winzige Veränderung, mit der eine entscheidende Weichenstellung erfolgte. Sie kann durch einen Zufall ausgelöst werden oder sie wird durch einen Zeitreisenden unabsichtlich bzw. absichtlich herbeigeführt, der in seine Vergangenheit eingreift und so die Zukunft – seine Gegenwart – verändert. Die geschickte Verknüpfung von Zeitreise- und Parallelwelt-Roman ist Science Fiction auf höchstem Niveau, die brillante Gedankenspielereien über historische Alternativen erlaubt, indem sie Möglichkeiten ausmalt, die um ein Haar hätten Wirklichkeit werden können.* Und nicht nur das: Auch die Historiker greifen bei der Wahl ihres analytischen Werkzeugs zunehmend auf diese geschichtstheoretische Denkfigur zurück, auf die kontrafaktische Hypothese, das ›Was wäre, wenn…?‹: Wenn Marc Anton Kleopatras Nase nicht gepaßt hätte? Wenn John F. Kennedy das Attentat in Dallas überlebt hätte? Wenn Gorbatschow Ende der achtziger Jahre entmachtet worden wäre? Und natürlich die Frage

* Exemplarische Szenarien dieser Art bieten die beiden Bände ›Wenn Napoleon die Schlacht bei Waterloo gewonnen hätte und andere abwegige Geschichten‹, hrsg. von J. C. Squire (Heyne SF 06/6310), und ›Alexanders langes Leben, Stalins früher Tod und andere abwegige Geschichten‹, hrsg. von Erik Simon (Heyne SF 06/6311).

aller Fragen: Wenn Hitler als junger Mann in Wien gestorben wäre...?*

Ward Moores Roman ›Der große Süden‹ (›Bring the Jubilee‹), der heute als der große Klassiker amerikanischer Parallelwelt-Science Fiction gilt, ist ein Musterbeispiel dafür, wie intellektuell anregend, aber auch emotional fesselnd solche kontrafaktischen Spekulationen sein können. Der Roman spielt im zwanzigsten Jahrhundert, aber in einer Welt, in der die Südstaaten den amerikanischen Bürgerkrieg gewannen, der industrielle Norden wegen der hohen Reparationszahlungen an den reichen Süden verelendet ist und von permanenten Krisen geschüttelt wird und Nordamerika ein Agrarstaat geblieben ist, der im Spiel der Großmächte wenig Gewicht hat.

Protagonist ist ein junger Mann namens Hodge Backmaker, der aus der Provinz nach New York kommt, um dort sein Glück zu versuchen. Er findet Arbeit bei einem Buchhändler und widmet sich mit zunehmendem Interesse der Geschichte seines Landes. Schließlich wird er in Haggershaven aufgenommen, einer Wissenschaftler-Kommune, die von einem ehemaligen Offizier der konföderierten Armee namens Herbert Haggerwells gegründet wurde. Die Enkelin des Gründers, eine begnadete Physikerin, beschäftigt sich mit der Entwicklung eines Geräts, mit dem sie glaubt, Reisende in die Vergangenheit schicken zu können. Diese ›Zeitmaschine‹ steht kurz vor der Vollendung.

Die Sehnsucht jedes Historikers ist natürlich, Geschichte ›vor Ort‹ zu studieren, um sich letztgültig Klarheit darüber zu verschaffen, wie sich die Dinge tatsächlich abgespielt haben – etwa die entscheidende Schlacht bei

* Einen akademischen Ausflug in diese zunehmend populärer werdende geschichtswissenschaftliche Methode finden Sie in dem Sammelband ›Virtuelle Geschichte. Historische Alternativen im 20. Jahrhundert‹, hrsg. von Niall Ferguson, Darmstadt 1999.

Gettysburg im südlichen Pennsylvania Anfang Juli 1863, in der General Robert E. Lee den Unionstruppen die kriegsentscheidende Niederlage beibrachte. Hodge Backmaker kann dieser Verlockung nicht widerstehen.
Ward Moore wählte genau dieses Datum zum Konvergenzpunkt: Sein Protagonist reist in die Vergangenheit und versteckt sich in der Nacht zum 4. Juli in einem Obstgarten in der Nähe einer Hügelkette namens Round Tops, die ein Stoßtrupp der Konföderierten besetzen und halten konnte, bis Artillerie herbeigeschafft war, mit der man das Schlachtfeld beherrschte.
Der Zeitreisende wird von diesem Stoßtrupp entdeckt – und die amerikanische Geschichte nimmt einen völlig anderen Verlauf...

Ward Moore in den sechziger Jahren in New York
Copyright © (Foto) by Locus Archives, mit freundlicher Genehmigung von Locus Publications, Oakland, CA

Ward Moore wurde 1903 in Madison, New Jersey, geboren. Als Schriftsteller beschäftigte er sich nur am Rande mit Science Fiction. Er schrieb etwa zwei Dutzend SF-Stories für verschiedene Magazine, von denen vor allem ›Lot‹ (1953) und ›Lot's Daughter‹ (1954) herausragen, und vier SF-Romane, von denen sein Erstling, ›Greener than You Think‹, 1947 publiziert, eine erfrischende Satire über die Verwendung eines neuartigen Kunstdüngers ist, der Rasen unversehens zu einem so monströsen Wachstum verhilft, daß die Menschheit bald vor einem unlösbaren Problem steht. ›Der große Süden‹, 1953 erstmals veröffentlicht, erlebte zahllose Neuauflagen und gehört zu den bedeutendsten Klassikern der amerikanischen Science Fiction. Ward Moore starb 1978.

Wolfgang Jeschke

Das, was er will, er tut; und tut soviel,
Daß solch Gelingen scheint Unmöglichkeit.

Troilus und Cressida

Immer ist es das Rätsel von der Natur der Zeit, das unsere Gedanken zu Stillstand bringt. Und wenn die Zeit so fundamental ist, daß ein Verstehen ihrer wahren Natur für immer jenseits unserer Reichweite bleibt, dann gilt dies nach aller Wahrscheinlichkeit auch für eine Entscheidung in der uralten Kontroverse zwischen Bestimmung und freiem Willen.

James Jeans

DAS GEHEIMNISVOLLE UNIVERSUM

1

Leben in den sechsundzwanzig Staaten

Obwohl ich dies im Jahre 1877 niederschreibe, wurde ich erst 1921 geboren. Weder die Jahreszahlen noch die Zeitformen sind verwechselt - lassen Sie mich erklären:

Wie ich sagte, wurde ich 1921 geboren, doch erst Anfang der dreißiger Jahre, als ich ungefähr zehn war, begann ich zu verstehen, welch eine eigentümliche lähmende Stimmung von Enttäuschung und Hoffnungslosigkeit über meiner Heimat lag. Vielleicht gelangte ich durch das Pastellporträt von Großvater Hodgins, das sehr feierlich und ernst über dem Kaminsims hing, zu dieser Erkenntnis.

Großvater Hodgins, nach dem ich, möglicherweise ein wenig hochtrabend, Hodgins McCormick Backmaker benannt wurde, war ein Veteran des Unabhängigkeitskrieges der Südstaaten gewesen. Wie so viele junge Männer hatte er auf den Ruf des schlecht beratenen und halsstarrigen - oder zum Märtyrer gemachten - Mr. Lincoln hin eine formlose blaue Uniform angezogen. Je nachdem welchen Gesichtspunkt meines Lebens man sich zu eigen macht.

Auf dem großen Rückzug nach Philadelphia, der auf die Eroberung Washingtons durch General Lees siegreiche Armee von Nord-Virginia folgte, verlor Großvater einen Arm, und so endete der Krieg für ihn sechs Monate vor der Kapitulation von Reading und der Anerkennung der Unabhängigkeit der Konföderierten Staaten am 4. Juli 1864. Einarmig und verbittert kehrte Großvater heim nach Wappinger Falls und versuchte die Fäden seines Lebens in einer veränderten und zunehmend hoffnungslosen Welt wieder aufzunehmen. Wie ihm erging es vielen tausend Veteranen der geschlagenen Unionsarmeen.

Auf den ersten Blick war der Friedensschluß von Richmond eine gerechte Regelung, und man darf sagen, daß ein geschlagener Gegner vom Sieger selten so großmütig behandelt wurde wie in diesem Fall. (Beide Seiten erinnerten sich – wenn auch aus verschiedenen Gründen – nur zu gut an die Meuterei der Unionstruppen in den Armeen des Cumberland und Tennessee, die trotz ihrer Niederlage bei Chattanooga die früheren Erfolge von Vicksburg und Port Hudson nicht hatten vergessen können und ungeachtet des Befehls, die Waffen niederzulegen, weitergekämpft hatten.) Der Süden hätte das Land leicht nach den Wünschen seiner feurigsten Patrioten aufteilen können, bis hin zur Abtrennung des Westens und seiner Umwandlung in ein Protektorat. Statt dessen gaben die ritterlichen Südstaatler sich damit zufrieden, die neue Grenze entlang traditionellen Linien zu ziehen. Die Mason-Dixon-Linie gab ihnen Delaware und Maryland, aber sie verzichteten großmütig auf den nach Norden vorstoßenden Pfannenstiel von West-Virginia. Missouri wurde natürlich in die Konföderation aufgenommen, doch von den strittigen Territorien wurden Colorado und Deserets der alten Union zugeschlagen; nur Kansas und Kalifornien sowie die Südspitze Nevadas fielen an den Süden.

Aber der Friede von Richmond hatte dem geschlagenen Norden auch die Kriegskosten auferlegt, und dies machte Großvater Hodgins mehr zu schaffen als der Verlust seines Armes. Unter der Regierung von Vallandigham trat die Nachkriegsinflation in ihr galoppierendes Stadium ein, um während der Amtszeit des Präsidenten Seymour schwindelerregende Ausmaße anzunehmen und die Hungerrevolten von 1873 und 74 auszulösen. Erst nach der Wahl des Präsidenten Butler durch die Liberalen im Jahre 1876 und die darauf folgende drastische Deflation wurde der Geldwert stabil, aber inzwischen waren alle Vermögen ruiniert, und selbst der Grundbesitz geriet in den Strudel. Unterdessen mußten die Kriegsentschädigungen regelmäßig in Gold bezahlt werden. Großvater schien einfach nicht wieder auf die Beine zu kommen, und wie ihm ging es Hunderttausenden.

Wie gut erinnere ich mich aus der Zeit meiner Kindheitsjahre an die häufigen bitteren Bemerkungen und Gespräche meiner Eltern über die ruinösen Folgen des Krieges. Dabei meinten sie nicht etwa den jüngst vergangenen Kaiserkrieg von 1914–16, sondern den Unabhängigkeitskrieg des Südens, der noch immer, fast siebzig Jahre später, am Gedeihen hinderte, was von den Vereinigten Staaten übriggeblieben war.

Dies war nicht etwa eine Eigentümlichkeit oder Marotte meiner Eltern. Die Männer, die in der Schmiede herumstanden, während Vater ihre Pferde beschlug, oder sich jeden Monat vor der Poststelle einfanden, um den Aushang der Lotteriezahlen zu erwarten, die bei der Auslosung gewonnen hatten, ergingen sich ebenso oft in Verwünschungen der Konföderierten oder Spekulationen, was geschehen wäre, wenn Meade ein besserer oder Lee ein schlechterer General gewesen wäre, wie sie über die Vorzüge der neuen Fahrräder diskutierten, deren Federwerk-Hilfsantrieb die Bergfahrt erleichterte, oder den neuesten Skandal um den französischen Kaiser Napoleon VI. kolportierten.

Ich versuchte mir vorzustellen, wie es zu Großvater Hodgins' Zeiten gewesen sein mußte, und malte mir die verlorene Vergangenheit aus – jene seltsam heitere und lichtvolle Ära, in welcher, wenn man den Geschichten Glauben schenken durfte, Leute wie wir und unsere Nachbarn Eigentümer ihrer Höfe gewesen waren und keine erdrückenden Schuldzinsen an die Bank gezahlt oder die Hälfte der Ernte an den Grundbesitzer abgeliefert hatten. Ich durchsuchte die feinen Rötelstriche, aus denen Großvater Hodgins' Gesicht gemacht war, nach irgendeinem Zeichen, das ihn vor seinen Abkömmlingen auszeichnete.

»Aber was machte er, daß er den Hof verlor?« pflegte ich meine Mutter zu fragen.

»Was er machte? Nichts. Er konnte es nicht verhindern. Jetzt geh und tu deine Arbeit; ich habe eine Menge zu tun und werde kaum damit fertig.«

Wie konnte der Umstand, daß Großvater nichts gemacht hatte, so katastrophale Folgen haben? Das blieb mir so unverständlich wie jene vergangene Zeit, da ein gesunder Mann so gut wie immer Arbeit zu einem Lohn finden konnte, der es ihm erlaubte, sich und seine Familie zu erhalten. Heutzutage war das System der langfristigen Kontraktarbeit so verbreitet, daß es zur Armut praktisch nur die Alternative gab, sich an ein Unternehmen zu verkaufen.

Kontraktarbeit verstand ich gut, denn in Wappinger Falls gab es eine Weberei, die minderwertige Stoffe herstellte, sehr verschieden von denjenigen, die meine Mutter auf ihrem Handwebstuhl erzeugte. Obgleich schon Ende vierzig, hätte Mutter sich dort für einen guten Preis verpflichten können, und sie gab zu, daß die Arbeit leichter sein würde, als die Mühsal der Handweberei zu Hause, mit deren Produkten die schundige Fabrikware sich freilich nicht messen konnte. Aber wenn man sie darauf ansprach, pflegte sie mit einem hartnäckigen Kopfschütteln zu sagen: »Frei wurde ich geboren, und frei will ich sterben.«

Wenn man den Erzählungen der Leute und den Familienüberlieferungen glauben konnte, dann hatten die Männer und Frauen zu Großvater Hodgins Zeiten früh geheiratet und große Familien gehabt; unter den damaligen Verhältnissen wären zwischen ihm und mir vielleicht fünf Generationen gewesen, statt der zwei, die uns tatsächlich trennten. Und ich hätte eine Menge Onkel, Tanten,

Vettern, Basen, Brüder und Schwestern gehabt. Jetzt waren späte Eheschließungen und Einzelkinder die Regel.

»Wenn der Krieg nicht gewesen wäre...« Dies war das stets gleichbleibende Grundthema, dessen Variationen dem jeweiligen Umstand angepaßt wurden. Wenn der Krieg nicht gewesen wäre, dann würden die aktivsten und unternehmungslustigsten jungen Leute nicht auswandern; zu Besuch im Land weilende Ausländer würden sich nicht wie in einem Armenhaus fühlen; und die Großmächte würden es sich zweimal überlegen, bevor sie jedesmal, wenn einer ihrer Bürger behelligt wurde, Truppen zur Wiederherstellung der Ordnung schickten. Wenn der Krieg nicht gewesen wäre, dann würde der abscheuliche Aufkäufer aus Boston - abscheulich für meine Mutter, für mich aber in seiner bunten Weste und mit dem Duft von Seife und Haarwasser eher faszinierend - es nicht wagen, ihr einen so elend schlechten Preis für ihre handgewebten Stoffe zu zahlen.

»Die verdammten Fremden!« rief sie immer, nachdem er gegangen war. »Schicken den guten Stoff außer Landes.«

Einmal wagte mein Vater zu sagen: »Er tut nur, wofür er bezahlt wird.«

»Man kann sich darauf verlassen, daß ein Backmaker für Fremde eintritt. Wie der Vater, so der Sohn; wenn es nach dir ginge, würden wir die ganze Diebesbande ins Land lassen.«

Für mich war das die erste Andeutung des Skandals, der Großvater Backmaker anhaftete. Kein Porträt von ihm hing irgendwo, schon gar nicht über dem Kaminsims. Ich gewann den Eindruck, daß der Vater meines Vaters nicht nur ein gebürtiger Ausländer gewesen sei, sondern darüber hinaus ein zwielichtiger Charakter, ein Mann, der weiter an die Dinge geglaubt hatte, für die Großvater Hodgins ins Feld gezogen war, selbst nachdem sie sich als falsch erwiesen hatten. Ich weiß nicht, wo und von wem ich erfuhr, daß Großvater Backmaker in seinen Reden gleiche Rechte für Neger befürwortet und gegen die Massenlynchungen protestiert hatte, die im Norden so beliebt waren, im Gegensatz zu der humanen Behandlung, die diesen Nichtbürgern in der Konföderation zuteil wurde. Auch erinnere ich mich nicht mehr, von wem ich hörte, daß er aus mehreren Orten vertrieben worden sei, ehe er sich schließlich in Wappinger Falls niedergelassen habe, und daß die Leute ihn hinter seinem Rücken einen ›dreckigen Abolitionisten‹ geschimpft hätten – eine in der Tat sehr schwerwiegende Beleidigung. Ich weiß nur, daß mein Vater, ein bescheidener, hart arbeitender, bekümmerter kleiner Mann, infolge dieses Makels völlig von meiner Mutter beherrscht wurde, die ihn niemals vergessen ließ, daß ein Hodgins oder ein McCormick so viel wert sei wie Dutzende von Backmakern.

Ich muß eine Plage und ein Ärgernis für sie gewesen sein, denn ich zeigte nichts von der Schlagfertigkeit und dem Selbstbewußtsein der Hodgins, die sie selbst in so reichem Maße besaß und die uns allen ein Leben in – wenn auch ständig gefährdeter – Freiheit sicherten. So war ich bemerkenswert ungeschickt und unbeholfen, von wenig Nutzen in den hundert notwendigen Arbeiten um unser baufälliges Haus. Ich konnte nicht einen Hammer nehmen und auf ihr Geheiß die losen Schalbretter an der Ostseite festnageln, ohne mir auf die Finger zu schlagen oder das alte, grau verwitterte Holz zu spalten. Ich konnte den Küchengarten nicht mit der Hacke jäten, ohne wertvolles Gemüse zu beschädigen und Unkräuter zu übersehen. Im Winter konnte ich enorme Mengen Schnee schaufeln, denn ich war kräftig und hatte Ausdauer, aber Arbeit, die manuelle Geschicklichkeit erforderte, brachte mich in Verlegenheit. Wenn es galt, Bessie, unsere Stute, anzuschirren oder für die Fahrten meines Vaters nach Poughkeepsie vor den Wagen zu spannen, fummelte ich stümperhaft herum, und was meine Mithilfe auf dem Hof und in seiner kleinen Schmiede anging, so fürchte ich, daß meine Bemühungen diesen sanften Mann so nahe an einen Zornesausbruch heranbringen konnten, wie das bei ihm überhaupt möglich war. Dann ließ er beim Pflügen die Zügel sinken oder legte seinen Hammer auf den Amboß und sagte in einem Ton düsterer Trauer:

»Sieh lieber zu, ob du deiner Mutter helfen kannst, Hodge. Du bist mir hier nur im Wege.«

Nur in einem Punkt gelang es mir, Mutter zu erfreuen: Ich lernte frühzeitig Lesen und Schreiben und brachte es in beidem zu einer nicht alltäglichen Fertigkeit. Aber selbst hier gab es einen Makel; sie betrachtete Bildung als etwas, das die Hodgins und McCormicks von der großen Masse unterschied, als eine Errungenschaft, die irgendwie und auf nicht näher bestimmbare Art und Weise geeignet sein könnte, einen aus der Armut herauszuführen. Für mich hingegen war das Lesen Selbstzweck, und das gemahnte sie vermutlich an meines Vaters Lässigkeit oder Großvater Backmakers Subversion.

»Mach etwas aus dir, Hodge«, riet sie mir oft. »Du kannst die Welt nicht ändern« - eine offensichtliche Anspielung auf Großvater Backmaker -, »aber du kannst es in ihr zu etwas bringen, wenn du dich nur genug darum bemühst. Es gibt immer einen Weg.«

Gleichwohl mißbilligte sie die Postlotterie, auf die so viele ihre Hoffnungen auf ein Entkommen aus der Armut oder der Kontraktknechtschaft setzten. In diesem Punkt waren sie und mein Vater einer Meinung; beide verließen sich lieber auf ihrer Hände Arbeit als auf die Gunst des Zufalls.

Aber auch dem fleißigen Arbeiter konnte der Zufall einmal zu Hilfe kommen. So geschah es einmal, daß ein Minibi - eine der kleinen, zur Personenbeförderung entwickelten Lokomobilen - kaum eine Viertelmeile von Vaters Schmiede entfernt liegenblieb. Das war ein noch nie dagewesener, unglaublicher Glückszufall. Minibile waren, wie jeder andere Luxus, in den Vereinigten Staaten selten, wenn sie auch in prosperierenden Ländern wie der Deutschen Union oder der Konföderation ziemlich verbreitet waren. Wenn wir reisen mußten, bedienten wir uns des nie versagenden Pferdes oder der privaten Eisenbahnlinien, so abgenutzt und heruntergekommen sie auch waren. Seit Jahrzehnten wurde im Kongreß über die niemals vollendete transkontinentale Strecke zum Pazifik diskutiert, obwohl Kanada bereits eine und die Konföderierten Staaten sogar mehrere solcher transkontinentalen Schienenstränge besaßen. (Segelballons, wirtschaftlich und relativ verbreitet, wurden noch immer mit einigem Mißtrauen betrachtet.) Nur ein Millionär mit Verbindungen in Frankfurt, Washington-Baltimore oder Leesburg konnte sich ein kostspieliges und kompliziertes Minibil leisten, zu dessen Betrieb überdies ein ausgebildeter Fahrer benötigt wurde, der es über die ausgefahrenen und mit tiefen Löchern durchsetzten Landstraßen zu lenken hatte. Nur ein außergewöhnlich wagemutiger und abenteuerlustiger Geist würde sich einfallen lassen, die geteerten Straßen New Yorks oder seiner Schwesterstadt Brooklyn, wo die Vollgummireifen der Minibile schlimmstenfalls in den Geleisen der Pferdebahnen einen Halt finden konnten, mit den von tiefen Spurrinnen durchzogenen, je nach Jahreszeit morastigen oder waschbrettartigen Landstraßen zu vertauschen, die nördlich des Harlem River begannen. Wagte man dennoch eine Überlandfahrt, so führte das Stoßen, Rütteln und Schaukeln unausweichlich zur Lockerung oder zum Bruch empfindlicher Teile des komplizierten Mechanismus. Dann war die nächste Dorfschmiede der einzige rettende Ausweg, abgesehen von der Möglichkeit, in die Stadt zu telegrafieren, falls die Panne sich in der Nähe einer Telegrafenstation ereignet hatte. Ein Schmied auf dem Lande verstand meist wenig von der Mechanik der Minibile, aber wenn er das zerbrochene Teil vor sich hatte, konnte er ein passables Duplikat anfertigen und einbauen, es sei denn, die Maschine hätte ernsten Schaden erlitten. Es war der Brauch, daß ein ländlicher Schmied oder Wagner sich die Zeit, für die solche unvorhergesehenen Reparaturen ihn vom Beschlagen der Pferde, dem Einbau von Blattfedern oder auch nur vom Kauen auf einem Haferhalm abhielten, ›vergolden‹ ließ, indem er ein exorbitantes Entgelt verlangte, das sich bis zu fünfundzwanzig oder dreißig Cents pro Stunde versteigen konnte, und so seine ländliche Armut und Selbstgenügsamkeit am offensichtlichen Reichtum des hilflos gewordenen reisenden Nichtstuers aus der Stadt rächte.

Eine solche goldene Gelegenheit widerfuhr meinem Vater im Herbst 1933, als ich zwölf war. Der Fahrer des Minibils hatte den im abgeschlossenen Passagierabteil schimpfenden Besitzer auf der Landstraße zurückgelassen und den Weg zur Schmiede gefunden. Ein eiliger Besuch überzeugte Vater, der eine Uhr oder einen zerbrochenen Rechen mit gleicher Geschicklichkeit reparieren konnte, daß die Maschine zur Schmiede gebracht werden müsse, wo er ein nicht leicht auszubauendes Teil erhitzen und geraderichten konnte. (Der Fahrer, der Besitzer und Vater wiederholten den Namen des betreffenden Teils oft genug, aber meine Untüchtigkeit in allen ›praktischen‹ Dingen ist mein Leben lang derart gewesen, daß ich mich schon nach zehn Minuten nicht mehr daran erinnern konnte, geschweige denn nach dreißig Jahren.)

»Hodge, lauf und hol Bessie und reite hinüber zu Jones! Versuch nicht erst, sie zu satteln – reite ungesattelt. Sag Mr. Jones, er möchte so gut sein und mir sein Gespann leihen.«

Der Eigentümer des Minibils steckte den Kopf aus dem Wagenfenster. »Ich werde dem Jungen einen Vierteldollar Trinkgeld geben, wenn er mit dem Gespann in zwanzig Minuten wieder hier ist«, erklärte er.

Ich will nicht sagen, daß ich wie der Wind auf und davon war, denn ich hege seit jeher eine Abneigung gegen alles Übertriebene und Exaltierte, aber ich bewegte mich schneller, als ich es je zuvor getan hatte. Ein Vierteldollar, ein ganzes glänzendes Silberstück, ein voller Tageslohn für einen Jungen, der sich mit Aushilfsarbeiten durchschlug, ein halber Tageslohn für einen ausgewachsenen Mann, der nicht in Kontraktknechtschaft lebte oder Überstunden leistete – und alles für mich, um es nach Belieben auszugeben!

Ich rannte in einem durch bis zur Scheune, führte Bessie am Zaumzeug heraus und schwang mich auf ihren breiten Rücken, während mein fesselnder Tagtraum mit jedem Augenblick wuchs und sich vertiefte. Im Besitz des Vierteldollars könnte ich meinen Vater vielleicht überreden, daß er mich das nächste Mal nach Poughkeepsie mitnähme; in den dortigen Geschäften könnte ich dann ein paar Ellen gemusterten Baumwollstoffs für Mutter kaufen, oder eine Schachtel Zigarren, die Vater sehr schätzte, sich aber selten leistete; oder ein noch nicht vorgestelltes Etwas für Mary McCutcheon, drei Jahre älter als ich, mit der zu ringen in jüngster Zeit ein ebenso beunruhigender wie zwingender Zeitvertreib geworden war; natürlich im geheimen, um mich nicht unmännlich zu zeigen, indem ich mich mit einem schwachen Mädchen balgte, statt mit einem anderen Jungen.

Es kam mir nicht einmal in den Sinn, das Geld in ein Achtellos der Lotterie zu investieren, ein Gedanke, der den meisten anderen naheliegend erschienen wäre. Nicht nur waren meine Eltern streng gegen dieses volkstümliche Glücksspiel eingestellt, auch ich selbst verspürte eine seltsam puritanische Abneigung, mich mit meinem Glück einzulassen.

Oder ich könnte den ganzen Vierteldollar zu Newmans Buch- und Uhrenladen tragen. Freilich würde ich mir keines der neuen englischen oder konföderierten Bücher leisten können - selbst die neuen Romane, die ich verschmähte, kosteten fünfzig Cents in der Originalausgabe und dreißig als einheimischer Raubdruck -, aber welche Schätze gab es unter den Nachdrucken zu zwölfeinhalb Cents und den Zehn-Cent-Klassikern!

Unter mir die gleichmäßig dahintrabende Bessie, musterte ich in meiner Vorstellung Mr. Newmans gesamten Bücherbestand, den ich von früheren Aufenthalten in seinem Laden, eingelullt vom gleichmäßigen und vielfachen Ticken seiner anderen und ohne Zweifel leichter verkäuflichen Ware, auswendig kannte. Mit meinem Virteldollar könnte ich zwei Nachdrucke kaufen, doch würde ich sie in ebenso vielen Abenden durchlesen und nicht besser daran sein als vorher, bis die Erinnerung an sie verblasste und ich sie wieder lesen könnte. Da wäre es besser, das Geld in einfach broschierte Abenteuergeschichten zu investieren, die harte und spannende Schilderungen des Lebens im Westen brachten oder die Ruhmestaten des Krieges wiederbelebten. Gewiß, sie waren beinahe ausschließlich von Autoren verfaßt, die der früheren Feindseite angehörten, und ich war, vielleicht dank Großvater Hodgins und meiner Mutter, ein treuer Verfechter der verlorenen Sache, für welche die Namen Sheridan und Sherman und Thomas standen. Aber Patriotismus vermochte mich nicht gegen den spannenden Inhalt dieser Broschüren immun zu machen; wenn ich darin las, ignorierte ich einfach die sich bis zum Pazifik erstreckende Grenze.

Ich hatte schließlich beschlossen, meine fünfundzwanzig Cents nicht in fünf neue Broschüren zu investieren, sondern in zehn gebrauchte oder beschädigte Exemplare der gleichen Sorte, als mir auf einmal klar wurde, daß ich seit geraumer Zeit so dahinritt. Ich blickte umher, ziemlich benommen von der abrupten Umstellung vom halbdunklen und muffig riechenden Inneren des Buchladens zu der im hellen Tageslicht ausgebreiteten Landschaft, und entdeckte zu meinem Verdruß, daß Bessie mich nicht zum Jones-Hof getragen, sondern aus eigenem Antrieb einen Ausflug in die entgegengesetzte Richtung unternommen hatte.

Ich fürchte, diese kleine Anekdote hat keine Pointe – ich möchte es nicht eine Pointe nennen, daß ich am selben Abend zusätzlich zum Verlust des versprochenen Vierteldollars von meiner Mutter eine gründliche Tracht Prügel mit einer Weidengerte bekam, nachdem mein Vater sich wie üblich betrübt geweigert hatte, seine elterliche Pflicht zu tun –, außer daß sie vielleicht zeigt, wie leicht ich in der Verfolgung eines Wunschtraumes den Boden der Wirklichkeit verlassen konnte.

Mein Gefühl, daß Bücher ein Teil meines Lebens waren, und der wichtigste Teil dazu, war nicht Ausdruck einer vorübergehenden Phase. Andere Jungen meines Alters träumten davon, in die Wildnisse von Dakota, Montana oder Wyoming zu ziehen, in Kontraktknechtschaft einer Gesellschaft, die von einer jungen und schönen Frau geleitet wurde, oder sie gedachten die von einer Verbrecherbande versteckten Schätze zu heben oder nach Australien oder Südafrika zu emigrieren. Auf der anderen Seite sahen sie sich der Realität der Kontraktknechtschaft gegenüber, der Plackerei auf der elterlichen Hofstelle oder der ungesicherten Existenz von Kleingewerbetreibenden. Ich wollte nur, daß man mich leben ließ.

Es war mir bewußt, daß diese Ambition, wenn das das richtige Wort ist, unerhört und auch praktisch unmöglich war. Die Schule von Wappinger Falls, ein Überbleibsel aus den Tagen der Schulpflicht und ein Gegenstand des Zweifels in den Augen der Steuerzahler, lehrte so wenig wie möglich in möglichst kurzer Zeit. Die Eltern brauchten die Mithilfe ihrer Kinder, um auf ihren kleinen Bauernstellen zu überleben oder um in der illusorischen Hoffnung, sich von der Kontraktknechtschaft freikaufen zu können, Ersparnisse anzulegen. Meine Mutter und mein Lehrer blickten scheel auf mein Verlangen, über ein Alter hinaus weiterzulernen, in dem meine Altersgenossen sich bereits wirtschaftlich nützlich machten.

Noch konnte die schäbige, verstaubte Hochschule in Poughkeepsie, ursprünglich für die Erziehung der Kinder wohlhabender Bürger gegründet, zur Verfügung stellen, was ich wollte - einmal angenommen, ich hätte die Gebühren aufbringen können. Andererseits war mir ganz und gar nicht klar, was es eigentlich war, was ich wollte; ich wußte nur, daß kommerzielles Rechnen, Landvermessung oder irgendein anderes der dort gelehrten Fächer nicht die Antwort auf meine Wünsche sein konnte.

Für den Besuch einer Universität war kein Geld da. Unsere Lage hatte sich nach und nach verschlechtert; mein Vater sprach davon, die Schmiede zu verkaufen und sich durch Kontrakt zu binden. Meine Träume von Harvard oder Yale waren genau so müßig wie Vaters Träume von einer guten Ernte und der Ablösung seiner Schulden. Noch wußte ich damals, daß die Universitäten, wie ich später entdecken sollte, in Stagnation und dumpfen Provinzialismus versunken waren, ganz im Gegensatz zu den blühenden Universitäten der Konföderation und Europas. Der Durchschnittsbürger fragte sich, wozu die Vereinigten Staaten überhaupt Universitäten brauchten; diejenigen, die sie besuchten, lernten dort nur Unzufriedenheit und Zweifel an altehrwürdigen Institutionen. Ständige Überwachung der Fakultäten, summarische Entlassungen aller Lehrkräfte, die abweichender Ideen verdächtigt wurden, und ein von außenpolitischen Rücksichten diktiertes, vorsichtiges und beschränktes Lehrstoffangebot waren wenig geeignet, die Situation zu bessern oder das Niveau zu heben.

Meine Mutter belehrte mich nun, da ich zum Jüngling

herangewachsen war, entschieden und ausführlich über Müßiggang und Genußsucht. »Es ist eine harte Welt, Hodge, und niemand wird dir etwas geben, was du nicht verdient hast. Dein Vater ist ein leichtlebiger Mann; zu leichtlebig für sein eigenes Fortkommen, aber er weiß doch immer, wo seine Pflicht liegt.«

»Ja, Mutter«, antwortete ich höflich, ohne recht zu sehen, worauf sie hinauswollte.

»Harte, ehrliche Arbeit – das ist das einzige. Nicht Hoffen oder Wünschen oder Denken, das Wunder geschehen werden. Arbeite hart und bewahre deine Freiheit. Werde nicht von Umständen oder anderen Leuten abhängig, und mache nicht andere für deine eigenen Schwächen und Fehler verantwortlich. Sei dein eigener Herr. Das ist der einzige Weg, auf dem du jemals dorthin kommen wirst, wo du sein willst.«

Sie sprach von Verantwortlichkeit und Pflicht, als wären es meßbare Quantitäten, aber die sanfteren Bestandteile solcher Gleichungen, die Faktoren Zuneigung und Mitgefühl, wurden niemals erwähnt. Ich möchte nicht den Eindruck erwecken, unsere Familie sei besonders puritanisch gewesen; ich weiß, daß unsere Nachbarn, dem Zwang der Verhältnisse folgend, die gleiche Einstellung freudloser Nüchternheit hatten. Aber ich fühlte mich schuldhaft verwundbar, nicht nur, weil ich mehr Ausbildung ersehnte, sondern auch wegen etwas anderem, was meine Mutter über alles Vergeben hinaus schockiert haben würde, hätte sie davon gewußt.

Meine frühen Balgereien mit Mary McCutcheon hatten zu den natürlichen Konsequenzen geführt, doch hatte sie in mir einen allzu jugendlichen Partner gefunden und ihre Interessen anderswohin verlagert. Ich für mein Teil wandte mich nun Agnes Jones zu, einer plötzlich verlockenden jungen Frau, die scheinbar über Nacht aus dem mageren Kind, das ich immer beiseitegeschoben hatte, hervorgewachsen war. Agnes sympathisierte mit meinen Bestrebungen und ermutigte sie auf die angenehmste Weise. Ihre spezifischen Pläne für meine Zukunft waren jedoch darauf begrenzt, daß ich sie heiraten und ihrem Vater auf seinem Hof helfen solle, was gegenüber dem, was mich zu Haus erwartete, kein großer Fortschritt schien.

Und dort war ich ganz gewiß kein Aktivposten; ich aß drei herzhafte Mahlzeiten am Tag und belegte ein Bett. Ich war mir der Blicke und Bemerkungen bewußt, die mein Erscheinen auslöste. Ein ungeschlachter Tölpel von siebzehn Jahren, zu faul, um einen Handstreich Arbeit zu tun, immer mit dem Kopf in den Wolken oder der Nase in einem Buch. Ein Jammer; und die Backmakers waren so fleißige Leute! Ich konnte mir ausmalen, wie schokkiert meine Mutter über mein leichtfertiges Verhältnis mit Agnes sein würde, mußte sie darin doch eine Bestätigung ihrer zunehmend argwöhnischen Befürchtungen sehen, einen Taugenichts in die Welt gesetzt zu haben.

Dabei war ich weder verdorben noch grundsätzlich anders als die anderen jungen Burschen von Wappinger Falls, die auf der Suche nach ihren Vergnügungen nicht nur nahmen, was sie finden konnten, sondern dies oft mehr gewaltsam als mit Überredung taten. Ich analysierte es nicht klar oder vollständig, doch bis zu einem gewissen Grade war mir die ihrem Wesen nach lieblose Atmosphäre in meiner Umwelt bewußt. Der starre Brauch später Eheschließungen erzeugte einen übertriebenen Respekt vor der Keuschheit, der zwei Seiten hatte: Die Ehre von Schwestern und Töchtern wurde streng gerächt, ohne Proteste seitens der Gesellschaft auszulösen; um so mehr Befriedigung gewährte unentdeckte Verführung. Aber Unzucht und Vergeltung hatten beide etwas Mechanisches; sie waren die erwarteten, nicht die unausweichlichen Leidenschaften. Die Prediger der Erweckungsbewegungen – wir Landleute fanden ein großes Wohlgefallen an diesen umherziehenden Dienern Gottes, die in Abständen in unser Dorf kamen, um uns unsere Sünden vorzuhalten – verdammten unsere Lauheit und wiesen auf die Tugenden unserer Großeltern und Urgroßeltern hin. Wir nahmen ihren Rat mit den Vorbehalten an, die uns angemessen erschienen, was die frommen Männer zuweilen an ihrer Aufgabe verzweifeln ließ.

In dieser Zeit beherzigte ich den Rat meiner Mutter, mein eigener Herr zu sein, auf meine Weise. Was ich ihr und meinem Vater schuldig war, schien am ehesten ausgeglichen, indem ich sie von der Bürde meiner Unterhaltung befreite, da ich selbst offenbar nicht imstande war, die Waagschalen auszugleichen. Die Vorstellung, daß es auf jeder Seite eine gefühlsmäßige Verpflichtung geben könne, kam mir kaum in den Sinn; ich bezweifle, daß sie in ihrem Denken eine Rolle spielte. Gegenüber Agnes Jones verspürte ich überhaupt keine Verpflichtung.

Ein paar Monate nach meinem siebzehnten Geburtstag packte ich meine drei liebsten Bücher in mein gutes weißes Baumwollhemd, und nachdem ich mich höchst romantisch von Agnes verabschiedet hatte, in einer Weise, die sicherlich ihre Zukunftshoffnungen erfüllt haben würde, hätte ihr Vater uns dabei überrascht, verließ ich Wappinger Falls und machte mich nach New York auf.

2

Von Entscheidungen, Minibilen und Tinugraphen

Für die achtzig Meilen hatte ich vier Tage Fußmarsch veranschlagt, wobei eingerechnet war, daß ich mir da und dort durch Arbeit eine Mahlzeit verdienen würde, vorausgesetzt, ich fände Bauern oder Hausfrauen, die einem solchen Tausch zustimmten.

Die Jahreszeit - es war Juni - machte das Schlafen im Freien angenehm, und die alte Poststraße führte nahe genug am Hudson entlang, daß ich ein Bad nehmen konnte, wann immer mich danach verlangte.

Die Gefahren der Reise gehörten zum Leben in den Vereinigten Staaten der Dreißiger Jahre. Ich fürchtete nicht sonderlich, von einer umherstreifenden Bande von Straßenräubern ausgenommen zu werden, denn es schien offensichtlich, daß organisierte Räuber eine so offensichtlich nutzlose Beute verschmähen würden. Mit einzelnen Dieben glaubte ich fertigwerden zu können, aber ich war nicht begierig, von der Bundes-, Staats- oder der Gemeindepolizei wegen Landstreicherei festgenommen zu werden. Als freier Mann war ich dieser Gefahr eher ausgesetzt als ein Kontraktarbeiter, der eine Arbeitskarte bei sich trug und eine Gesellschaft hinter sich hatte. Ein freier Mann war Freiwild für die Staatsorgane, die ihn nach einem oberflächlichen Verfahren wegen Landstreicherei verurteilen und zur Zwangsarbeit in eine der Sträflingskolonnen stecken konnten, von deren Einsatz die Ausführung öffentlicher Bauvorhaben wie Straßen und Kanäle abhing.

Manche fragten sich, warum die Landstraßen trotz des allgemeinen Überschusses an Arbeitskräften so schlecht waren, und zweifelten die Erklärung an, daß der Bau staubfreier Straßendecken zu kostspielig und es andererseits unmöglich sei, Landstraßen ohne staubfreie Decken in gutem Zustand zu erhalten. Nur der Hinweis, daß man Gefangene auf den Landgütern der großen liberalen Familien habe arbeiten sehen, oder daß sie häufig für Unternehmungen ausgeliehen würden, hinter denen ausländisches Kapital stehe, erntete wissendes Kopfnicken.

Mit siebzehn grübelt man nicht über mögliches Unheil nach. Ich beschloß wachsam zu sein, und dann vergaß ich alle Gedanken an Polizei, Räuberbanden und sonstige Unannehmlichkeiten. Es war an mir, etwas aus meiner Zukunft zu machen, wie meine Mutter gesagt hatte, und ich war im Begriff, eben das zu tun.

Munter marschierte ich drauflos, zuerst durch lang vertraute Dörfer und Fluren; dann, als ich aus dem Gebiet kam, das ich mein Leben lang gekannt hatte, ließ ich mir mehr Zeit, um hier und dort etwas Neues und Fremdes zu betrachten oder in den angrenzenden Waldstücken wilde Erdbeeren und frühe Heidelbeeren zu pflücken. Nachdem ich in mehreren Bauernhäusern nachgefragt hatte, fand ich einen Hof, dessen Bäuerin bereit war, mir ein Abendessen zu geben und mich sogar in der Scheune schlafen zu lassen, wenn ich ihr einen ansehnlichen Haufen Astwerk sägte und zu Brennholz spaltete und zwei Kühe melkte.

Die Arbeit und das warme Essen mußten den Aufregungen des Tages entgegengewirkt haben, denn ich schlief fast augenblicklich ein und erwachte erst nach Sonnenaufgang. Der Tag war warm und sonnig wie der vorausgegangene; bald führte die Poststraße nicht mehr zwischen verschlafenen, schäbigen Dörfern und armseligen Gehöften dahin, sondern an den Mauern herrschaftlicher Landsitze vorbei. Dann und wann erspähte ich prachtvolle palastartige Villen, die weiß und kühl zwischen den grünen Kulissen alter Parkbäume standen.

Entweder waren sie ein Jahrhundert alt, oder dem Stil jener wohlhabenden Zeit nachempfunden. Ich konnte nicht umhin, die allgemeine Abneigung gegen die reichen Liberalen zu teilen, denen diese Landsitze gehörten; ihr Reichtum stand in krassem Gegensatz zu der allgemeinen Armut durch die Ausbeutung der Vereinigten Staaten als Kolonie, aber ich mußte gleichwohl die Schönheit dieser Prachtbauten und ihrer Parks bewundern.

Auch war die Landstraße hier belebter; ich passierte andere Fußgänger, eine Anzahl Fuhrwerke, einige Kutschen, mehrere Hausierer und eine Anzahl von Damen und Herren zu Pferde. Dies war das erstemal, daß ich Frauen rittlings auf Pferden sitzen sah, eine Gewohnheit, die im sittenstrengen Wappinger Falls, wo man auch die aus China über England importierte Mode weiblicher Beinkleider verurteilte, Entrüstung hervorgerufen hätte. Was mich betraf, so schienen mir beide Bräuche vernünftig, nachdem ich gelernt hatte, daß Frauen zweibeinig waren.

Einmal, als ich die Straße für eine Strecke von einigen Meilen für mich allein hatte, hörte ich Geräusche hinter einer Bruchsteinmauer zu meiner Linken. Sie wurden gefolgt von einem zornigen Ausruf und schrillen Worten, die unverständlich blieben. Ich machte halt und nahm mein Bündel instinktiv in die Linke, wie um die rechte Hand für die Abwehr frei zu haben, obgleich ich keine Ahnung hatte, gegen wen.

Die Rufe näherten sich; ein junger Bursche meines Alters schwang sich über die Mauer, wobei er ein paar moosüberzogene Steine mitriß, die in den Graben kollerten. Er machte am Straßenrand halt und starrte mich erschrocken an, dann blickte er hastig umher, anscheinend unschlüssig, wohin er sich wenden sollte.

Er war barfuß und trug einen Jutesack mit herausgeschnittenen Armlöchern als Hemd, dazu eine zerlumpte

Baumwollhose. Sein Gesicht war ein wenig brauner, als mein eigenes am Ende der sommerlichen Feldarbeit zu sein pflegte.

Er blickte hastig über die Schulter zurück, kam zu einem Entschluß und rannte über die Straße. Im nächsten Augenblick setzte ein prachtvoller, lohfarbener Hengst in einem weiten Sprung über die Mauer, und sein Reiter brüllte: »Hab ich dich, verdammtes schwarzes Stinktier!«

Er jagte dem Flüchtling nach, als wolle er ihn niederreiten, die Reitpeitsche zum Zuschlagen erhoben, doch sein Opfer wich geschickt aus und lief zurück. So nahe hetzte er an mir vorbei, daß er mich mit seinem angestrengt schnaufenden Atem streifte.

Der Reiter riß sein Pferd herum und sprengte ihm nach und in der anderen Richtung an mir vorbei. Es war, als hätte ich die Funktion des Pfostens, der am Ende einer Rennbahn die Wendemarke darstellt. Ohne zu überlegen, streckte ich die Hand aus, um dem Reiter in die Zügel zu fallen und aufzuhalten. Meine Finger berührten das Leder und bekamen es für den Bruchteil einer Sekunde sogar in den Griff, bevor es ihnen wieder entglitt.

Jäger und Gejagter setzten ein zweites Mal über die Mauer, und ich blieb verdutzt auf der Straße zurück, allein wie zuvor. Die ganze Szene konnte keine zwei Minuten gedauert haben; die Rufe und das dumpfe Hufgetrappel entfernten sich. Es wurde wieder still; ein Eichhörnchen sauste einen Baumstamm herab, spähte zu mir herüber, schlug aufgeregt mit dem buschigen Schwanz und sauste einen anderen Stamm wieder hinauf. Es war, als hätte die Episode niemals stattgefunden.

Ich nahm mein Bündel wieder in die Linke und ging weiter, nicht mehr ganz so frisch und unbekümmert wie vorher. Meine Beine schienen auf einmal schwer, und in meinen Armmuskeln war ein Zucken, das ich nicht kontrollieren konnte. Warum hatte ich die Zügel nicht festgehalten und den Reiter wenigstens lange genug an der Verfolgung gehindert, bis sein Opfer einen aussichtsreichen Vorsprung gewonnen hätte? Was hatte mich zu diesem halbherzigen Loslassen bewogen? Angst war es nicht gewesen, zumindest nicht im üblichen Sinne, denn ich wußte, daß ich den Reiter nicht fürchtete. Ich war überzeugt, daß ich ihn vom Pferd hätte ziehen können, wenn er mich mit der Peitsche geschlagen hätte.

Dennoch war da eine Furcht gewesen. Die Furcht vor Einmischung in Angelegenheiten, die mich nichts angingen und die ich nicht übersehen konnte. Sie hatte mich daran gehindert, auf ein rasches Urteil hin zu handeln, meine Sympathien und Vorurteile gegen den Gang der Ereignisse zu stellen.

Tiefe Scham befiel mich, als ich langsam die Straße weiterging. Ich hätte einem Mitmenschen aus unmittelbarer Bedrängnis helfen können; vielleicht hatte ich für einen kurzen Augenblick die Macht gehabt, den Gang eines ganzen Lebens zu verändern. Ich hatte mich einer Feigheit schuldig gemacht, die viel schlimmer war als bloße Angst um meine eigene Haut. Ich hätte vor Reue weinen können – alles hätte ich tun können, außer zurückzugehen und zu versuchen, mein Versagen wieder gutzumachen.

Der Rest des Tages war verdüstert, da ich ständig zwischen Selbstvorwürfen und schwächlichen Rechtfertigungsversuchen schwankte. Der Flüchtige mochte ein Eindringling gewesen sein, oder ein Diener; er mochte sich des Ungehorsams, des Diebstahls oder gar eines versuchten Mordes schuldig gemacht haben. Was immer es war, jede Bestrafung, die der weiße Mann für angemessen hielt, konnte dem Delinquenten zugemessen werden, ohne daß man ihn deswegen zur Rechenschaft ziehen würde. Die öffentliche Meinung war einhellig für die Rücksiedlung der Neger nach Afrika, freiwillig oder erzwungen; diejenigen, die nach Westen gingen, um sich den unbesiegten Sioux oder Nez Perce anzuschließen, wurden als entartet und verdorben betrachtet. Jeder Neger, der sich nicht nach Liberia oder Sierra Leone einschiffte, gleichgültig, ob er das Geld für die Überfahrt hatte oder nicht, verdiente alles, was ihm in den Vereinigten Staaten widerfuhr.

Ich litt, weil ich eine unbestimmte, aber hartnäckige Ablehnung dieser konventionellen Einstellung in mir spürte, eine nie genauer begründete Ablehnung, die vielleicht nicht mehr als romantische Rebellion gegen meine Mutter zugunsten meines verrufenen Großvaters Backmaker war. Ich konnte meine Untätigkeit nicht mit der Begründung entschuldigen, daß ein Eingreifen ein empörender Verstoß gegen die guten Sitten gewesen wäre. Ich hätte es nicht als das betrachtet.

Ich verdrängte die Selbstverachtung über meine Untätigkeit, so gut ich konnte, und bemühte mich, die Stimmung des vergangenen Tages wiederzugewinnen, was mir auch bis zu einem gewissen Grade gelang, da die Erinnerung an den Vorfall sich nach und nach weniger beharrlich einstellte. Ich versuchte sogar vorzugeben, die Episode sei vielleicht nicht ganz so ernsthaft gewesen, wie es den Anschein gehabt hatte, oder daß es dem Verfolgten schließlich irgendwie gelungen sei, dem Verfolger zu entkommen. Was geschehen war, konnte ich nicht ungeschehen machen; das Beste, was ich tun konnte, war, meine Schuld zu verringern.

In dieser Nacht schlief ich ein wenig abseits der Straße im Freien, um mich im Morgengrauen wieder auf den Weg zu machen. Obwohl ich inzwischen nur noch zwanzig Meilen von der Metropole entfernt war, hatte sich der Charakter der Landschaft kaum verändert. Vielleicht waren die Gehöfte kleiner und lagen näher beisammen, was ihren Gegensatz zu den großen Landgütern und Herrensitzen noch widerspruchsvoller machte. Aber der Verkehr auf der Landstraße war jetzt gleichmäßig dicht, ohne größere Lücken, und die kleinen Städte hatten Pferdebahnen, deren Waggons auf in das Kopfsteinpflaster eingelassenen Eisenbahnschienen liefen.

Es war Spätnachmittag, als ich den Spuyten Duyvil Creek überquerte und Manhattan betrat. Zwischen mir und der eigentlichen Stadt lag eine Wildnis von elenden Hütten aus alten Brettern und Planken, Faßdauben, Zeltbahnen und anderem Gerümpel. Magere Ziegen und räudige Katzen schnüffelten an Unrathaufen, die mit Glas- und Tonscherben durchsetzt waren. Stinkende Hügel aus verfaulenden Abfällen und Kot speisten mit ihrer hervorsickernden Brühe elende kleine Wasserläufe, die sich schmutzbefrachtet dem Fluß entgegenmühten. Dies war so offenkundig, als hätte man es auf Schildern bekanntgemacht, ein letzter Zufluchtsort von Ausgestoßenen und Flüchtlingen, von Männern und Frauen, die von den Sicherheitsbehörden solange ignoriert und geduldet wurden, wie sie innerhalb der Grenzen ihres schrecklichen Slums blieben.

So seltsam und abstoßend der Ort auch war, ich zögerte und überlegte, ob ich weitergehen und bei Anbruch der Dunkelheit in der Stadt eintreffen sollte, aber es schien unwahrscheinlich, daß es in diesem Gewirr elender Hütten und Verschläge eine Schlafgelegenheit für mich geben würde. Entfernte man sich erst von der Ordnung und Nüchternheit der Hauptstraße, so konnte man sich in diesem schmutzigen Labyrinth leicht verirren; nicht näher bestimmbare Drohungen furchtbarer Schicksale schienen wie Dämpfe daraus emporzusteigen.

Dann offenbarte das schwindende Licht die Anomalie eines ehrwürdigen Herrenhauses weit abseits der Straße, dessen Grundstück von der sich ausbreitenden Elendssiedlung noch nicht erfaßt worden war. Das Haus lag in Ruinen, die umgebenden Gärten waren verwildert und überwachsen. Augenscheinlich wachte ein Verwalter oder Hausmeister über seine vereinsamte Würde oder hatte es bis vor kurzem getan; ich vermochte mir nicht vorzustellen, daß es längere Zeit unbeaufsichtigt stehen konnte, ohne vollständig überrannt zu werden.

Es war fast dunkel, als ich mich vorsichtig den Resten eines alten Sommerpavillons näherte. Das Dach war eingefallen, und es war eingesponnen von alten Rosenbüschen, deren dornige Ranken mir beim Eindringen sehr zu schaffen machten und mich, wie ich mir sagte, vor jedem nächtlichen Eindringling rechtzeitig warnen sollten. Als Wetterschutz war dieses Obdach wenig besser als die primitiv zusammengenagelten Hütten der Armen, doch schien der Umstand, daß es bis zu diesem Tag ungestört überlebt hatte, es irgendwie zu einem sicheren Zufluchtsort zu machen.

Ich streckte mich auf den feuchten Dielenbrettern aus und schlief unruhig, geplagt von Träumen, in denen der alte Herrensitz voll von Menschen aus einer vergangenen Zeit war, die mich baten, sie vor den Slumbewohnern zu retten und ihr Haus vor weiterer Verwüstung zu schützen. Bekümmert versuchte ich zu erklären, daß ich hilflos war, unfähig, mich dem entgegenzustellen, was geschehen mußte; sie klagten und stöhnten und rangen die Hände und verblaßten. Immerhin schlief ich, und am nächsten Morgen lösten sich die Schmerzen meiner steif gewordenen Muskeln und Gelenke in der Aufregung der letzten Meilen zur Stadt wie von selbst auf.

Und wie plötzlich sie um mich her emporwuchs, nicht wie eine Ansammlung von Gebäuden, der ich mich näherte, sondern als ob ich stillstünde, während die Bauwerke aus Holz und Stein, Eisen und Ziegeln ringsherum in Erscheinung träten.

Das New York des Jahres 1938 hatte eine Bevölkerung von annähernd einer Million, nachdem es seit dem Ende des Unabhängigkeitskrieges der Südstaaten nur noch sehr langsam gewachsen war. Zusammen mit der halben Million Einwohner, die die Schwesterstadt Brooklyn bevölkerten, stellte dies die bei weitem größte Zusammenballung von Menschen in den Vereinigten Staaten dar, wenn sie auch keinen Vergleich mit den großen Zentren des Südens aushielt, zu denen neben Washington und Baltimore auch St. Louis und Leesburg gehörten, das einstige New Orleans.

Die Veränderung gegenüber dem flachen Land und erst recht gegenüber den trostlosen Slums, durch die ich gekommen war, überwältigte mich. Kabelbahnen rollten auf der Westseite bis zur neunundfünfzigsten Straße nordwärts, auf der Ostseite sogar bis zur siebenundachtzigsten Straße, während in der Ostwestrichtung alle paar Blocks Pferdebahnen die Stadt durchquerten. Dampfschnellzüge fuhren durch überbrückte Einschnitte in der Madison Avenue, eine ingenieurtechnische Leistung, auf die man in New York ungemein stolz war.

Fahrräder, selten in Wappinger Falls, schwärmten hier gleich Fliegen durch die Straßen, sausten um Ecken und überholten beladene Pferdefuhrwerke und zweirädrige Karren. Gepflegte Traber zogen Kutschen, zweirädrige Einspänner, Landauer und Viktoria-Chaisen; weder die Radfahrer, noch die Reiter oder Kutscher schienen sonderlich beeindruckt oder beunruhigt von den vereinzelten Minibilen, die zischend und puffend über Kopfsteinpflaster oder Asphalt ihrer Wege rollten.

Ein unglaublich verflochtenes und verzweigtes Gewirr von Telegrafendrähten kreuzte sich auf allen Ebenen über den Straßen, entsandte Ausläufer in die einzelnen Wohnungen und bis hinab zu den Läden auf der Straßenebene, eine Erinnerung daran, daß keine städtische Familie, die auf sich hielt, ohne die klappernde Morsetaste im Wohnzimmer sein mochte, und daß jedes Kind das Morsealphabet lernte, ehe es lesen und schreiben konnte. Tausende von Spatzen betrachteten die Drähte als ihr Eigentum; dort saßen sie in langen Reihen, flatterten hin und her, stritten und schimpften untereinander und verließen ihr luftiges Revier nur, wenn es galt, den Hunger an den dampfenden Pferdeäpfeln unten auf der Straße zu stillen.

Der Bauernjunge, für den Poughkeepsie bisher Inbegriff der Stadt gewesen war, war auf das Höchste beeindruckt. Gebäude von acht oder zehn Stockwerken waren die Regel, und es gab viele mit vierzehn oder fünfzehn Geschossen, in denen pneumatische englische Aufzüge verkehrten, eine wunderbare Erfindung, die in Washington und Leesburg zur Errichtung regelrechter Wolkenkratzer geführt hatte.

Über der Stadt zogen Ballons anmutig durch die Luft, mit der gleichen Geschicklichkeit gelenkt und beherrscht, mit der man in früheren Zeiten große Segelschiffe gehandhabt hatte. Diese waren mir nicht völlig neu; ich hatte sie häufiger als Minibile gesehen, aber niemals in einer solchen Vielzahl wie hier. In einer einzigen Stunde zählte ich sieben, und indem ich sie beobachtete, bewunderte ich ihre gut berechneten Flugbahnen, denn sie kamen selten so tief herunter, daß sie durch das Abwerfen von Sandsäcken in der Stadt unter ihnen Menschenleben gefährden mußten. Daß sie so mühelos über Gebäuden der verschiedensten Höhe manövrieren konnten, zeigte, daß wir in der Tat im Zeitalter des Luftverkehrs lebten.

Am erregendsten von allem war jedoch die große Zahl von Menschen, die allenthalben gingen, ritten, fuhren oder bloß auf den Straßen herumstanden. Es schien kaum glaublich, daß so viele Menschen so eng zusammengedrängt leben konnten. Bettler hielten den Passanten Hände und Mützen hin, Hausierer priesen die in ihren Bauchläden zur Schau gestellte Ware an, Zeitungsjungen schrien, Kundenwerber lockten, Schuhputzer machten mit langgezogenen Rufen auf sich und ihre Dienstleistung aufmerksam. Boten eilten hierhin und dorthin, Müßiggänger gähnten, Damen erledigten Einkäufe, Betrunkene schwankten. Immer wieder blieb ich für lange Augenblicke stehen und vergaß einfach weiterzugehen, so vertieft war ich in die Beobachtung des Schauspiels.

Wie weit ich an diesem Tag ging und wie viele verschiedene Viertel der Stadt ich erforschte, vermag ich nicht zu sagen. Aber ich hatte das Gefühl, kaum die erste Neugierde gestillt zu haben, als der Abend dämmerte und an allen Ecken die Gaslaternen, gleichzeitig durch telegrafisch übermittelte Funken gezündet, wunderbar aufleuchteten und strahlende Helligkeit verbreiteten. Was bei Tageslicht schmutzig und ärmlich gewesen war - und nicht einmal meine Augen waren völlig blind für den Schmutz und die Zeichen des Verfalls gewesen –, wurde von einem Augenblick zum anderen magisch verzaubert, gemildert und zu geheimnisvoller Schönheit schattiert. Ich atmete die staubige Luft mit einem Genuß, wie ich ihn auf dem Lande nie empfunden hatte, als inhalierte ich ein Elixier für den Geist.

Aber geistige Nahrung ist für einen Siebzehnjährigen nicht genug, schon gar nicht für einen, der den ganzen Tag in einer fremden Stadt herumgelaufen war und sich nun des Hungers und der Müdigkeit bewußt wurde. Ich war verzweifelt bestrebt, die drei kostbaren Dollars in meiner Tasche zu sparen, denn ich hatte kaum eine Ahnung, wie ich es bewerkstelligen sollte, sie zu ersetzen, sobald sie ausgegeben wären. Ohne Essen konnte ich jedoch nicht sein, und so ging ich in die erstbeste Bäckerei, kaufte nach einiger Überlegung einen halben kleinen Laib altbackenen Brotes für einen Cent und wanderte weiter durch die zauberhaften Straßen, zufrieden kauend und erfüllt von dem Gefühl, etwas wie eine historische Gestalt zu sein und an der Fülle des Lebens teilzuhaben.

Nun wurde die Beleuchtung über den Frontseiten der Tinugraphieanstalten von Portiers mit langen Wachskerzen angezündet, so daß die schmissigen Inschriften und

Zeichnungen, mit denen für die im Innern zu findende Unterhaltung geworben wurde, in der indirekten Beleuchtung gelb und einladend erglühten. Ich war versucht, mit eigenen Augen diese magische Schau von Bildern zu sehen, die so dicht hintereinander aufgenommen wurden, daß sie die Illusion von Bewegung vermittelten, aber der niedrigste Eintrittspreis betrug 5 Cents. Einige der prunkvollsten Anstalten hatten sich auf die unglaublichen Phonotos spezialisiert – Tinugraphien, die in genialer Weise mit durch komprimierte Luft arbeitenden Geräuscherzeugungsmaschinen kombiniert waren, so daß die Bilder sich nicht nur zu bewegen, sondern sogar zu sprechen schienen. Diese Häuser verlangten jedoch zehn oder sogar fünfzehn Cents für eine einstündige Vorführung.

Meine Müdigkeit hatte unterdessen weiter zugenommen; das unbedeutende Bündel von Hemd und Büchern war eine Last geworden. Immer drängender stellte sich die Frage, wo ich schlafen sollte, und ich begann freundlicher über das Slumviertel vom Vorabend zu denken, als ich es für möglich gehalten hätte. Ich verband mein Bedürfnis nicht mit den Milchglasscheiben, hinter denen Gaslampen die schwarz oder in Goldfarbe aufgetragenen Worte ZIMMER oder HOTEL hervortreten ließen, denn meine Vorstellung war undeutlich auf eine städtische Version des Wirtshauses von Wappinger Falls fixiert.

Die Müdigkeit verwischte die Eindrücke noch neuerer Wunderdinge und verwirrte mich mehr und mehr, so daß ich nicht ganz sicher bin, ob es nur ein oder eine ganze Reihe von Mädchen war, die für einen Vierteldollar Liebesfreuden anboten. Ich weiß, daß ich von Werbern für die konföderierte Legion angesprochen wurde, die unter Mißachtung der Landesgesetze offen ihrem Gewerbe nachgingen. Auch wurde ich von einer unglaublichen Zahl von Bettlern angehalten.

Endlich kam ich auf den Gedanken, jemanden nach einem billigen Nachtquartier zu fragen. Doch war ich, ohne es zu merken, aus den belebten Straßen der Innenstadt mit ihren von Menschen wimmelnden Trottoirs in eine unbevölkerte, dunkle Gegend gekommen, wo die Häuser niedrig und finster waren und wo der flackernde Schein einer Kerze oder das Gelb einer Öllampe in weit auseinanderliegenden Fenstern von keiner Straßenbeleuchtung überstrahlt wurden.

Den ganzen Tag lang hatten mir die Trommelfelle vom Hufgetrappel, dem Rasseln eisenbereifter Fuhrwerke und dem Puffen und Zischen von Minibilen gedröhnt; jetzt war die leere Straße unnatürlich still. Die unvermittelt vor mir aufragende Gestalt eines anderen Fußgängers erschien mir als ein glücklicher Zufall.

»Entschuldigen Sie, Freund«, sagte ich. »Können Sie mir sagen, wo das nächste Wirtshaus ist, oder wo ich billig übernachten kann?«

Er spähte mir ins Gesicht. »Vom Land, ha? Hast du viel Geld?«

»Dr... Nicht sehr viel. Deshalb suche ich eine billige Unterkunft.«

»In Ordnung, Junge. Komm mit!«

»Oh, bemühen Sie sich nicht. Sagen Sie mir bloß, wie ich hinkommen kann.«

Er grunzte. »Keine Mühe, Junge. Überhaupt keine Mühe.«

Er umfaßte meinen Arm knapp über dem Ellbogen mit festem Griff und steuerte mich die Straße entlang. Zum erstenmal begann ich Unruhe und Besorgnis zu spüren. Bevor ich jedoch einen Versuch unternehmen konnte, mich freizumachen, hatte er mich in die Einmündung einer Durchfahrt gestoßen, die nur erkennbar war, weil ihre absolute Schwärze mit der relativen Dunkelheit der Straße kontrastierte.

»Warten Sie...« sagte ich.

»Hier hinein, Junge. Der gesündeste Nachtschlaf, den du seit langem hattest. Und billig - kostenlos.«

Ich wollte mich losmachen und bemerkte zu meiner Überraschung, daß er mich nicht länger festhielt. Doch ehe ich einen weiteren Gedanken fassen konnte, traf ein fürchterlicher Schlag meine rechte Kopfseite, und ich vertauschte die Schwärze der Durchfahrt mit der Schwärze der Besinnungslosigkeit.

3

Ein Mitglied der Großen Armee

Ein Geruch rief mich ins Bewußtsein zurück. Genauer gesagt, ein Durcheinander von Gerüchen. Ich schlug die Augen auf und schloß sie sofort wieder, denn das Licht verursachte einen unerträglichen Schmerz; ich versuchte mich zu bewegen und stöhnte auf, als das dumpfe Kopfweh von einem stechenden Schmerz abgelöst wurde, der mir den Schädel zu sprengen drohte. Benommen und halb gegen meinen Willen, versuchte ich die Gerüche um mich näher zu bestimmen. Der Gestank von Verwesung und Fäulnis war atemberaubend. In der Nähe mußte eine Latrine sein. Der Erdboden, auf dem ich lag, war, wo nicht steinig, naß vom fortgeschütteten Spül- und Waschwasser. Der widerliche Gestank faulender Abfälle ließ darauf schließen, daß der in der Nachbarschaft anfallende Unrat nicht vergraben, sondern einfach in die Durchfahrt oder ihre Nähe geworfen wurde, um dort zu verfaulen.

Ausgeprägt war auch der Verwesungsgeruch: nicht die süßliche Ausdünstung von Blut, wie sie jeder Bauernjunge kennt, der einmal mitgeholfen hat, ein Schwein oder ein Stierkalb zu schlachten, sondern der unverkennbare Gestank von verwesendem, madendurchsetztem Fleisch. Ein neuer Schmerz zwang mich endlich, die Augen wieder zu öffnen. Eine harte, unebene Oberfläche drückte mit rundlichen Buckeln auf Schulterblätter und Hinterkopf. Ich blinzelte und tastete umher.

Die harten Buckel unter mir waren die Reste eines Kopfsteinpflasters in einer stinkenden, mit Unrat übersäten Durchfahrt; in bequemer Reichweite von mir lag der halbverweste Kadaver eines Hundes; ein Stück weiter saß ein Betrunkener an eine schmierige Mauer gelehnt und spie und stöhnte abwechselnd. Übelriechende Rinnsale sickerten zwischen den Steinen in Vertiefungen, wo sie trübe Pfützen bildeten. Mein Rock, mein Hemd und meine Schuhe waren verschwunden, desgleichen das Bündel mit meinen Büchern. Es war zwecklos, die Hosentaschen nach den drei Dollars zu durchsuchen. Ich konnte von Glück sagen, daß der Räuber mir meine Hose und mein Leben gelassen hatte.

Ein Mann in mittleren Jahren – wenigstens wirkte er auf mein jugendliches Auge so – betrachtete mich nachdenklich über den Kopf des Betrunkenen hinweg. Eine blasse, elliptische Narbe unterbrach die Stirnfalten, und ihre obere Spitze stieß bis in sein dünnes Haar vor. Ein Geflecht winziger roter Adern überzog seine Nase; seine Augen waren blutunterlaufen.

»Haben sie dich ausgeräumt, was, Junge?«

Ich nickte – und bedauerte die Bewegung.

»Der Lohn der Tugend. Das heißt, falls du tugendhaft warst, was ich annehme. Und nun hast du es genauso weit gebracht wie ich, stinkbesoffen in der Kloake. Aber ich hab noch mein Hemd. Konnte es nicht versetzen, so sehr ich mich auch bemühte.«

Ich versuchte mich aufzurichten und sank ächzend zurück.

»Woher kommst du, Junge? Welche ländliche Gemeinde – du siehst, ich bin jetzt ganz nüchtern – vermißt dich?«

»Wappinger Falls, bei Poughkeepsie. Ich heiße Hodge Backmaker.«

»Nun, das ist nett von dir, Hodge. Ich bin George Pondible. Periodisch. Im Moment läßt es mal wieder nach.«

Ich hatte keine Ahnung, was Pondible meinte. Das Bemühen, ihn zu verstehen, verschlimmerte meine Kopfschmerzen.

»Haben dir alles abgenommen, wie? Hast nicht vielleicht einen Fünfer übrig, um mir über den Kater wegzuhelfen?«

»Mein Kopf«, murmelte ich, mehr zu mir selbst als zu ihm.

Er stand schwankend auf. Ich richtete mich langsam und mit großer Anstrengung zu sitzender Haltung auf und befühlte vorsichtig die Beule über meinem Ohr.

»Am besten, du steckst ihn in den Fluß. Bei mir ist es schwieriger.«

»Aber... kann ich so durch die Straßen gehen?«

»Warum nicht?« sagte er. »Ganz in Ordnung.«

Er bückte sich und legte eine Hand unter den Betrunkenen, der unverständlich lallte. Mit der anderen zog er ihm die Jacke aus, ein Manöver, das Übung verriet und dem Opfer keinen Protest entlockte. Darauf entledigte er sich mit dem gleichen Geschick der noch schwierigeren Aufgabe, dem Betrunkenen Hemd und Schuhe auszuziehen, um alles mir zuzuwerfen. Es war eine abstoßende Kollektion schmieriger Lumpen, wie sie nicht einmal ein armer Tagelöhner zum Mistfahren getragen hätte. Die Jacke war zerrissen und speckig, die durchlöcherten Taschen hingen wie Schlappohren herab; das Hemd war ein schmieriger Fetzen mit nur einem halbwegs vollständigen Ärmel, die Schuhe formlose Fragmente brüchiger Lederstücke mit klaffenden Löchern in den Sohlen und vorn bei den Zehen.

»Es ist Diebstahl«, wendete ich ein.

»Schon gut. Zieh die Sachen an und laß uns von hier verschwinden.«

Der kurze Gang zum Fluß hinunter führte uns durch Straßen, denen der Glanz jener fehlte, die ich am Tag vorher gesehen hatte. Die Mietshäuser waren von Rauch gestreift, das Mauerwerk hatte längst den Verputz eingebüßt, und vielfach lockerten sich die Ziegel, wo der Mörtel herausgefallen war; ganze Hauswände schienen sich nur noch zu halten, weil sie vom ähnlich baufälligen Gemäuer angrenzender Häuser gestützt wurden. Meine elenden Lumpen paßten besser in diese Nachbarschaft als Pondibles Kleidung, obwohl diese ihn in Wappinger Falls als einen Landstreicher und Herumtreiber abgestempelt haben würde.

Auch der Hudson war verschmutzt, mit gelblichem Schaum, schillernden Ölflecken und treibendem Unrat an der Oberfläche, so daß ich zögerte, den schmutzstarrenden Ärmel des gestohlenen Hemdes hineinzutauchen, ganz zu schweigen von meinem schmerzenden Kopf. Aber dann, angetrieben von Pondible, stieg ich über die schleimigen Steine zwischen zwei Anlegebrükken hinunter ins Wasser, stieß das Treibgut zur Seite und tauchte schnell unter.

»Macht einen klaren Kopf«, sagte Pondible zuversichtlich. »Nun ist meiner dran.«

Die Sonne brannte heiß vom Himmel, und meine Hose und das schmutzige Hemd trockneten am Körper, als wir vom Fluß fortgingen. Die zerlumpte Jacke trug ich über dem Arm. Nun, da mein Verstand wieder zu arbeiten begann, nahm meine Verzweiflung rasch zu; einen Augenblick lang wünschte ich, ich wäre weiter in den Hudson hinausgewatet und ertrunken.

Was ich an Zukunftsplänen gehegt hatte, war nebelhaft und unpraktisch gewesen, doch waren es immerhin Pläne gewesen, auf die ich meine Hoffnung hatte setzen können. Meine äußere Erscheinung war sauber und ordentlich gewesen, ich hatte über die Mittel verfügt, mich zumindest für ein paar Wochen über Wasser zu halten. Jetzt war alles verändert; jede Zukunft war verloren, hatte buchstäblich mit einem Schlag aufgehört zu existieren, und ich hatte nichts, worauf ich hinarbeiten konnte, woran ich meine Energien erproben und meine Träume orientieren konnte. Die Heimkehr nach Wappinger Falls kam nicht in Frage, nicht nur, weil mir die

Bitterkeit des Eingeständnisses meiner Niederlage nach so kurzer Zeit unerträglich schien, sondern weil ich wußte, wie erleichtert meine Eltern sein mußten, da sie nun endlich von der Last meiner Nutzlosigkeit befreit waren. Gleichwohl hatte ich in dieser Stadt nichts zu erwarten; mir blieb nur die Wahl zwischen dem Hungertod und einem Dahinvegetieren als Bettler oder Ladendieb.

Pondible führte mich in eine Gastwirtschaft, einen halbdunklen, verschwiegenen Ort, der selbst zu dieser frühen Stunde von einer Gaslampe über der Theke erhellt wurde. In einem Winkel klimperte ein Dampfklavier trübselig vor sich hin.

»Einen Doppelten«, sagte Pondible zum Barmann. »Und Buttermilch für meinen Kumpel hier.«

Der Barmann fuhr fort, mit einem nassen, schmutzigen Lappen die Theke zu wischen. »Wie steht's mit dem Kies?«

»Morgen zahle ich; Gott ist mein Zeuge.«

Der Barmann sagte nichts, aber seine ununterbrochene Geschäftigkeit gab Pondible deutlich genug zu verstehen, daß er den Doppelten unter diesen Umständen morgen trinken solle.

»Hör zu«, sagte Pondible in einem zweiten Anlauf, »ich bin bald wieder ganz da. Du kennst mich. Hab hier schon viel Geld ausgegeben.«

Der Barmann zuckte die Achseln. »Das Lokal gehört mir nicht; was über die Theke geht, muß in die Kasse getippt werden.«

»Kannst von Glück sagen, daß du einen Job hast, der Geld einbringt.«

»Manchmal bin ich nicht so sicher. Warum verpflichtest du dich nicht?«

Pondible war schockiert. »In meinem Alter? Was würde eine Gesellschaft für einen alten Kadaver wie mich bezahlen? Höchstens hundert. Und in ein paar

Jahren würde man mich mit Auflagen entlassen, und ich müßte mich jede Woche bei irgendeinem Arzt melden. Nein, mein Lieber, ich habe mich bis jetzt als freier Mann durchgeschlagen, und ich werde es durchhalten. Nun gib schon her und zier dich nicht; du siehst selbst, daß es mit mir wieder aufwärts geht. Morgen kriegst du deine Kohlen.«

Ich konnte dem Barmann ansehen, wie sein Widerstand erlahmte; jede Weigerung war weniger verdrießlich als die vorausgegangene, und zuletzt schob er Pondible zu meiner Verblüffung ein Glas und eine Flasche hin und füllte Buttermilch in einen Steinkrug, den er mir vorsetzte. Zu meiner Verblüffung, sage ich, denn Kredit wurde kaum jemals gewährt, ob es um große Summen ging, oder um kleine. Die Inflation hatte, wenngleich sie sechzig Jahre zurücklag, unauslöschbare Eindrücke hinterlassen; man zahlte bar oder verzichtete. Schuldenmachen war nicht nur schmachvoll, es war gefährlich; die Vorstellung, Waren könnten bezahlt werden, während oder nachdem sie benutzt oder verbraucht wurden, war genauso undenkbar wie die Idee, statt Silber oder Gold Papiergeld in Umlauf zu bringen.

Ich trank langsam meine Buttermilch und war mir dabei dankbar bewußt, daß Pondible die nahrhafteste und am längsten vorhaltende Flüssigkeit bestellt hatte, die in der Kneipe zu haben war. Trotz seines wenig einnehmenden Äußeren und seiner eigenwilligen moralischen Vorstellungen schien meinem neuen Bekannten eine gewisse rauhbeinige Güte und Weisheit eigen zu sein.

Er stürzte seinen Whisky hinunter und verlangte einen Krug Bier, aus dem er bedächtig trank. »Das ist der Trick bei der Sache, Hodge. Man muß vor dem zweiten Doppelten aufhören – wenn man kann.« Er trank wieder und wischte sich den Schaum mit dem Handrücken vom Mund. »Und nun was?«

»Was was?« fragte ich zurück.

»Was willst du jetzt tun? Was hast du überhaupt für ein Ziel im Leben?«

»Keins – jetzt. Ich... äh... wollte lernen. Studieren«

Er zog die Stirn in Falten. »Aus Büchern?«

»Wie sonst?«

»Bücher werden hauptsächlich im Ausland geschrieben und gedruckt.«

»So würde es hier auch sein, wenn mehr Leute Zeit zum Lernen hätten.«

Pondible trank bedächtig, wischte sich wieder Bierschaum aus dem Bart und wiegte den Kopf. »Vielleicht. Vielleicht nicht. Versteh mich nicht falsch, Junge, einige meiner besten Freunde sind Bücherleser.«

»Ich hatte gedacht«, platzte ich heraus, »ich wollte es bei der Columbia University versuchen. Ich wollte die Leute dort bitten, daß sie mich irgendeine Arbeit tun ließen, um mein Studium damit zu bezahlen.«

»Hmm. Kann mir nicht gut vorstellen, daß das geklappt hätte.«

»In diesem Aufzug kann ich sowieso nicht hingehen.«

»Vielleicht besser so. Wir brauchen Kämpfer, keine Leser.«

»›Wir‹?«

Er gab keine Erklärung. »Nun, du könntest immer noch den Rat annehmen, den unser Freund hier mir gab, und dich verpflichten. Ein gesunder junger Bursche wie du könnte auf tausend oder zwölfhundert Dollar kommen...«

»Sicher. Und für den Rest meines Lebens ein Sklave sein.«

»Oh, Kontraktarbeit ist keine Sklaverei. Sie ist besser. Und schlechter. Zum Beispiel wird die Gesellschaft, die dich kauft, kein Interesse haben, dich zu halten, wenn sich herausstellt, daß du deinen Lebensunterhalt nicht wert bist. Das hat mit der Buchhaltung zu tun; wenn kein Gewinn dabei herausspringt, verlieren sie. In dem Fall machen sie deinen Vertrag rückgängig, ohne daß du einen Cent bezahlen mußt. Natürlich lassen sie dich eine Übereignungserklärung unterschreiben, damit sie einen oder zwei Dollar für deine Leiche kriegen, aber das liegt für dich in weiter Ferne.«

In unvorstellbar weiter Ferne. Die Übereignung des Leichnams war die letzte meiner Sorgen, obwohl sie in den Diskussionen daheim eine große Rolle gespielt hatte. Meine Mutter hatte gehört, daß Leichen wie irgendeine andere Ware zur Sektion an ausländische Universitäten geschickt würden. Dabei schockierte sie nicht so sehr der Gedanke des wissenschaftlichen Gebrauchs von ihrem toten Körper, als vielmehr seine Beseitigung irgendwo fern der Heimat.

»Ja«, sagte ich. »Das hat noch lange Zeit. Also würde ich kein lebenslänglicher Sklave sein; nur für dreißig oder vierzig Jahre. Bis ich für niemand und nichts mehr tauge, mich selbst eingeschlossen.«

Er trank vom Bier und schien seinen Spaß zu haben. »Du bist ein trübseliger Bursche, Hodge. So schlimm ist es nicht. Kontraktarbeit ist ziemlich streng geregelt. Darauf kommt es an. Ich will nicht behaupten, daß man den großen Gesellschaften nicht vieles durchgehen ließe. Aber sie können einen nicht zwingen, mehr als sechzig Stunden die Woche zu arbeiten. Das sind zehn Stunden am Tag. Mit zwölfhundert Dollars könntest du dir in deiner Freizeit alle Bildung aneignen, die du willst, und dein Wissen dann benutzen, um genug Geld zu machen, daß du dich freikaufen kannst.«

Ich versuchte das leidenschaftslos zu sehen, obwohl ich weiß Gott oft genug darüber nachgedacht und mit anderen diskutiert hatte. Es war richtig, daß der Betrag für ein Universitätsstudium ausreichen würde. Aber Pondibles Vorstellung, mein Wissen zu Geld zu machen, war ein Hirngespinst. Vielleicht wurde Wissen in den Konföderierten Staaten oder in der Deutschen

Union mit Reichtum belohnt, oder wenigstens mit einem angenehmen Leben, aber in den rückständigen Vereinigten Staaten, die als Nation nur dank der Duldung und der Rivalitäten der Großmächte existierten, mußte jedes Studium, dem ich mich widmete – und ich kannte meine ›unpraktische Veranlagung‹ mittlerweile gut genug –, wenig materielle Früchte tragen. Ich könnte von Glück sagen, wenn es mir gelänge, mit Mühe und Not das Studium hinter mich zu bringen und als freier Mann mein Leben zu fristen; die Hoffnung, in meiner spärlichen Freizeit jemals genug zu verdienen, um mich aus einer Kontraktknechtschaft freizukaufen, war vermessen.

»Es würde nicht klappen«, sagte ich verzagt.

Pondible nickte, als wäre dies die Schlußfolgerung, die er von mir erwartet habe. »Nun«, sagte er, »dann gibt es immer noch die Banden.«

Ich starrte ihn entsetzt an.

Er lachte. »Vergiß deine ländliche Erziehung. Was ist Recht, was Unrecht? Was das mächtigste Land oder der mächtigste Mann dazu erklärt. Die Regierung sagt, Banden seien Unrecht, aber die Regierung ist nicht stark genug, ihnen Einhalt zu gebieten. Und vielleicht morden sie gar nicht so viel, wie die Leute meinen. Nur wenn jemand gegen sie arbeitet – genau wie die Regierung. Natürlich lassen sie sich bezahlen, aber das ist genauso wie mit den Steuern. Wenn du die großen Worte und die Predigten der Pfarrer wegläßt, gibt es zwischen der Aufnahme in eine Bande und der in die Armee kaum einen Unterschied. Und mit der konföderierten Legion ist es das gleiche.«

»Die versuchten mich gestern zu rekrutieren. Sind die Werber immer so...«

»So unverschämt, meinst du?« Zum erstenmal, seit ich ihn kannte, machte Pondible ein verärgertes Gesicht, und die Narbe auf seiner Stirn wurde weißer. »Ja, der Teufel soll sie holen. Die Legion muß zur Hälfte aus Bürgern der Vereinigten Staaten bestehen. Wenn sie Unruhen niederschlagen oder irgendein kleines Kakerlakenland zur Räson bringen müssen, schicken sie die konföderierte Legion aus - bestehend aus Männern, die das Rückgrat unserer eigenen Armee sein sollten.«

»Aber die Polizei - unternimmt die nichts gegen die Werber?«

»Was habe ich dir gesagt? Daß Recht ist, was das mächtigste Land sagt! Natürlich haben wir Gesetze gegen die Rekrutierung in eine ausländische Armee. Also beschweren wir uns. Aber womit könnten wir unseren Beschwerden Nachdruck verleihen? So fährt die konföderierte Legion ruhig fort, die Männer zu rekrutieren, die in ihrem eigenen Land für eine anständige Mahlzeit betteln gehen müssen. Was die Banden angeht, so ist die Regierung nicht viel besser dran. Sie kann nicht viel mehr tun, als ein paar von den kleinen zu zerschlagen und die großen zu vergessen. Die meisten Bandenmitglieder können darauf zählen, daß nie auf sie geschossen wird. Sie leben herrlich und in Freuden, besser als die meisten anderen Leute in den sechsundzwanzig Staaten, und immer wieder gibt es eine Dividende - mehr als ein Arbeiter in seinem ganzen Leben verdient.«

In mir begann sich die Überzeugung zu festigen, daß mein Wohltäter Mitglied einer Gangsterbande sein müsse. Aber wenn es so war, warum mußte er dann den Barmann um Stundung der Zeche bitten? War es nur eine ausgeklügelte Tarnung? Es schien kaum der Mühe wert zu sein.

»Eine Dividende«, sagte ich, »oder einen Strick um den Hals.«

»Die meisten Mitglieder von Banden sterben an Altersschwäche. Oder an der Konkurrenz. Soviel ich weiß, ist in den letzten fünf, sechs Jahren keiner gehängt worden. Aber ich sehe, das ist nicht nach deinem Geschmack.

Sag mir, Hodge – bist du für die Liberalen oder für die Populisten?«

Der jähe Wechsel des Themas verwirrte mich. »Wieso... für die Populisten, denke ich.«

»Warum?«

»Ach... ich weiß nicht...« Ich dachte an die Gespräche, die unter den Männern in Vaters Schmiede geführt zu werden pflegten und zuckte die Achseln. »Der Wahrspruch der Liberalen: ›Eigentum, Sicherheit, Bodenständigkeit‹ – was bedeutet mir das schon?«

»Ich will dir sagen, was er bedeutet, Junge: Eigentum für die Konföderierten, die hier Fabriken besitzen und keine Steuern zahlen wollen. Sicherheit für ausländisches Kapital und die Leute, die bei uns kaufen oder Arbeitskräfte brauchen. Bodenständigkeit – billige einheimische Arbeitskräfte. Alles ist gut, was der ungestörten Profitmacherei der Arbeitgeber dient.«

»Ja, ich weiß. Aber was soll das uns anderen bringen? Ich hörte Liberale bei uns zu Hause sagen, daß das Geld notwendigerweise von oben nach unten durchsickern müsse, aber das kommt mir ziemlich abwegig vor. Und selbst wenn es so wäre: wer unten ist, kriegt zu wenig davon ab.«

Er beugte sich herüber und klopfte mir auf die Schulter. »So ist's recht, Junge«, sagte er. »Du läßt dir nichts vormachen.«

Ich war nicht so ganz glücklich über sein Lob. »Und Sicherheit bedeutet, daß man für die Waren mehr zahlen muß, als sie wert sind.«

»Nicht nur das, Hodge, es ist obendrein eine verdammte Lüge. Als sie an der Regierung waren, haben die Liberalen nie auch nur versucht, das Volk vor der Ausbeutung zu schützen, im Gegenteil.«

»Was die ›Bodenständigkeit‹ betrifft – nun, diejenigen, die nicht mehr wissen, wie sie hier ihren Lebensunterhalt verdienen können, werden trotzdem weiterhin in die wohlhabenden Länder auswandern. Wenn die Liberalen Bodenständigkeit wollen, dann müssen sie zuerst dafür sorgen, daß es den Leuten besser geht.«

»Ah«, sagte er. »Du hast einen Kopf auf den Schultern, Hodge. Du bist in Ordnung; Bücher werden dir nicht schaden. Aber was ist mit Auswanderung? Du selbst, meine ich?«

Ich schüttelte den Kopf.

Er nickte, kaute auf seiner durchnäßten Schnurrbartspitze. »Willst das alte Schiff nicht verlassen, wie?«

Ich hätte es wahrscheinlich nicht so ausgedrückt oder den Gedanken auch nur formuliert. Ich war bereit, das Vertraute mit dem Unbekannten zu vertauschen - bis zu einem gewissen Punkt. Der Gedanke, die Heimat aufzugeben, war mir zuwider. Man mag es Loyalität nennen, oder ein Gefühl von Verbundenheit mit der Vergangenheit, oder bloß Hartnäckigkeit. »So ungefähr«, sagte ich.

»Also, sehen wir mal, was wir haben.« Er hob seine schmutzige und etwas zitternde Hand und zählte die Punkte an den Fingern ab. »Erstens, Patriot; zweitens, Populist; drittens, hält nichts von Kontraktarbeit; viertens, Wohlstand muß von unten nach oben gehen, nicht von oben nach unten.« Er zögerte, den Zeigefinger der Linken am Daumen der Rechten. »Hast du schon mal von der Großen Armee gehört?«

»Wer hat nicht davon gehört? Zwischen ihr und den Banden ist kein großer Unterschied.«

»Was bringt dich dazu, das zu sagen?«

»Wieso? Jeder weiß es.«

»Meinst du, hm? Vielleicht wissen sie es falsch. Paß auf, Junge - und erinnere dich daran, wie die konföderierte Legion unsere Gesetze mißachtet –, was sollte deiner Meinung nach mit Ausländern aus den mächtigen Nationen geschehen, die hierherkommen und uns herumschubsen? Oder mit den Liberalen, die ihnen die Stiefel lecken und ihre Schmutzarbeit tun?«

»Ich weiß nicht«, sagte ich. »Jedenfalls nicht Mord.«

»Mord«, wiederholte er. »Das ist ein besonderes Wort, Hodge. Es bedeutet, was du ihm an Bedeutung beilegen willst. Damals, im Krieg, war es nicht Mord, als die Unionssoldaten versuchten, das Vaterland vor der Spaltung zu bewahren. Und heute ist es nicht Mord, wenn jemand wegen Vergewaltigung oder Falschmünzerei aufgehängt wird. Außerdem ist die Große Armee sowieso nicht für Mord.«

Ich sagte nichts.

»Nun ja, Pannen kommen vor; will ich nicht leugnen. Hin und wieder springen sie mit konföderierten Agenten oder liberalen Verrätern ein wenig rauher um, als sie es eigentlich wollen, aber aus einem lebenden Schwein kannst du keinen Speck machen. Die Sache ist die, daß die Große Armee die einzige Kraft im Lande ist, die es wieder zu dem machen will, was es einmal war. Die sich für das einsetzt, wofür im Krieg gekämpft wurde.«

Ich weiß nicht, ob es der Gedanke an Großvater Backmaker war, oder die ungesühnte Schuld am Mißgeschick des armen Negerjungen vor drei Tagen, die mich zu der Frage verleitete: »Und wollen sie den Negern gleiche Rechte geben?«

Er fuhr zurück, als ob ich ihm meine Buttermilch ins Gesicht geschüttet hätte. »Hast du was von der Teerbürste abgekriegt, Junge? Der Teufel soll mich...« – Er beugte sich wieder vor und blickte mir forschend ins Gesicht. »Nein, ich sehe, daß da nichts ist. Bloß ein paar Ideen, aus denen du herauswachsen wirst. Du verstehst das einfach noch nicht. Wir hätten den Krieg gewinnen können, wären die Abolitionisten nicht gewesen.«

Hätten wir? Ich hatte es oft sagen hören; es wäre anmaßend gewesen, daran zu zweifeln.

»Die Schwarzen sind unter ihresgleichen besser aufgehoben«, sagte er. »Man hätte sie gar nicht erst herüberbringen dürfen; Schwarz und Weiß passen nicht zusammen. Schlag dir solche Ideen aus dem Kopf, Hodge; es gibt genug zu tun. Die Ausländer fortjagen, ihren Lakaien eine Lektion erteilen, das Land wieder aufbauen.«

»Wollen Sie mich dazu bringen, daß ich der Großen Armee beitrete?«

Pondible leerte seinen Bierkrug. »Darauf will ich jetzt nicht antworten, Junge. Sagen wir, ich möchte dich einfach wohin bringen, wo du ein Dach über dem Kopf, drei Mahlzeiten am Tag und etwas von dieser Bildung kriegen kannst, auf die du so versessen bist. Komm mit!«

4

Tyss

Er brachte mich zu einer Buch- und Papierhandlung am Astor Place. Im Keller war eine kleine Druckerei eingerichtet, und der Mann, dem er mich vorstellte, war der Besitzer, Roger Tyss. Ich verbrachte beinahe sechs Jahre dort, und als ich fortging, schienen weder der Laden noch sein Inhalt oder Tyss selbst gealtert zu sein oder sich verändert zu haben.

Ich weiß, daß Bücher verkauft und andere gekauft wurden, um ihre Plätze auf den Regalen einzunehmen oder turmartig auf dem Boden gestapelt zu werden. Ich half viele Rollen Sulfidpapier und Kanister mit Druckfarben hereinkarren und lieferte viele Pakete und Bündel frisch gedruckter Pamphlete, Flugblätter, Briefbogen und Umschläge aus. Farbbänder für Schreibmaschinen, Bleistifte, Aktendeckel und Tagebücher, Lineale, Büroklammern, Formulare und Radiergummi kamen und gingen. Doch die immer gleiche, unbesiegbare Unordnung, die synonymen, eselsohrigen Bände, das immer gleiche Inventar, die unveränderten Setzkästen schienen die sechs Jahre in einem Zustand zeitloser Erstarrung überdauert zu haben, allesamt bedeckt mit der gleichen Staubschicht, die auf energisches Fegen und Wischen nur reagierte, indem sie sich in die Luft erhob und unmittelbar danach wieder herabsank.

Roger Tyss wurde sechs Jahre älter, und ich kann es nur dem unachtsamen Blick der Jugend zuschreiben, daß ich keine Zeichen dieses Alterns sah. Wie Pondible und – doch das erfuhr ich erst später – viele andere Mitglieder der Großen Armee trug er einen Bart. Seiner war kurzgeschnitten, drahtig und ergraut. In seinen Stirnfalten hatte sich immer etwas vom Staub des Ladens und der Druckerschwärze seiner Kellerwerkstatt festgesetzt, aber der Blick des Betrachters ruhte nicht lange auf Bart oder Stirnfalten; was ihn mit magischer Kraft anzog, waren seine Augen: Große, dunkle, heftige und mitleidige Augen. Man hätte ihn auf den ersten Blick als einen eher kleinwüchsigen, nachlässig gekleideten Drucker mit gebeugten Schultern abtun können, dessen Geschäft eine gewisse Liederlichkeit widerspiegelte, wären nicht diese Augen gewesen, die in ständigem Konflikt mit seinen anderen Zügen zu stehen schienen.

»Beraubt und niedergeschlagen, wie?« sagte er mit einer seltsamen Nichtachtung der Reihenfolge, nachdem Pondible ihm mein Schicksal erzählt hatte. »Hund frißt Hund, und die Überlebenden überleben. Backmaker, wie? Ist das ein amerikanischer Name?«

Soviel ich wüßte, sagte ich, sei das der Fall.

»Gut, gut; stecken wir die Nase nicht zu tief hinein. Du willst also lernen. Warum?«

»Warum?« Die Frage war zu groß für eine Antwort, doch eine Antwort irgendeiner Art wurde erwartet. »Ich glaube, weil es nichts anderes gibt, was so wichtig ist.«

»Falsch«, erwiderte er triumphierend. »Falsch und illusorisch. Da letztlich nichts wichtig ist, kann es keine Grade von Wichtigkeit geben. Bücher sind das Abfallprodukt des menschlichen Geistes.«

»Aber Sie handeln damit«, wagte ich zu äußern.

»Ich bin am Leben und werde auch sterben; das bedeutet nicht, daß ich das Leben oder den Tod billigte. Nun, wenn du lernen zu müssen glaubst, wirst du eben lernen; ich kann nichts daran ändern. Genausogut hier wie anderswo.«

»Danke sehr, Sir.«

»Dankbarkeit, Hodgins...« – weder damals noch später ließ er sich zu dem vertrauten ›Hodge‹ herbei, noch redete ich ihn jemals anders als ›Mr. Tyss‹ an, nicht einmal in Gedanken – »Dankbarkeit, Hodgins, ist eine für den Geber wie für den Empfänger verdrießliche Gefühlsregung. Wir tun, was wir müssen; Dankbarkeit, Mitleid, Liebe, Haß – all diese Heuchelei ist überflüssig.«

Ich dachte über diese Feststellung nach.

»Paß auf, du«, fuhr er fort, »ich werde dir Essen und Unterkunft geben, dich den Beruf des Schriftsetzers lehren und dich die Bücher lesen lassen, die ich habe. Geld werde ich dir nicht bezahlen; du kannst von mir stehlen, wenn du mußt. Du kannst hier in vier Monaten soviel lernen wie an einer Universität in vier Jahren – wenn du darauf bestehst, daß du lernen willst –, oder du kannst nichts lernen. Ich werde von dir erwarten, daß du die Arbeit tust, die ich für nötig halte; solltest du keinen Gefallen daran finden, so steht es dir jederzeit frei, deiner Wege zu gehen.«

Und so wurde innerhalb von zehn Minuten, nachdem er mich zum erstenmal sah, unsere Vereinbarung getroffen, wenn man eine so einfache und einseitige Feststellung eine Vereinbarung nennen kann. Für die nächsten sechs Jahre war der Laden für mich Heim und Schule, und Roger Tyss war mir Brotgeber, Lehrer und Vater. Er war nie mein Freund. Eher war er mein Gegner. Ich respektierte ihn, und je länger ich ihn kannte, desto tiefer wurde mein Respekt, aber es war ein zwiespältiges Gefühl, festgemacht nur an jenen Qualitäten, die er selbst verachtet haben würde. Ich verabscheute seine Ideen, seine Philosophie und viele seiner Handlungen, und diese Abscheu wuchs, bis es mir nicht länger möglich war, in seiner Nähe zu leben. Aber ich greife meiner Erzählung vor.

Tyss kannte Bücher, nicht bloß wie ein Buchhändler sie kennt – Einband, Format, Ausgabe, Verlag, Wert –, sondern als ein Gelehrter. Er schien enorm viel gelesen zu haben, und über jeden denkbaren Gegenstand, viele davon völlig nutzlos in der praktischen Anwendung. (Ich erinnere mich an einen langen Vortrag über Heraldik, voll von Begriffen wie ›Lilienfelder, von Schrägbalken geteilt‹, oder ›Rauten, verbunden in Querbalken, rot‹ und ›Halblöwen, schwarz‹. Dabei betrachtete er solche Belesenheit, tatsächlich sogar jede Belesenheit, mit Geringschätzung. Als ich ihn fragte, warum er es der Mühe wert gefunden habe, sich so etwas anzueignen, gab er zur Antwort: »Warum hast du es der Mühe wert gefunden, dir Schwielen anzueignen, Hodgins?«)

Als Drucker verfuhr er in gleicher Weise; für ihn war es nicht damit getan, einen harmonischen Satzspiegel zu entwerfen und in der jeweils passenden Schrift einen sauberen Text zu setzen; es kam vor, daß er Stunden mit gestalterischen Nebensächlichkeiten verbrachte, etwa mit der Bestimmung des richtigen Durchschusses oder der Stellung der Paginierung zum Satzspiegel, bis er endlich einen Probeabzug hatte, der ihn zufriedenstellte. Auch schrieb er viel aus sich: Gedichte, Essays, Manifeste, die er unmittelbar aus dem Setzkasten komponierte, worauf er einen einzigen Probeabzug machte, den er las - immer mit ausdrucksloser Miene - und sofort zerstörte, bevor er den Schriftsatz wieder ablegte.

Ich schlief auf einer Matratze, die tagsüber unter einem der Ladentische verwahrt wurde; Tyss hatte eine Couch, die kaum bequemer war und im Keller neben der Schnellpresse stand. Jeden Morgen, ehe es Zeit war, das Geschäft zu öffnen, schickte er mich zur anderen Seite der Stadt auf den Washington-Markt, um drei Pfund Rinderherz zu kaufen - samstags sechs, denn der Markt war, im Gegensatz zum Buchladen, sonntags geschlossen. Es war immer das gleiche, Rinderherz, das vom Fleischer in dünne Streifen geschnitten wurde. Nachdem ich lange genug bei ihm gelebt hatte, um der eintönigen Kost überdrüssig zu werden, aber noch nicht lange genug, um die

Hartnäckigkeit seiner Natur kennenzulernen, bat ich ihn, das ewige Rinderherz einmal durch Schweinefleisch oder Hammel zu ersetzen, oder wenigstens durch ein anderes Stück vom Rind, wie Hirn oder Kutteln, die obendrein billiger seien. Seine Antwort war immer die gleiche: »Das Herz, Hodgins. Kaufe vom Herz; es ist die lebenspendende Nahrung.«

Während ich meiner Besorgung nachging, pflegte er zwei Wecken Brot vom Vortag zu kaufen, noch immer leidlich frisch; wenn ich dann zurückkehrte, nahm er eine lange, zweizinkige Gabel, unser einziges Utensil, denn sein Etablissement kannte weder Eßbestecke noch Geschirr, spießte einen Streifen Rinderherz auf und hielt ihn über die Gasflamme eines Lampenständers, bis es rußig und geröstet war. Wir zerrissen die Brotwecken mit den Fingern, und mit einem Stück Brot in der einen Hand und einem Streifen Rinderherz in der anderen aßen wir jeder ein halbes Pfund Fleisch und den dritten Teil eines Brotweckens zum Frühstück, zum Mittagessen und zum Abendessen.

»Der Mensch ist ein außerordentlich primitiver Aasfresser«, informierte er mich, herzhaft kauend. »Welcher Löwe oder Tiger würde die alte, verwesende Jagdbeute eines anderen genießen? Welcher Geier, welche Hyäne tut es dem Menschen an wilder Grausamkeit gleich? Außerdem sind wir unserem Wesen nach Kannibalen. Wir essen unsere Götter; wir haben immer unsere Götter gegessen.«

»Ist das nicht bildlich oder poetisch gesprochen, Mr. Tyss? Ich meine, bezieht sich das nicht auf das Weizenkorn, das vom Schnitter ›getötet‹ und vom Sämann begraben wird?«

»Du denkst, die Götter seien nach dem Bild des Menschen gemacht, und nicht er nach ihrem Bild? Ich fürchte, du hast eine höhere Meinung von der Menschheit, als gerechtfertigt ist, Hodgins.«

»Ich weiß nicht, was Sie mit Göttern meinen.«

»Verkörperungen oder Personifizierungen menschlichen Strebens. Das Gute, das Wahre, das Schöne – mit geflügelten Füßen oder der Gestalt eines Stieres.«

»Wie ist es mit... äh... Chronos? Oder Satan?«

Er leckte sich den rußigen Fleischsaft von den Fingern, offensichtlich erfreut. »Satan. Ein ausgezeichnetes Beispiel. Symbol der vergeblichen Sehnsucht des Menschen, den göttlichen Plan – ich gebrauche das Wort ›göttlich‹ spöttisch, Hodgins – umzuwerfen und zunichte zu machen. Wer verehrt und bewundert Luzifer nicht in seinem Herzen? Nun, nachdem wir aus dem Teufel einen Gott gemacht haben, essen wir ihn täglich in einem zweifachen Sinne: indem wir den Mythos seiner Feindseligkeit schlucken (obwohl es niemals einen wahreren Freund gegeben hat), und indem wir seine Gebote befolgen und uns des Stolzes, der Habgier und der Gewalt befleißigen. Und du siehst selbst, wie er interessante Gedanken findet, damit müßige Gehirne darüber spekulieren. An die Arbeit!«

Er erwartete, daß ich etwas leistete, war aber weit davon entfernt, ein harter oder rücksichtsloser Lehrmeister zu sein. In den Jahren 1938 bis 1944, als das Land tiefer denn je in den Kolonialismus gepreßt wurde, gab es wenige so nachsichtige Arbeitgeber. Ich las eine Menge, im allgemeinen, wann es mir gefiel, und trotz seiner höhnischen Bemerkungen über das Lernen an sich ermutigte er mich, selbst wenn es auf seine Kosten ging. Gab es ein bestimmtes Buch nicht in seinem beträchtlichen Sortiment, so ließ er mich zu einem seiner Konkurrenten gehen und es dort auf seine Rechnung besorgen.

Großzügig war er auch, was den Zeitaufwand für meine Botengänge betraf. Oft bummelte ich durch die Stadt und sah mir das Leben an, als ob ich sonst nichts zu tun hätte. Und wenn ich von Zeit zu Zeit entdeckte, daß es in New York Mädchen gab, die einen stämmigen, großen Burschen nicht allzu unfreundlich betrachteten, obgleich er noch immer etwas von der ländlichen Art seiner Heimat an sich hatte, fragte er mich nie, warum ich für den Weg von einer halben Meile ein paar Stunden gebraucht hatte.

Zwar blieb er bei seiner ursprünglichen Ankündigung, mir keinen Lohn zu zahlen, aber er gab mir häufig kleinere Münzen als Taschengeld, offenbar aus Zufriedenheit, daß ich nicht stahl, und er ersetzte meine Lumpen durch getragene, aber ordentliche Kleidung.

Er hatte die Möglichkeiten, die in den Büchern steckten, nicht übertrieben. Ein anderer hätte, von Papier und Druckerschwärze übersättigt, vielleicht nach einiger Zeit aufgegeben; ich kann nur sagen, daß ich des Lesens niemals überdrüssig wurde. Ich verschlang Bücher. Nach Ladenschluß verband ich eine Leselampe durch ein langes Rohr mit dem nächsten Gasanschluß und machte es mir auf meinem Lager bequem, ein halbes Dutzend Bände in Reichweite. So las ich, bis ich nicht mehr imstande war, die Worte zu verstehen, oder bis mir die Augen zufielen. Nicht selten wachte ich am Morgen auf und entdeckte, daß die Lampe noch brannte und meine Finger die Buchseiten offenhielten.

Zu den Büchern, die mich am stärksten beeinflußten, gehörte das monumentale Werk *Ursachen des amerikanischen Niedergangs* von dem sehr bekannten ausgebürgerten Historiker Henry Adams. Besonders beeindruckt war ich von der berühmten Passage, in der er die Bostoner Essayisten William und Henry James wegen ihres quijotischen Beharrens und Eintretens für eine längst verlorene Sache tadelte. Geschichte, sagte Sir Henry, der in England lebte und von William V. in den Adelsstand erhoben worden war, Geschichte wird niemals von wohlmeinenden Individuen gelenkt oder umgelenkt; sie ist das Produkt von Kräften mit gesellschaftlichen und geografischen, nicht aber moralischen Wurzeln.

Möglicherweise hatte der gelehrte Mann recht, aber meine instinktiven Sympathien waren bei den Brüdern James, ungeachtet des Umstandes, daß ich ihre Bücher nicht erfreulich gefunden hatte Dies lag zumindest teilweise daran, daß die kleinen Auflagen schlecht gedruckt waren und überdies durch einen, so behaupteten wenigstens ausländische Kritiker, übermäßigen Gebrauch von Provinzialismen und umgangssprachlichen Wendungen beeinträchtigt wurden, die von den Autoren freilich bewußt verwendet worden waren, um Patriotismus und Geringschätzigkeit für importierte Eleganz zu demonstrieren. Aus irgendeinem Grund, der mir selbst nicht recht klar war, erwähnte ich Adams' Buch nicht, obwohl ich gewöhnlich mit jeder meiner Neuentdeckungen zu Tyss ging, um seine Meinung darüber einzuholen. Wenn er mich mit einem offenen Buch antraf, pflegte er einen Blick über meine Schulter auf den Kolumnentitel zu werfen und sogleich sein Urteil abzugeben, entweder über den betreffenden Autor oder über den Inhalt. Was er in jedem Fall zu sagen hatte, gab mir eine Einsicht, die mir andernfalls verwehrt geblieben wäre, und lenkte meine Aufmerksamkeit auf andere Aspekte und andere Schriftsteller. Er respektierte keine Autorität, einfach weil sie etabliert war oder von anderen anerkannt wurde; immer wieder forderte er mich auf, jede Erklärung, jede Hypothese oder politische Parole zu prüfen, gleichgültig, wie allgemein sie akzeptiert wurde.

Schon in den ersten Tagen meines Lebens bei Tyss war ich auf ein großes, gerahmtes Pergament aufmerksam geworden, das etwas schief und ziemlich verstaubt über seinem Setzkasten an der Wand hing. Es war schlicht, aber typographisch wirkungsvoll in der 16-Punkt Baskerville gesetzt; ich brauchte ihn nicht zu fragen, um zu wissen, daß er den Text selbst gesetzt hatte:

Hier liegt der Leichnam von
Benjamin Franklin
Drucker
Wie der Einband eines alten Buches
der Beschriftung und Vergoldung beraubt
Nahrung der Würmer
aber die Arbeit soll nicht verloren sein.
Denn sie wird, wie er glaubte,
in einer neuen und verbesserten Auflage,
durchgesehen und berichtigt vom Autor,
wieder erscheinen.

Als er sah, wie ich es bewunderte, lachte Tyss. »Gut gewählt, nicht wahr, Hodgins? Aber eine Lüge, eine perverse und wahrscheinlich heuchlerische Lüge. Es gibt keinen Autor; das Buch des Lebens ist ein Wirrwarr durcheinandergefallenen Satzes, eine Geschichte, die ein Idiot stammelt, voller Lärm und Wut, aber ohne Bedeutung. Es gibt keinen Plan, keine Synopse, die mit frommen Hoffnungen und scheinheiligen Handlungen erfüllt werden könnte. Es gibt nichts als eine ungeheure Leere im Universum.«

»Kürzlich sagten Sie mir, wir bewunderten den Teufel, weil er gegen einen Plan rebelliere.«

Er lächelte. »Also erwartest du Folgerichtigkeit statt Wahrheit von mir, Hodgins. Es gibt keinen Plan, der von einem Geist verfaßt worden wäre; dieser Nicht-Plan ist es, gegen den Luzifer kämpfte. Aber es gibt auch einen Plan, einen hirnlosen Plan, der unser aller Handlungen erklärt.«

Ich hatte das Buch eines obskuren irischen Theologen gelesen, eines protestantischen Pfarrers irgendeiner abgelegenen Gemeinde, so wenig angesehen, daß er gezwungen gewesen war, sein Manuskript auf eigene Kosten im Selbstverlag herauszubringen. Sein Name war George B. Shaw, und er hatte mich mit seinem wirkungsvollen Stil beeindruckt. Ich zitierte ihn vor Tyss, vielleicht ebensosehr, um mit meinem neu erworbenen Wissen zu glänzen, wie um sein Argument zu kontern.

»Unsinn! Ich kenne das Buch des braven Pfarrers, mit seiner Logik aus dem achtzehnten Jahrhundert und seinem verqueren Rationalismus. Es ist eine Verschwendung von Papier und Druckfarbe. Der Mensch denkt nicht; er denkt nur, daß er denke. Wie jedes Tier reagiert er auf äußere Reize; er kann seine Gedanken nicht ordnen.«

»Sie meinen, daß es keinen freien Willen gibt? Nicht einmal eine Freiheit der Wahl?«

»Genau. Die ganze Sache ist eine Illusion. Wir tun, was wir tun, weil jemand anders getan hat, was er tat; er tat es, weil wieder ein anderer tat, was er tat. Jede Handlung ist das unmittelbare Resultat einer anderen Handlung.«

»Aber es muß einen Anfang gegeben haben«, wendete ich ein. »Und wenn es einen Anfang gab, dann gab es auch Freiheit der Wahl, zumindest für die Dauer dieses ersten Augenblicks. Und wenn die Freiheit der Wahl existierte, dann kann sie wieder existieren.«

»Du hast das Zeug zu einem Metaphysiker, Hodgins«, sagte er vernichtend, denn Metaphysik war eines der verabscheuungswürdigsten Worte in seinem Vokabular. »Diese Logik ist infantil. Wenn ich dir und dem armen Pfarrer Shaw auf eurer eigenen Ebene antworten sollte, so könnte ich sagen, daß Zeit eine Konvention ist und daß alle Ereignisse gleichzeitig geschehen. Oder, wenn ich ihr Dimension zugestehe, könnte ich fragen: Was bringt dich auf die Idee, die Zeit sei eine gerade Linie, die schlankweg durch die Ewigkeit laufe? Warum gehst du nicht davon aus, daß die Zeit gebogen ist? Kannst du dir ihr Ende vorstellen? Oder ihren Anfang? Natürlich nicht! Ist vielleicht beides das gleiche? Die Schlange, die ihren Schwanz verschlungen hat?«

»Sie meinen, wir spielen nicht nur ein vorbereitetes Drehbuch, sondern wiederholen dieselben Zeilen bis in alle Ewigkeit? In Ihrem Kosmos gibt es keinen Himmel, nur eine unvorstellbare, niemals endende Hölle.«

Er zuckte die Achseln. »Daß du mich mit emotionaler Apologetik überschüttest, ist Teil dessen, was du das Drehbuch nennst, Hodgins. Du hast die Worte nicht gewählt, noch sprichst du sie aus eigenem freiem Willen aus. Sie wurden von dem Prozeß ins Leben gerufen, den ich dir erklärte, in welchem sich das eine aus dem anderen, vor ihm Gewesenen ergibt.«

Ich wurde auf eine mehr elementare Angriffsmethode zurückgezwungen. »Sie handeln nicht im Einklang mit Ihrer eigenen Überzeugung.«

Er schnaubte. »Eine gedankenlose Bemerkung, entschuldbar nur, weil sie nicht überlegt ist. Wie könnte ich anders handeln? Wie du, bin auch ich ein Gefangener der äußeren Reize, auf die ich reagieren muß.«

»Wie sinnlos ist es, als ein Mitglied der Großen Armee geschäftlichen Ruin und Einkerkerung zu riskieren, wenn niemand ändern kann, was vom Schicksal vorgegeben ist.«

»Sinnlos oder nicht, Emotionen und Reflexionen sind genauso Reaktionen wie Handlungen. Ich kann sowenig umhin, mich im Untergrund zu engagieren, wie ich umhin kann zu atmen, oder zu sterben, wenn die Zeit kommt. Nichts, sagt man, ist gewiß, außer dem Tod und der Steuer; tatsächlich ist *alles* gewiß. *Alles*!« wiederholte er mit Entschiedenheit.

Kopfschüttelnd kehrte ich an die Arbeit des Sortierens von Flugschriften und Handzetteln zurück, die als Altpapier verkauft werden sollten. Seine Theorie war unangreifbar; jeder Angriff wurde durch die Natur der These entwertet. Daß sie falsch war, bezweifelte ich nicht; ihre Undurchdringlichkeit machte ihre Falschheit nur noch beängstigender.

Ich führte mit Tyss genau so viele imaginäre wie wirkliche Diskussionen, doch konnte ich selbst in diesen entkörperlichten Streitgesprächen keinen Vorteil erlangen. Warum blicken Sie auf den Unabhängigkeitskrieg des Südens zurück und bedauern, daß daraus nicht geworden ist, was hätte werden können, wenn es nie eine Alternative gegeben hat? fragte ich ihn in Gedanken und wußte, daß seine Antwort: ›Ich kann nichts dagegen tun‹, überhaupt keine ernstzunehmende Antwort war.

Solche logische Unlogik war nur einer der zahlreichen Widersprüche seines Wesens. Die Große Armee, deren Zielen er hingebungsvoll diente, war eine terroristische Organisation gewalttätiger Männer. Er selbst war Fürsprecher und Werkzeug der Gewalt: eine illegale Zeitung, der *Wahre Amerikaner,* wurde auf seiner Schnellpresse gedruckt, und nicht selten sah ich zerknüllte Probeabzüge von großgedruckten Warnungen wie: HINAUS AUS DER STADT, VERRÄTER, ODER DIE GA WIRD DICH HÄNGEN! Dabei verabscheute er jegliche Grausamkeit, die anderer als intellektueller Natur war; seine Rachsucht gegen die Liberalen und Konföderierten erwuchs aus tief empfundener Empörung über den Zustand, in den sie das Land gestürzt hatten.

Pondible und die anderen Mitglieder, die, bärtig oder nicht, eine undefinierbare Ähnlichkeit miteinander hatten, kamen in Angelegenheiten der Großen Armee häufig in den Laden, und ich war überzeugt, daß viele der Botengänge, die ich zu erledigen hatte, den Zielen der Großen Armee dienten. Leute, die Quittungen mit einem X unterzeichneten – und zumindest in der Anfangszeit sah Tyss streng darauf, daß jede Auslieferung bestätigt wurde –, schienen kaum reguläre Abnehmer der Waren zu sein, die wir verkauften.

Ich war erleichtert, aber auch verwundert und vielleicht ein wenig pikiert, daß, abgesehen von dem ersten Gespräch mit Pondible, kein Versuch unternommen wurde, mich für die Organisation zu gewinnen. Tyss mußte gefühlt haben, daß er mir eine Erklärung schuldete, denn eines Tages brachte er den Punkt versteckt zur Sprache.

»Es gibt den formenden Typ, Hodgins, und den beobachtenden Typ. Der eine ist aktiv, der andere passiv. Der eine verändert den Gang der Ereignisse, der andere betrachtet sie. Natürlich«, fuhr er hastig fort, »heißt das nicht, daß ich metaphysischen Unsinn rede. Wenn ich sage, daß der formende Typ den Gang der Ereignisse verändert, so meine ich bloß, daß er positiv auf einen gegebenen Anreiz von außen reagiert, während der Zuschauertyp negativ auf die gleichen Umstände reagiert. Beide Reaktionen sind unvermeidlich und unausweichlich. Es versteht sich von selbst, daß der Gang der Ereignisse in Wirklichkeit niemals verändert wird.«

»Warum kann man nicht gelegentlich ein Typ und zu anderen Zeiten der andere sein? Ich habe von vielen tatkräftigen Männern gehört, die sich hingesetzt und ihre Memoiren geschrieben haben.«

»Du verwechselst die Nachwirkungen des Handelns mit Nichthandeln, die sich auflösenden Riffel auf der Oberfläche eines Teiches, in den ein Stein geworfen wurde, mit der stillen Oberfläche eines anderen, der nicht gestört wurde. Nein, Hodgins, die zwei Typen sind völlig verschieden und nicht austauschbar. Der schweizerische Polizeichef Carl Jung hat die Klassifikationen von Lombroso verfeinert und vervollkommnet und darüber hinaus gezeigt, wie der formende Typ immer bestimmt werden kann.«

Ich fand, daß er Unsinn redete, obgleich ich nie etwas von Lombroso gelesen oder von diesem Polizeichef Jung gehört hatte.

»Dem aktiven Typ erscheint der Zuschauer unnütz; dieser wiederum findet den Mann der Tat ein wenig absurd. Ein geborener Betrachter würde die ernsten Anstrengungen der Großen Armee – die Bildung von militärischen Kadereinheiten, die Ernennung von Offizieren, die geheime Gefechtsausbildung, die Bemühungen, zu einer wirklichen Armee zu werden – kindisch und abwegig finden.«

»Sie halten mich für den passiven, beobachtenden Typ, Mr. Tyss, nicht wahr?«

»Kein Zweifel, Hodgins. Gewisse Merkmale könnten auf den ersten Blick täuschen: die weit auseinanderstehenden Augen, die vollen, aber beherrschten Lippen, die kräftige Nase; aber sie sind subtileren Indikatoren untergeordnet. Es ist keine Frage, daß Jung dich als den Typ des passiven Beobachters einstufen würde.«

Wenn diese seltsame morphologische Methode der Beurteilung und Klassifizierung von Menschen mich davor bewahrte, den Beitritt zur Großen Armee verweigern zu müssen, so war ich zufrieden. Während dies aber kaum geeignet war, meine Beunruhigung darüber zu lindern, daß ich, wenn auch nur indirekt, Beihilfe zu Körperverletzung, Entführung und Mord leistete, redete ich mir zur Besänftigung meines Gewissens ein, daß ich vielleicht doch irrte, wenn ich mich ausgenutzt glaubte. Es gab Zeiten, da hatte ich das Gefühl, daß ich mich offen erklären und den Laden verlassen sollte, doch wenn ich dann an die Notwendigkeit dachte, Nahrung und ein Dach über dem Kopf zu finden, selbst wenn ich die zwingende Notwendigkeit von Büchern außer acht ließ, fehlte mir der Mut dazu.

Zuschauer? Warum nicht? Zuschauer hatten keine schwierigen Entscheidungen zu treffen.

5

Von Liberalen und Populisten

Ein Land, das in einem erbitterten Krieg besiegt und der Hälfte seines Territoriums beraubt wird, verliert seine Antriebskraft und seinen Mut und erleidet einen Schock, der sich allen Bewohnern mitteilt. Noch Generationen später grübeln sie über das Geschehene, ganz in Anspruch genommen von der Vergangenheit und Träumen von einer wunderbaren Umkehrung der Verhältnisse, bis die Zeit Apathie bringt, oder aber einen geschichtlichen Wandel zum Besseren. Die Große Armee mit ihrer primitiven und brutalen Philosophie und ebensolchen Methoden war die Antwort des Stolzes auf die Niederlage.

Es war nicht die einzige Antwort; die zwei beherrschenden politischen Parteien hatten andere. Die realistischen Liberalen wollten das Land und seine Wirtschaft in die bestehende weltpolitische Lage und den Weltmarkt eingliedern. Dazu mußten sie es ökonomisch ganz den großen Industrienationen ausliefern und dankbar ausländisches Kapital und ausländische Protektion annehmen. Das unmittelbare Resultat mußte eine größere Prosperität der besitzenden Klassen sein; sie behaupteten, daraus werde sich dann ein allmählicher Anstieg des Lebensstandards im ganzen Land ergeben, da die Arbeitgeber mehr Arbeitskräfte einstellen könnten. Gleichzeitig werde die Praxis der Kontraktarbeit, dem Wettbewerb der Lohnarbeit ausgesetzt, dahinschwinden.

Dies bestritten die Populisten. Die Regierung, so beharrten sie, wenn sie in der Opposition waren, sollte Industrien aufbauen, die Knechtschaft der Kontraktarbeit verbieten, die Kontrakte ausgebildeter Arbeitskräfte aufkaufen und garantierte Mindestlöhne festsetzen, die den

Verbrauch ankurbeln und neue Märkte schaffen würden. Nach außen hin solle man der Ausbeutung durch fremdes Kapital einen Riegel vorschieben und eine neue Armee und Flotte aufbauen, um ausländischen Erpressungen standhalten zu können. Daß sie ihr Programm niemals verwirklichten, lasteten sie den Liberalen und ihren arglistigen Manövern an.

Der Wahlkampf für die Präsidentschaftswahl von 1940 war so heftig, als ob das Amt tatsächlich ein begehrter Preis sei, statt ein praktisch leerer Titel, da alle wirkliche Macht vom Mehrheitsführer des Abgeordnetenhauses und seinem Kabinett von Ausschußvorsitzenden ausgeübt wurde. Schon im Mai wurde einer der führenden Mitbewerber um die Nominierung als Kandidat der Populisten angeschossen und schwer verletzt; die Cleveland Hall, wo der liberale Kandidat gekürt werden sollte, wurde von Brandstiftern angezündet.

Ich erreichte das wahlfähige Alter erst in zwei Jahren, doch wurde ich vom allgemeinen Fieber des Wahlkampfes angesteckt. Jennings Lewis, der Populist, war vielleicht der häßlichste Kandidat, der jemals aufgestellt worden war, mit einem haarlosen, skelettartig abgemagerten Schädel; Dewey, der nominierte Kandidat der Liberalen, war demgegenüber von einer gewissen Ansehnlichkeit, die sich möglicherweise vorteilhaft ausgewirkt haben würde, wären die beharrlichen Verfechter des Frauenwahlrechts mit ihren Forderungen durchgedrungen.

Die Kandidaten wagten sich traditionell niemals über Chicago hinaus nach Westen vor und konzentrierten ihre Wahlkampfveranstaltungen auf New York und Neuengland. In den dünnbesiedelten Landstrichen jenseits des Mississippi führten lokale Politiker stellvertretend die Kampagne. Dieses Jahr scheuten die beiden Anwärter auf das nominell höchste Amt im Staat keine Mühe, um die größtmögliche Zahl von Wählern zu erreichen. Dewey unternahm eine große Wahlkampfreise mit einer ganzen Flotte von lenkbaren Ballons; Lewis wurde in einer Serie kurzer Tinugraphien herausgestellt, die kostenlos vorgeführt wurden. Dewey hielt täglich mehrere Wahlreden vor kleineren Gruppen und Versammlungen; Lewis spezialisierte sich auf enorme Massenkundgebungen an den Wochenenden, gefolgt von Fackelumzügen.

Eine dieser Massenkundgebungen wurde Anfang September auf dem Union Square veranstaltet; der aus dem Amt scheidende Präsident George Norris sprach, und nach ihm der ehemalige Präsident Norman Thomas, der einzige Populist, der seit dem allseits verehrten Bryan zwei Amtszeiten hintereinander die Präsidentschaft innegehabt hatte.

Tyss erteilte mir nachsichtig die Erlaubnis, den Laden für ein paar Stunden zu verlassen, um an der Veranstaltung teilzunehmen. Obwohl er alle Wahlen als bedeutungslose Manöver bezeichnete, darauf angelegt, die Leute zu verwirren, hatte er diese zu geheimnisvollen und verstohlenen Aktivitäten genutzt.

Der Platz war bereits gut gefüllt, als ich eintraf, und wagemutige Versammlungsteilnehmer hatten die Statuen von Lafayette und Washington erklettert. Eine Orgel mit Dampfpfeifen spielte patriotische Lieder, und eine Druckluftmaschine stieß Rauchwolken aus, die für kurze Zeit den Namen des Kandidaten buchstabierten, ehe der Wind sie verwehte. Ich sah, daß ich mich damit würde abfinden müssen, das Geschehen auf der Rednertribüne aus der Ferne als eine Art Pantomime zu verfolgen, ohne die Rede selbst zu hören, und so wanderte ich am äußeren Rand der Menge entlang und überlegte, ob ich besser täte, gleich wieder zu gehen.

»Bitte treten Sie nicht so fest auf meinen Fuß. Oder gehört das zur Tradition der Populisten?«

»Verzeihen Sie, Miss; es tut mir leid. Habe ich Ihnen weh getan?«

Unweit von uns war eine Straßenlaterne, und ich

konnte sehen, daß sie jung und gut gekleidet war, kaum der Typ, den man bei einer politischen Massenveranstaltung erwarten würde, die ohnedies nicht für weibliche Zuhörer zugeschnitten war.

Sie rieb sich den Spann, richtete sich auf und sagte widerwillig: »Es ist schon gut. Geschieht mir recht, daß ich so neugierig war und die Menge sehen wollte.«

Sie war rundlich und hübsch, mit einem kleinen, unzufriedenen Mund und fahlem Haar, das ihr lang über die Schultern herabfiel. »Von hier aus ist nicht viel zu sehen«, sagte ich. »Sollte Ihre Begeisterung nicht so groß sein, daß Sie sich mit einem bloßen Blick auf die wichtigsten Leute zufriedengeben, erlauben Sie vielleicht, sich zur Straßenbahn begleiten zu lassen. Für meine Ungeschicklichkeit.«

Sie sah mich nachdenklich an. »Ich komme auch allein zurecht. Aber wenn Sie schon das Gefühl haben, Sie seien mir etwas dafür schuldig, daß Sie mir auf den Fuß traten, können Sie vielleicht erklären, warum überhaupt jemand zu diesen lächerlichen Veranstaltungen kommt.«

»Wieso... um die Redner zu hören.«

»Kaum einer von ihnen kann etwas hören. Nur die ganz vorn.«

»Nun, dann, um zu zeigen, daß sie die Partei unterstützen, denke ich.«

»Das dachte ich mir. Es muß ein Brauch oder ein Ritual oder so etwas sein. Eine stumpfsinnige Unterhaltung.«

»Aber billig«, sagte ich. »Und die Anhänger der Populisten haben gewöhnlich nicht viel Geld.«

»Vielleicht ist das der Grund«, erwiderte sie. »Wenn sie sich mit nützlicheren Dingen beschäftigen würden, würden sie Geld verdienen; dann würden sie nicht die Populisten wählen.«

»Ein ausgezeichneter Zirkelschluß. Wenn jedermann die Liberalen wählte, würden wir alle so reich sein wie die Liberalen.«

Sie zuckte die Achseln, eine Gebärde, die mir bei ihr

gefiel. »Es ist einfach, diejenigen zu beneiden, die besser daran sind; viel schwieriger ist es, seine eigene Lage zu verbessern.«

»Gegen diese Logik läßt sich nichts einwenden, Miss – ähm…?«

»Sagen Sie, Mr. Populist, verraten Damen Ihnen immer ihre Namen, wenn Sie ihnen auf die Füße treten?«

»Gewöhnlich habe ich nicht das Glück, Füße zum Drauftreten zu finden, an denen so liebenswerte Damen hängen«, antwortete ich kühn. »Ich will nicht leugnen, daß ich zu den Populisten neige, aber mein Name ist in Wirklichkeit Hodge Backmaker.«

Sie hieß Tirzah Vame und war einer Familie von wohlhabenden Leuten verpflichtet, die eine schöne moderne Villa nahe der Kreuzung 42. Straße und Fifth Avenue besaß. Sie hatte das Wort ›neugierig‹ gebraucht, um sich selbst zu charakterisieren, doch es war, wie ich bald entdeckte, eine kalte und unbewegliche Neugierde, die nur erforschte, was sie als möglicherweise nützlich erachtete oder was ihr albern erschien. Sie interessierte sich für alles, was modisch oder populär oder vielberedet war; die Vorstellung, sich mit etwas zu beschäftigen, was auch nur im mindesten abstrakt war, kam ihr unsinnig und lächerlich vor.

Sie hatte die Kontraktknechtschaft nicht aus einer brennenden wirtschaftlichen Notlage heraus gewählt, sondern aus Berechnung, in dem Glauben, sie könne durch ihre Verpflichtung Sicherheit erlangen. Dies erschien mir paradox, selbst wenn ich meine ›freie‹ Position ihrer gebundenen gegenüberstellte. Jedenfalls schien sie über viel Freizeit zu verfügen; bald nach unserem Bekanntwerden bei der Wahlversammlung trafen wir uns täglich in dem kleinen Park an der 42. Straße, wo wir stundenlang auf einer Bank saßen und uns unterhielten, oder spazierengingen, wenn die Herbstwitterung zum Sitzen zu kühl war.

Ich schmeichelte mir nicht lange, daß ihr Interesse – Duldung wäre vielleicht ein passenderes Wort – einer starken Anziehung entsprang, die ich auf sie ausübte. Wenn sie überhaupt etwas empfand, dann war es noch am ehesten ein leichter Widerwille gegen meine körperliche Gegenwart, die sie an eine gewöhnliche, in krassem Gegensatz zum wohlgeführten, glatten und gediegenen Lebensstil ihrer Brotgeber und deren Freunde stehende Umgebung zu gemahnen schien. Als ich sie das erstemal küßte, schauderte ihr ein wenig; dann schloß sie die Augen und erlaubte mir, es ein zweites Mal zu tun.

Sie widerstand nicht, als ich den stürmischen Liebhaber herauskehrte; auf meinen offenkundigen Vorwand hin, daß es nun selbst für Gespräche im Freien zu kalt geworden sei, führte sie mich unauffällig zu ihrem Zimmer in dem großen Haus. Ich war kein vollendeter Verführer, doch merkte ich sogar in meinem unbeholfenen Eifer, daß sie sich entschlossen hatte, mich gewähren zu lassen.

Daß ihre Willfährigkeit nicht das Ergebnis von Leidenschaft war, wurde bald offenkundig; und es lag nicht so sehr an einer Unfähigkeit meinerseits, ihre Gefühle in Wallung zu bringen, als vielmehr an ihrer Weigerung, dies über ein unvermeidliches Maß hinaus geschehen zu lassen. Sie erlaubte unsere Intimität, blieb aber so jungfräulich, hochmütig und kritisch wie zuvor.

»Es scheint kaum der Mühe wert. Kaum zu glauben, daß Leute über nichts anderes reden und schreiben und denken.«

»Tirzah, Liebes...«

»Und die Freiheiten, die man sich dabei erlaubt herausnehmen zu müssen. Ich finde dich nicht liebenswerter als vor einer Stunde. Wenn die Leute sich diesen Dingen hingeben müssen, und ich nehme an, sie müssen es, weil es seit langem ausgeübt wird, dann, denke ich, könnten sie es mit mehr Würde tun.«

Meine zunehmende Verliebtheit vermochte ihre Kühle nicht zu verringern; allein Neugierde schien sie zu bewegen. Meine klägliche Suche nach Wissen und Erkenntnis erheiterte sie nur. »Was soll dir all dein Lernen jemals nützen? Es wird dir nie einen Penny einbringen.«

Ich strich ihr über das lange, fahle Haar und küßte ihr Ohrläppchen. »Angenommen, es bringt mir nichts ein?« erwiderte ich träge. »Geld ist nicht alles; es gibt andere Dinge.«

Sie entzog sich mir. »Das sagen diejenigen, die zu nichts kommen, immer.«

»Und was sagen die Leute, die zu was kommen?«

»Daß Geld das Wichtigste von allem ist«, antwortete sie ernsthaft. »Daß man all die anderen Dinge damit kaufen kann.«

»Mit Geld kannst du dich aus deiner Kontraktknechtschaft freikaufen«, gab ich zu. »Aber zuerst mußt du welches haben.«

»Welches haben? Ich habe es nie ausgegeben. Die Summe, die ich für den Kontrakt bekam, habe ich immer noch.«

»Warum hast du dich dann überhaupt verpflichtet?«

Sie blickte mich verwundert und ein wenig mitleidig an. »Hast du niemals über ernsthafte Dinge nachgedacht? Nur über Bücher und Politik und dieses Zeug? Wie hätte ich ohne Verpflichtung eine Chance bekommen können? Ich glaube kaum, daß es meinen Eltern besser geht als den deinigen; nun, du bist ein allgemeiner Handlanger, und ich bin eine Gouvernante und Hauslehrerin, und in gewisser Weise sogar eine entfernte Freundin von Mrs. Smythe.«

»Das hört sich verdächtig nach Snobismus an.«

»Wirklich? Nun, dann bin ich eben ein Snob; ich habe es nie geleugnet. Ich möchte wie eine Dame leben, ein gutes Haus mit Dienstboten und Kutschen und Minibilen haben, zivilisierte Länder bereisen und eine Wohnung in

Paris oder Rom oder Wien haben. Du kannst die Armen lieben und den Populisten zujubeln; ich liebe die Reichen und die Liberalen.«

»Das mag alles schön und gut sein«, wendete ich ein, »aber wenn du auch dein Kontraktgeld hast und deine Freiheit jederzeit zurückkaufen kannst, wenn dir danach ist, wie sollte dir das zum Reichtum verhelfen?«

»Denkst du, ich bewahre das Geld im Strumpf auf? Es ist investiert, bis zum letzten Cent. Leute, die zu den Smythes kommen, geben mir Tips, wann man was kaufen und verkaufen sollte. Bis ich dreißig bin, werde ich wohlhabend sein, wenn alles gutgeht. Natürlich kann es sein, daß ich vorher schon einen reichen Mann heiraten werde.«

»Das ist eine furchtbar kaltblütige Art, die Ehe zu betrachten«, warf ich ihr vor.

»Meinst du?« entgegnete sie gleichgültig. »Nun, du erzählst mir sowieso die ganze Zeit, ich sei kalt. Dann kann ich genausogut in einer lohnenden Art und Weise kalt sein.«

»Wenn du so denkst, dann verstehe ich nicht, was wir hier machen. Ich würde meinen, du hättest dir längst einen mehr gewinnbringenden Liebhaber ausgewählt.«

Sie war unbeeindruckt. »Du hast überhaupt nicht darüber nachgedacht. Wenn du hättest, dann würdest du gesehen haben, daß ich Männer aus der Klasse, in die ich heiraten möchte, kaum ermutigen darf. Große Damen können über Klatschgeschichten lachen, aber das leiseste Geflüster über jemanden wie mich würde großen Schaden anrichten. Ein Skandal wäre unausweichlich, wenn ich in diesem Hause den Anschein erweckte, etwas anderes als eine kühle Spröde zu sein.«

Ein nicht allzu betrügerischer Anschein, überlegte ich, krank vor Eifersucht bei dem Gedanken an andere Männer, die jetzt an meiner Stelle sein könnten, wären sie nur ebenso anonym und unbedeutend wie ich. Aber diese Eifersucht war nicht viel schmerzhafter als meine Enttäuschung darüber, daß ich zur Gelegenheit gemacht worden war, zu einem Experiment. Beinahe jeder beliebige Mann von gleicher Bedeutungslosigkeit, jeder, der kein Bediensteter oder Freund des Hauses war, jeder, von dem nicht zu erwarten stand, daß er Mrs. Smythe jemals vor Augen kommen, geschweige denn mit ihr sprechen würde, hätte den Zweck genausogut erfüllt wie ich.

Wenn ich zurückblicke und versuche, für einen flüchtigen Augenblick jene verschwundene Vergangenheit wiederzugewinnen, empfinde ich eine traurige und auch komische Aufwallung von Mitleid mit dem Mädchen Tirzah und dem jungen Hodge. Wie ernst nahmen wir unsere moralischen und politischen Differenzen; wie leicht die flüchtigen Augenblicke der Vereinigung. Wir sagten und taten immer nur das Falsche, alles, was den Antagonismus zwischen uns nährte, und nichts von dem, was unsere jugendliche Selbstgewißheit hätte abmildern können. Wir zankten und stritten: Dewey und Lewis, Liberale gegen Populisten, Materialisten gegen Idealisten, Realität gegen Prinzip. Was damals so ungeheuer wichtig schien, erscheint jetzt so unnütz und nichtig.

Abgesehen von dem beinahe einhelligen Mißtrauen und Haß gegenüber allen Ausländern in den Vereinigten Staaten, betrachteten wir insbesondere die Konföderierten als die Ursache all unseren Unglücks. Wir machten sie verantwortlich und fürchteten sie als böse und unheilvoll, und daher nimmt es nicht wunder, daß die Wahlredner der Populisten, wenn sie die Liberalen als Handlanger und Werkzeuge des Südens angriffen, auf ein reichhaltiges Repertoire an Vorwürfen, Schmähungen und Verdammungsurteilen zurückgreifen konnten.

Im Gegensatz zu der in den Vereinigten Staaten verbreiteten und allgemein akzeptierten Ansicht war ich davon überzeugt, daß die Sieger im Unabhängigkeitskrieg des Südens Männer von höchster Redlichkeit gewesen seien, und ihr zweiter Präsident der edelste unter ihnen. Gleichwohl war mir bekannt, daß unmittelbar nach dem Friedensschluß von Richmond weniger hingebungsvolle Individuen in der neuen Nation zunehmend an Einfluß gewannen. Wie Sir John Dalberg bemerkte: »Macht neigt zu Korruption.«

Von seiner ersten Wahl im Jahre 1865 bis zu seinem Tode zehn Jahre später war Präsident Lee der Gefangene eines immer stärkeren Kongresses mit immer unverhüllter hervortretenden imperialistischen Neigungen gewesen. Er hatte bis zuletzt gegen die Invasion Mexikos durch die Konföderation gekämpft, die unter dem Vorwand unternommen worden war, während des Konflikts zwischen den Republikanern und dem Kaiser die Ordnung wiederherzustellen. Sein Respekt vor den verfassungsmäßigen Prozessen war jedoch zu tief verwurzelt gewesen, als daß er seine Gegnerschaft zu diesem Abenteuer angesichts der gemeinsamen Beschlüsse des Kongresses und Senates der Konföderation hätte aufrechterhalten können.

Lee blieb ein Symbol, aber als die Generation, die für die Unabhängigkeit des Südens gekämpft hatte, in die Gräber gesunken war, verblaßten die Ideale, die er verkörperte. Die Emanzipation der Farbigen, ins Werk gesetzt unter dem Druck von Männern wie Lee, entwikkelte sich bald zu einem Mittel, die Vorzüge der Sklaverei zu erhalten, ihre Verpflichtungen aber zu vergessen. Die Freigelassenen auf beiden Seiten der neuen Grenze waren ohne Bürgerrechte und in allen praktischen Angelegenheiten ohne juristischen Schutz. Doch während die alte Union die Einwanderung zuerst beschränkte und dann untersagte, nahm die Konföderation alle Farbigen auf, die aus dem Norden zurückkehrten, und machte sie zu Bürgern zweiter Klasse, darin den Lateinamerikanern gleichgestellt, die nach der Annexion größerer Teile Mexikos einen bedeutenden Prozentsatz an der Gesamtbevölkerung des Südens ausmachten. Die vollen Bürgerrechte blieben den Nachkommen jener vorbehalten, die am 4. Juli 1864 bereits in den Konföderierten Staaten wohnhaft gewesen waren.

Die Populisten bezeichneten die Liberalen als Agenten der Konföderation; die Liberalen bezeichneten die Populisten als Visionäre und Demagogen, welche die kriminellen Aktivitäten der Großen Armee tolerierten, wenn nicht gar unterstützten. Die Populisten verwiesen demgegenüber auf ihr Wahlprogramm, das illegale Organisationen verurteilte und ungesetzliche Methoden mit höheren Strafen bedrohte. Ich war davon nicht allzu beeindruckt, denn ich wußte, wie geschäftig Tyss, Pondible und ihre Gesinnungsgenossen seit Beginn des Wahlkampfes waren.

Am Abend des Wahltages sperrte Tyss den Laden zu, und wir gingen die wenigen Blocks zu Wanamaker & Stewarts, einem großen Kurzwarengeschäft, wo zwischen Tinugraphien, die das Warenangebot der Firma anpriesen, eine Leinwand gespannt war, auf welche die telegrafisch eingehenden Wahlresultate aus allen Teilen des Landes projiziert wurden. Von Anfang an zeigte sich deutlich, daß der unberechenbare Wähler Dewey gegenüber Lewis den Vorzug gab. Bundesstaaten, die bisher als Hochburgen standfester Populisten gegolten hatten, wandten sich zum erstenmal, seit William Hale Thompson Präsident Thomas R. Marshall 1920 besiegt hatte, reihenweise den Liberalen zu. Nur Massachusetts, Connecticut, Dakota und Oregon gingen an Lewis; sein eigenes Minnesota fiel mit einundzwanzig weiteren Staaten Dewey in den Schoß.

Ich war so enttäuscht, daß ich in zornige Verwirrung geriet, als ich sah, wie unbeeindruckt, ja heiter Tyss das niederschmetternde Ergebnis hinnahm. Als ich ihn fragte, welche Befriedigung er einer so überwältigenden Niederlage abgewinnen könne, lächelte er und sagte:

»Welcher Niederlage, Hodgins? Dachtest du, wir wollten, daß die Populisten gewännen? Daß Jennings Lewis mit seinem Programm von Weltfriedenskonferenzen gewählt würde? Wirklich, Hodgins, ich fürchte, du lernst nichts dazu.«

»Sie meinen, die Große Armee wollte von Anfang an Deweys Sieg?«

»Deweys Sieg oder den eines anderen; wir ziehen eine liberale Regierung vor, weil sie ein festes Ziel bietet. Eine Regierung der Populisten, deren wirklicher Standort kaum auszumachen ist, ist viel schwieriger zu treffen.«

Natürlich hätte ich daran denken sollen, daß Tyss und Tirzah schließlich auf derselben Seite erscheinen würden, wenn auch aus entgegengesetzten Gründen. Es war ein Zeichen meiner Ahnungslosigkeit, daß mir der Gedanke nie gekommen war.

6

Enfandin

Tirzahs Frage, was mir alles Lernen jemals nützen werde, beunruhigte mich von Zeit zu Zeit. Nicht, daß ich mich von meinem Wissen belastet fühlte, aber ich gedachte es zu vermehren - und was dann? Es traf zu, daß ich vom Lesen keine Belohnungen erwartete, ausgenommen den Genuß und die gelegentlichen Erkenntnisse, die es mir schenkte, aber die Zukunft, um ein so kopflastiges Wort zu gebrauchen, konnte nicht völlig außer acht gelassen werden. Ich konnte mich nicht sehen, wie ich mein Leben in der Buchhandlung verbrachte. Ich war Tyss dankbar, trotz seines Abscheus vor diesem Gefühl, weil er mir geholfen und persönliche Entfaltungsmöglichkeiten gegeben hatte, aber nicht dankbar genug, um mich mit dem Gedanken anzufreunden, ein zweiter Tyss zu werden, noch dazu einer, dem sein belebendes Engagement für die Große Armee abging.

Alternative Möglichkeiten waren weder zahlreich noch einladend. Tirzahs Beispiel zu folgen, mochte durchführbar scheinen, wenn man die enormen Unterschiede der Situation und des Charakters ignorierte, gar nicht zu reden von jenen zwischen einem lang aufgeschossenen Jüngling und einem hübschen Mädchen. Ich konnte kaum hoffen, eine reiche Familie zu finden, die meine Dienste kaufen, mir angemessene Aufgaben zuweisen und mit wohlwollender Toleranz meine Anstrengungen betrachten würde, vorwärtszukommen und möglichst frühzeitig aus der Bindung des Arbeitskontrakts freizukommen. Selbst wenn eine solche Möglichkeit existierte, hätte ich sie nicht nutzen können, wie Tirzah es tat; ich hätte unweigerlich eine Aktie mit einer anderen verwechselt oder den Kauf empfohlener Papiere vernachlässigt, bis es zu spät wäre, um zu guter Letzt bei Lotterielosen zu landen und die Kontraktsumme zu verlieren.

Meine hilflose Ungewißheit wirkte sich im Umgang mit ihr als ein zusätzlicher Nachteil aus. Ich hatte keine Hoffnung, daß ihre Kühle sich zu Zärtlichkeit oder glühender Inbrunst wandeln würde. Ich mußte von Tag zu Tag damit rechnen, daß ihre Neugierde befriedigt sein und sie die Unbequemlichkeiten, Peinlichkeiten und was für sie die Schmutzigkeit der Affäre gewesen sein mußte, zu groß finden würde.

Ja, wir waren ein seltsames Liebespaar. Wenn wir sprachen, vertraten wir entgegengesetzte Ansichten oder sprachen gemessen von Dingen, die fern von unseren Herzen waren. Wenn wir zusammen auf der Straße gingen oder das Gaslicht der Gehsteige zugunsten des Mondes über den Parkanlagen flohen, vermieden wir es, einander bei den Händen zu halten. Weil die Klugheit jeden körperlichen Kontakt verbot, es sei denn in völliger Zurückgezogenheit, gab es keine zufälligen oder weniger zufälligen Berührungen, und unsere heimlichen Umarmungen waren von Schuldgefühlen begleitet, weil sie im geheimen stattfanden.

Oft träumte ich von einer wunderbaren Veränderung entweder der Umstände oder ihrer Haltung, die die unsichtbare Mauer zwischen uns auflösen würde; unter der Hoffnung war jedoch nur die Erwartung eines plötzlichen und endgültigen Bruches. Als er endlich kam, nach mehr als einem Jahr, war er nicht das Ergebnis einer erfolgreichen Spekulation oder eines Eheversprechens, wie ich es mir qualvoll ausgemalt hatte, sondern die Folge einer natürlichen und normalen Entwicklung, die ich selbst zu verantworten hatte.

Unter den Kunden, denen ich häufig Bücherpakete auslieferte, war ein Monsieur René Enfandin, der in der 8. Straße wohnte, nicht weit von der Fifth Avenue. M. Enfandin war Konsul der Republik Haiti; das von ihm bewohnte Haus zeichnete sich vor der düsteren Eintönigkeit der Nachbarhäuser hauptsächlich durch ein großes rotes und blaues Wappenschild über dem Eingang aus. Er brauchte nicht das ganze Gebäude für sich, sondern hatte nur das Erdgeschoß als Konsulatsbüro und Wohnung gemietet; die oberen Geschosse wurden von anderen Mietparteien bewohnt.

Tyssens fremdenfeindliches Vorurteil veranlaßte ihn, hinter seinem Rücken über Enfandin zu spotten und Vorträge zu halten, die mit den Mitteln der Anthropometrie und häufiger Verweise auf Lombroso und Jung die Unfähigkeit der Neger zur Selbstregierung bewiesen. Ich bemerkte jedoch, daß er den Konsul nicht anders als seine übrigen Kunden behandelte, sowohl was die Höflichkeit wie auch, was die Ehrlichkeit betraf, und zu dieser Zeit kannte ich Tyss gut genug, um sein Verhalten nicht dem Selbstinteresse eines Geschäftsmannes zuzuschreiben, sondern eben jenem Mitgefühl, das er, getrieben von den Widersprüchen seiner Natur, so rigoros unterdrückte.

Lange Zeit schenkte ich Enfandin wenig Beachtung, obwohl die von ihm erworbenen Bücher ein breites Spektrum von Interessen verrieten. Ich fühlte, daß er, wie ich selbst, zur Zurückhaltung neigte. Er hatte eine Vereinbarung mit Tyss, die es ihm erlaubte, die meisten seiner Käufe gegen Kredit für andere zurückzugeben. Ohne diese Vereinbarung hätte seine Bibliothek ihn bald enteignet; wie die Dinge lagen, nahmen Bücher allen freien Raum in Anspruch, der nicht von dem Zubehör seines Büros und der Wohnquartiere benötigt wurde, ausgenommen ein Stück nackter Wand, wo ein großes Kruzifix hing. Er schien immer ein Buch in seiner großen dunkelbraunen Hand zu halten, entweder aufgeschlagen oder mit dem Daumen zwischen den Seiten.

Enfandin war hochgewachsen und kräftig, mit einem gutgeschnittenen Gesicht, eine in jeder Gesellschaft auffallende Erscheinung. In den Vereinigten Staaten, wo ein schwarzer Mann vor allem eine Erinnerung an den verhängnisvollen Krieg und Präsident Lincolns Proklamation war, war er ständiges Ziel von halbwüchsigen und erwachsenen Strolchen. Selbst die diplomatische Immunität seines Amtes war ein unzulänglicher Schutz, denn man glaubte nicht ohne eine gewisse Berechtigung, daß Haiti, die einzige zentralamerikanische Republik, die ihre volle Unabhängigkeit bewahrt hatte, die offizielle, wenn auch nur sporadisch verwirklichte Politik der Deportation von Negern nach Afrika hintertrieb, indem es ihre Einwanderung ins eigene Land förderte oder, was noch verdrießlicher war, ihnen zur Flucht zu den unbesiegten Indianern von Idaho und Montana verhalf.

Ich glaube nicht, daß wir über ein ›Guten Morgen‹ oder ›Danke sehr‹ hinaus mehr als ein paar Dutzend Worte gewechselt hatten, bis ich unter seinen ungezählten Büchern eines Tages ein Exemplar von Randolph Bournes Fragment entdeckte. »Wissen Sie, was das ist?« rief ich aus, zu überrascht, um meine Dreistigkeit zu bemerken. »Es ist ein Roman.«

Er schaute mich ernst an. »Du bewunderst Bourne auch?«

»O ja.« Ich kam mir ein wenig einfältig vor, nicht nur, weil ich ihm einen Rat aufgedrängt hatte, sondern wegen der Unzulänglichkeit meiner Bemerkung über einen Schriftsteller, der so viel Treffendes zu sagen wußte und verfolgt worden war, weil er es gesagt hatte. Gleichzeitig war ich mir Tyssens Meinung bewußt: Wie konnte ein Krüppel wie Bourne zu ganzen und gesunden Menschen sprechen?

»Aber du bist kein Freund von Romanen, nicht wahr?« Enfandin hatte keinen wahrnehmbaren Akzent, aber sein Englisch war häufig allzu literarisch und zuweilen etwas gestelzt.

Ich dachte an die Abenteuergeschichten, die ich einst

so atemlos verschlungen hatte. »Also... es scheint schon eine Art Zeitverschwendung zu sein.«

Er nickte. »Die liebe Zeit, ja... Wir verschwenden sie oder sparen sie oder gebrauchen sie – man möchte beinahe meinen, wir meisterten sie, statt umgekehrt sie uns. Aber sind wirklich alle Romane eine Verschwendung jener kostbaren Dimension? Vielleicht unterschätzt du den Wert der Erfindung.«

»Nein«, sagte ich, »aber welchen Wert hat die Erfindung von Ereignissen, die niemals stattgefunden haben, oder von Charakteren, die nie existierten?«

»Wer kann urteilen, was geschehen und was nicht geschehen ist? Es ist eine Frage der Definition.«

»Gut«, erwiderte ich. »Nehmen wir an, die Charaktere existieren im Geist des Autors, wie die Ereignisse; wo kommt der Wert der Erfindung ins Spiel?«

»In ihrem Zweck oder dem Gebrauch, der von ihr gemacht wird«, antwortete er. »Ein Rad, das sich ziellos in der Luft dreht, ohne etwas zu bewirken, ist nichts wert; dasselbe Rad an einem Wagen oder einem Flaschenzug kann schicksalsverändernd wirken.«

»Trotzdem kann man aus Märchengeschichten nichts lernen«, beharrte ich.

Er lächelte. »Vielleicht hast du nicht die richtigen Märchengeschichten gelesen.«

Bald entdeckte ich eine schnelle und durchdringende Sympathie in ihm, die zuweilen beinahe telepathisch war. Geduldig hörte er sich meine unreifen Meinungen an und ergänzte sie durch eigene Beobachtungen, ohne lehrhaft sein zu wollen. Das Verständnis und die Ermutigung, die ich von Tyss nicht erwartete oder wollte, gewährte er mir großzügig. Ihm erzählte ich von meinen Hoffnungen und Träumen, wie ich es Tirzah gegenüber niemals hätte tun können. Er hörte mich an und schien meine Gedanken nicht albern oder unmöglich zu finden. Ich verkleinere nicht, was Tyss für mich tat, wenn ich sage, daß ich ohne Enfandin viel weniger von den Büchern profitiert haben würde, zu denen mein Brotgeber mir Zugang gab.

Ich fühlte mich mehr und mehr zu ihm hingezogen; ich kann nicht sagen, warum er sich für mich interessierte, es sei denn, eine tiefere Einsicht steckte in der Bemerkung, die er einmal machte: »Ach, wir sind gleich, du und ich. Die Bücher, immer die Bücher. Und um ihrer selbst willen, nicht um reich oder berühmt zu werden, wie vernünftige Leute. Sind wir nicht einfältig? Aber es ist eine angenehme Torheit, und ein manchmal schuldloses Laster.«

Ich war begierig, über Tirzah zu sprechen, nicht nur, weil es für Liebende eine dringende Notwendigkeit ist, wenigstens den Namen des geliebten Wesens hundertmal am Tag oder öfter zu erwähnen, sondern in der nebulösen Hoffnung, er könne mir irgendwie eine Antwort auf sie und auch auf ihre Frage geben. Ich näherte mich dem Thema wiederholt auf verschiedene Art und Weise, aber jedesmal ging unser Gespräch weiter, ohne daß ich eine Gelegenheit gesehen hätte, ihm von ihr zu erzählen.

Wenn ich ihm einen Armvoll Bücher zum Konsulat geliefert hatte und wir über diese oder jene Sache ins Gespräch geraten waren, kam es nicht selten vor, daß er eine Notiz an seiner Tür zurückließ und mit mir zum Buchladen ging. Das Versprechen, daß er ›in zehn Minuten zurück‹ sein würde, ging selten in Erfüllung, denn er konnte sich so tief in ein Buch oder ein Thema verlieren, daß er sich der Zeit nicht mehr bewußt war.

Der Anlaß, der sich für mich als so wichtig erweisen sollte, ergab sich aus einem Gespräch über den mangelnden Widerstand gegenüber dem Bösen, ein Thema, zu welchem er viel zu sagen wußte. Wir gingen gerade an Wanamaker & Stewarts vorbei, und er hatte eben triumphierend die verblüffende Entscheidung des japanischen Schogun gewürdigt, alle Polizeikräfte abzuschaffen, als ich fühlte, daß jemand mich unverwandt anstarrte.

Ein Minibil, hochgebaut und offensichtlich eine Sonderanfertigung, rollte langsam die Straße entlang. Seine Messingbeschläge, die verzierten Nabenringe wie feine Äuglein im Mittelpunkt der mächtigen Speichenräder, die Rokokolampen, Regenrinnen und reichverzierten Türgriffe boten einen prächtigen Anblick. Im Wageninneren, gegenüber einer Dame von majestätischer Haltung, saß Tirzah. Sie hatte den Kopf ostentativ zur anderen Seite gewandt.

Enfandin blieb mit mir stehen und folgte meiner Blickrichtung mit den Augen. »Ah«, murmelte er. »Du kennst die Damen?«

»Das Mädchen. Es ist im Haus der Dame angestellt.«

»Ich sah das Gesicht nur flüchtig, aber sie ist hübsch.«

»Ja. O ja...« Ich spürte ein verzweifeltes Verlangen, mehr zu sagen, ihm zu danken, als wäre Tirzahs Aussehen irgendwie mein Verdienst, sie zu preisen und gleichzeitig grausam und hartherzig zu nennen. »O ja...«

»Ist sie vielleicht eine besondere Freundin?«

Ich nickte. »Sehr besonders.« Wir gingen schweigend weiter.

»Das ist nett. Aber sie ist vielleicht ein wenig unglücklich über deine Aussichten?«

»Woher wissen Sie das?«

»Es war nicht allzu schwierig zu folgern. Du bist vor der Herrin des Hauses verborgen worden; die junge Dame ist von Reichtum beeindruckt; du bist der Idealist, der es nicht ist.«

Endlich konnte ich sprechen. Ich erzählte von ihrer Kontraktknechtschaft, ihren ehrgeizigen Plänen und wie ich damit rechnete, daß sie jeden Augenblick alles zwischen uns beenden könne. »Und ich kann nichts daran ändern«, schloß ich bitter.

»Das ist richtig, Hodge. Du kannst nichts daran ändern, weil... Wirst du mir vergeben, wenn ich offen spreche, mag es dir auch hart erscheinen?«

»Reden Sie nur. Tirzah...« – welch eine Freude es war, ihren Namen auszusprechen! – »Tirzah hat mir oft genug vorgehalten, wie unrealistisch ich sei.«

»Das war nicht, was ich meinte. Ich würde sagen, daß du nichts daran ändern kannst, weil du nichts daran ändern möchtest.«

»Wie meinen Sie das? Ich würde alles tun, was ich könnte...«

»Wirklich? Die Bücher aufgeben, zum Beispiel?«

»Warum sollte ich? Was würde es nützen?«

»Ich sage nicht, daß du es solltest, oder daß es dir nützen würde. Ich versuche nur zu zeigen, daß die junge Dame, so bezaubernd und wichtig sie sein mag, nicht der anziehendste oder wichtigste Faktor in deinem Leben ist. Romantische Liebe ist ein sonderbares Nebenprodukt des westeuropäischen Feudalismus, und Afrikaner und Asiaten können es nur behutsam kritisieren. Du schüttelst hartnäckig den Kopf; du glaubst mir nicht. Gut, dann habe ich dich nicht verletzt.«

»Aber Sie haben mir auch nicht viel geholfen.«

»O weh! Was erwartest du von dem schwarzen Mann aus Haiti? – Wunder?«

»Mit weniger wird mir nicht geholfen sein, fürchte ich. Nun werden Sie mir wahrscheinlich sagen, daß ich mit der Zeit schon darüber wegkommen werde; daß es sowieso bloß die schmachtende Verliebtheit eines Halbwüchsigen sei.«

Er sah mich vorwurfsvoll an. »Nein, Hodge. Ich hoffe, ich werde niemals dahin kommen, daß ich glaube, leiden sei mit dem Alter oder dem Zeitablauf verknüpft. Was das Überwinden einer solchen Enttäuschung betrifft, nun, wir alle kommen schließlich über alles hinweg, aber wie erstrebenswert die absolute Ruhe und der Friede jener auch sein mag, die nicht mehr unter uns weilen, nur wenige sind bereit, das Leben mit seinen Erfahrungen vorzeitig aufzugeben.«

Später verglich ich Enfandins Meinung mit dem, was Tyss gesagt haben könnte. Lag die Verantwortung, mir Tirzah zu erhalten, allein bei mir und nicht bei uns beiden, oder beim Schicksal oder dem blinden Zufall? Oder waren die Ereignisse von Unausweichlichkeiten so eng eingegrenzt, daß selbst der bloße Gedanke, mit ihnen zu ringen, einfältig war?

Ich fragte mich auch, ob ich zu stolz gewesen sei, zu überempfindlich. Ich hatte versucht, ihr meinen Standpunkt durch Streiten nahezubringen, durch die Bekämpfung ihres eigenen; könnte es nicht möglich sein, freundlicher und sanfter zu argumentieren, ohne wesentliche Positionen aufzugeben? Sie abzulenken, nicht von ihren Ambitionen, aber von ihrer Geringschätzung für mich?

Voll guter Vorsätze verließ ich den Laden nach acht und eilte beschwingt zu unserem Treffpunkt im Park, wo ich ein wenig zu früh anlangte. Aber die Glocken der nahen Kirche hatten kaum die Viertelstunde geschlagen, als ich sie hinter mir sagen hörte: »Hodge.«

Ihre ungewohnte Pünktlichkeit war ein gutes Omen; warmer Optimismus erfüllte mich. »Tirzah, ich sah dich heute nachmittag...«

»Tatsächlich? Ich dachte, du wärst so in dein Gespräch mit Sambo vertieft, daß du nicht einmal aufblicken würdest.«

»Warum nennst du ihn so? Meinst du...«

»Um Himmelswillen, fang nicht an, mir Vorträge zu halten. Ich nenne ihn ›Sambo‹, weil es sich netter anhört als ›Nigger‹.«

All meine Vorsätze, Verständnis für ihren Standpunkt aufzubringen! »Ich nenne ihn Monsieur Enfandin, weil das sein Name ist«

»Hast du denn keinen Stolz? Nein, wahrscheinlich nicht. Bloß seltsame Manieren. Nun, ich kann deine Wunderlichkeiten ertragen, aber andere Leute würden es nicht verstehen. Was, glaubst du, würde Mrs. Smythe sagen?«

»Da ich der Dame nie begegnet bin, habe ich nicht die leiseste Ahnung.«

»Aber ich habe, und ich stimme ihr zu. Würde es dir gefallen, wenn ich einen nackten Kannibalen mit einem Ring in der Nase zum Freund hätte?«

»Aber Enfandin trägt keinen Ring in der Nase, und du mußt gesehen haben, daß er ordentlich angezogen war. Vielleicht ißt er im geheimen Missionare, aber das könnte Mrs. Smythe nicht beleidigen, da der Anschein gewahrt bliebe.«

»Es ist mir ernst, Hodge.«

»Mir auch. Enfandin ist mein einziger Freund.«

»Du magst über den Äußerlichkeiten stehen und Erwägungen des Anstandes überflüssig finden, aber das gilt nicht für mich. Wenn du jemals wieder mit ihm in der Öffentlichkeit erscheinst, kannst du aufhören, hierher zu kommen. Denn dann will ich nichts mehr mit dir zu tun haben.«

»Aber Tirzah...« begann ich hilflos, überwältigt von der Unmöglichkeit, mit den Belanglosigkeiten und Ungereimtheiten ihres Standpunkts zurechtzukommen. »Aber Tirzah...«

»Nein«, sagte sie entschieden, »du wirst vernünftig werden müssen, Hodge, und mit solchen kindischen Schaustellungen aufhören. Einziger Freund! Wenn er in diesem Augenblick hier auftauchte, würdest du es fertigbringen, mit ihm zu reden.«

»Natürlich. Du wirst doch nicht erwarten, daß ich...«

»Doch, das tue ich. Genau das erwarte ich. Daß du dich wie ein zivilisierter Mensch benimmst.«

Ich war nicht zornig. Ich konnte nicht zornig mit ihr sein. »Wenn das Zivilisation ist, dann möchte ich lieber nicht zivilisiert sein.«

Sie war verblüfft. »Du meinst – meinst wirklich, daß du dich auch weiterhin so benehmen wirst?«

Großvater Backmaker mußte ein hartnäckiger Mann

gewesen sein; ich hatte meiner Mutter Zeugnis, daß ich keine Wesenszüge der Hodgins in mir trug. »Tirzah, was würdest du von mir denken, wenn ich meinem einzigen Freund die kalte Schulter zeigte, dem einzigen wirklich guten und verständnisvollen Freund, den ich jemals hatte, nur weil Mrs. Smythe andere Vorstellungen von Anstand hat als ich?«

»Ich würde denken, daß du endlich anfingst, die Realitäten des Lebens zu verstehen.«

»Tut mir leid, Tirzah.«

»Es ist mein Ernst, Hodge, weißt du. Wir werden uns nie wiedersehen.«

»Wenn du nur auf mich hören würdest...«

»Wenn ich auf dich hörte, würde ich nur so verdreht werden wie du. Aber ich will keine verschrobene Person sein, und auch keine Märtyrerin. Ich will die Welt nicht verändern. Ich bin normal.«

»Tirzah...«

»Lebwohl, Hodge.«

Sie ließ mich stehen und ging fort. Ich hatte das irrationale Gefühl, daß sie zurückkommen möchte, wenn ich ihr nachriefe. Oder zumindest stehenbleiben und anhören, was ich zu sagen hatte. Aber ich schwieg. Enfandin hatte recht gehabt, die Verantwortlichkeit war auf meiner Seite. Es gab Dinge, die ich nicht aufgeben würde.

Meine heroische Stimmung mußte volle fünfzehn Minuten gedauert haben. Dann eilte ich durch den kleinen Park und die Straße entlang zum Haus der Smythes. In den oberen Geschossen brannte Licht, aber der Keller lag wie immer im Dunkeln. Ich wagte weder zu klopfen noch zu läuten; ihre ständigen Ermahnungen waren meinem Bewußtsein zu tief eingeprägt. Statt dessen wanderte ich in einem Aufruhr von Empfindungen auf dem gepflasterten Gehsteig auf und ab, bis der mißtrauische Blick eines Streifenpolizisten auf mich fiel; dann floh ich feigherzig.

Den nächsten Tag abzuwarten, war mir unmöglich. Kaum war ich daheim, schrieb ich ihr einen langen, chaotischen Brief, in dem ich sie flehentlich bat, mich anzuhören, mich zu ihr sprechen zu lassen, und sei es für zehn Minuten oder auch nur eine Minute. Ich wollte mich in Kontraktknechtschaft begeben oder auswandern und mit Klugheit und Inspiration ein Vermögen machen, wenn sie mich nur anhören würde. Ich rief ihr gemeinsame Stunden ins Gedächtnis zurück, schwur ihr meine Liebe und bekannte, daß ich ohne sie würde sterben müssen. Nachdem ich mehrere Seiten mit diesen Gefühlsergüssen bedeckt hatte, begann ich von vorn und wiederholte sie. Draußen graute der Morgen, als ich den Brief mit der Rohrpost aufgab.

Übernächtigt und gequält, war ich für Tyss am nächsten Tag von wenig Nutzen. Würde sie telegrafieren? Wenn sie durch Rohrpost antwortete, könnte ihr Brief schon am Nachmittag ausgeliefert werden. Oder würde sie selbst zur Buchhandlung kommen?

Am folgenden Tag schickte ich zwei weitere Briefe ab und ging in die 42. Straße. Lange beobachtete ich die Villa der Smythes, als könnte ich Tirzah durch die Kraft meiner Gedankenkonzentration zum Verlassen des Hauses zwingen. Am dritten Tag kamen meine Briefe ungeöffnet zurück.

Es gibt verschiedene Sprichwörter und Redensarten über die Elastizität der Jugend, und es ist wahr, daß mein Elend schon nach wenigen Wochen sehr abgenommen hatte, und daß ich den Verlust nach weiteren Wochen ganz verschmerzt hatte. Aber diese Wochen waren lang.

Das Thema Tirzah wurde zwischen Enfandin und mir nicht mehr erwähnt. Er mußte gespürt haben, daß ich sie verloren hatte, vielleicht erriet er sogar die Verbindung, die zwischen ihm und dem Bruch bestand, aber er war zu taktvoll, um den Punkt von sich aus zur Sprache zu bringen, und ich war zu tief verwundet.

Ich weiß nicht, ob die Episode eine Reifung in mir bewirkte oder ob ich als Folge meines Kummers versuchte, vor emotionalen Verstrickungen auf der Hut zu sein und mich gegen weitere Verletzungen abzuschirmen. Ob es eine logische Verbindung gab oder nicht, jedenfalls datiere ich den Beschluß, meine Lektüre auf Geschichte zu konzentrieren, auf diese Periode. Etwas schüchtern fragte ich meinen Freund, was er von dieser Absicht halte.

»Geschichte? Aber ganz gewiß, Hodge. Es ist ein lehrreiches und edles Studium. Doch was ist Geschichte? Wie ist sie geschrieben? Wie wird sie gelesen? Ist sie eine leidenschaftslose Chronik von Ereignissen, die wissenschaftlich untersucht und bestimmt wurden, um dann nach dem genauen Maß ihrer Bedeutung niedergelegt zu werden? Ist das überhaupt möglich? Oder ist sie die Verwandlung des Gewöhnlichen in das Verherrlichte? Oder die geschickte Verzerrung, die ein klareres Bild ergibt als genaue Blaupausen?«

»Mir scheint, daß die Fakten an erster Stelle stehen, und die Interpretationen danach kommen«, antwortete ich. »Wenn es uns gelingt, die Fakten ans Licht zu bringen, können wir uns unsere eigene Meinung darüber bilden«

»Vielleicht. Vielleicht. Aber nehmen wir einmal, was für mich die zentrale Tatsache aller Geschichte ist.« Er zeigte auf das Kruzifix. »Als Katholik sind die Tatsachen für mich klar; ich glaube an die buchstäbliche Wahrheit dessen, was in der Heiligen Schrift geschrieben steht: daß der Menschensohn für mich an diesem Kreuz starb. Aber welches waren die Tatsachen für einen zeitgenössischen römischen Staatsmann? Daß ein obskurer einheimischer Agitator die Stabilität einer unruhigen Provinz gefährdete und als eine Warnung für andere prompt in der bewährten römischen Art und Weise exekutiert wurde. Und für irgendeinen unserer Landsleute? Daß eine solche Person niemals existierte. Du denkst, diese Tatsachen schlössen einander gegenseitig aus? Richtig;

du weißt aber, daß nicht zwei Menschen genau das gleiche in einem Vorgang sehen; zu viele ehrliche Zeugen haben einander widersprochen. Und wie viele Versionen der Heiligen Schrift gibt es! Jede christliche Glaubensgemeinschaft, jede Sekte hat ihre eigene Auslegung«

»Sie sagen mit alledem, daß die Wahrheit relativ ist.«

»Sage ich das? Dann muß ich meinen Kopf untersuchen lassen. Denn ich wollte nichts dergleichen sagen. Die Wahrheit ist absolut und bleibt für alle Zeit gleich. Aber man kann nicht die ganze Wahrheit umfassen oder überblicken; das Beste, was ein einzelner tun kann, ist, einen einzigen Aspekt von ihr ganz zu sehen. Darum sage ich dir, Hodge: sei ein Skeptiker. Sei immer der Skeptiker.«

»Wirklich?« Ich fand, daß die Ermahnung sich mit seinem vorausgegangenen Glaubensbekenntnis nicht leicht vereinbaren ließ.

»Für den Gläubigen ist Skeptizismus notwendig. Wie sollte er falsche Götter von den wahren unterscheiden, wenn er nicht an beiden zweifelte? Eine der schädlichsten Redensarten ist: ›Ich traute meinen Augen nicht‹. Warum solltest du deinen Augen trauen? Die Natur gab dir Augen, um damit zu sehen, nicht um damit zu glauben. Glaube deiner Vernunft, deiner Intuition, deinen Gefühlen, wenn du willst – aber nicht deinen Augen allein, ohne die Hilfe eines dieser Dolmetscher. Deine Augen können das Trugbild, die Halluzinationen so leicht sehen wie die tatsächliche Szenerie. Deine Augen werden dir sagen, daß außer Materie nichts existiere...«

»Nicht nur meine Augen, auch mein Chef.«

»Wie? Was sagst du?« Bei all seiner Liebenswürdigkeit schätzte Enfandin eine Unterbrechung mitten im Vortrag so wenig wie jeder andere Lehrer. Doch war seine Gereiztheit schon im nächsten Augenblick wieder verflogen, und er lauschte aufmerksam meiner Schilderung von Tyssens mechanistischer Weltanschauung.

»Gott sei seiner armen Seele gnädig«, stieß er schließlich hervor. »Der arme Mann! Er hat sich vom Aberglauben der Religion befreit, um einem anderen Aberglauben zum Opfer zu fallen, der so trostlos ist, daß kein Christ es sich vorstellen kann. Stell dir vor...« - er begann auf und ab zu gehen -, »die Zeit ist kreisförmig, der Mensch eine Art mechanischer Gliederpuppe, wir sind dazu verurteilt, dieselben Handlungen und Bewegungen für alle Zeit immer und immer wieder zu tun. Ich sage dir, Hodge, das ist monströs. Der arme Mann. Der arme Mann!«

Ich nickte. »Ja. Aber welches ist die Antwort? Grenzenloser Raum? Grenzenlose Zeit? Diese Vorstellungen sind beinahe genauso grauenerregend, weil sie unvorstellbar und ungeheuer sind.«

»Warum sollte das Unvorstellbare und Ungeheure grauenerregend sein? Ist unser kleines menschliches Verständnis der allein gültige Maßstab und Führer? Nein, dies ist nicht die Antwort. Die Antwort ist, daß alles - Zeit, Raum, Materie - Illusion ist. Alles bis auf den guten Gott selbst. Außer Ihm ist nichts wirklich. Wir sind Geschöpfe Seiner Laune, Seine Hirngespinste, wenn man so will...«

»Welche Rolle spielt dann der freie Wille?«

»Die eines Geschenkes, natürlich. Oder übernatürlich. Welche sonst? Das größte Geschenk und die größte Verantwortung.«

Ich kann nicht sagen, daß seine Darlegung mich völlig befriedigte, wenn sie meinem Geschmack auch eher entsprach als Tyssens Philosophie. In Abständen kehrte ich zu dem Gespräch zurück, sowohl in meinen Gedanken wie auch in unseren Gesprächen, aber alles, was ich am Ende wirklich akzeptierte, war sein Rat, skeptisch zu sein, wenn ich ihn wohl auch nicht immer so beherzigte, wie er es meinte.

7

Von konföderierten Agenten 1942

Jedem anderen als dem Mondkalb, das ich im Jahr meiner Volljährigkeit noch immer war, wäre längst klargeworden, daß Enfandin über Tyssens Verbindung mit der negerhassenden, ausländerfeindlichen Großen Armee unterrichtet werden sollte. Und die Erkenntnis, so verspätet sie sich auch eingestellt hätte, wäre sofort in eine Warnung umgesetzt worden. Für mich wurde ein Dilemma daraus.

Wenn ich Tyss vor Enfandin bloßstellte, würde ich mich dem Mann undankbar erweisen, der mich aus der schlimmsten Notlage gerettet und mir die Gelegenheit gegeben hatte, die ich so sehr ersehnt hatte. Die Mitgliedschaft in der Großen Armee war ein Verbrechen, obwohl die Gesetze ziemlich lax gehandhabt wurden, und ich konnte kaum erwarten, daß ein ausländischer Diplomat, der die Gastfreundschaft der Vereinigten Staaten genoß, seinem Gastgeber Kenntnis von einer innenpolitischen Verschwörung vorenthalten würde, um so weniger, als er die Große Armee als eine Bedrohung verstehen mußte. Mit meinem Schweigen aber mißachtete ich die Freundespflicht. Wenn ich redete, würde ich ein Denunziant sein, wenn ich nicht redete, ein Heuchler und Schlimmeres. Der Umstand, daß keiner der beiden mich verdammen würde, welchen Kurs ich auch einschlug, vermehrte meine Ratlosigkeit, statt sie zu verringern. Ich zauderte, was darauf hinauslief, daß ich Tyss schützte, und daß diese Handlungsweise meinen Sympathien zuwiderlief, vermehrte mein Schuldgefühl.

In diesem kritischen Augenblick verstrickte mich eine Serie von Ereignissen noch tiefer in die Geschäfte der Großen Armee und komplizierte mein Verhältnis zu Tyss und Enfandin weiter. Diese Entwicklung begann an dem Tag, als ein Kunde sich mit einem höflichen Räuspern meiner Aufmerksamkeit versicherte.

»Ja, Sir? Kann ich Ihnen helfen?«

Er war ein dicker kleiner Mann mit erkennbar falschen Zähnen und Haar, das ihm hinten über den Kragen herabhing. Insgesamt war seine Erscheinung jedoch in keiner Weise lächerlich; vielmehr vermittelte er einen Eindruck von Autorität und Ungezwungenheit, verbunden mit einem so starken Selbstbewußtsein, daß es nicht untermauert zu werden brauchte.

»Ja, ich suchte nach...« begann er, worauf er mich mit einem scharfen Blick musterte. »Sagen Sie, sind Sie nicht der junge Mann, den ich mit einem Neger auf der Straße gehen sah? Einem großen schwarzen Kerl?«

Anscheinend war jedermann von dem Schauspiel fasziniert gewesen, zwei Leute von verschiedener Hautfarbe miteinander sprechen zu sehen. Ich merkte, wie ich errötete. »Es gibt kein Gesetz, das so etwas verbietet, nicht wahr?«

Er machte ein gurgelndes Geräusch, das ich für ein Auflachen nahm. »Ich weiß nichts von euren Yankee-Gesetzen, junger Freund. Was mich angeht, so würde ich sagen, daß nichts weiter dabei ist, überhaupt nicht. Hatte nie was gegen den Umgang mit Negern, im Gegenteil. Aber ich bin auch unter ihnen aufgewachsen. Die meisten Yankees scheinen zu glauben, Neger wären keine geeignete Gesellschaft für einen Weißen. Das beweist nur, wie engstirnig und bigott ihr hier im Norden sein könnt. Anwesende ausgenommen.«

»Monsieur Enfandin ist Konsul der Republik Haiti«, sagte ich. »Er ist ein Gelehrter und ein Herr.« Kaum hatte ich die Worte ausgesprochen, da bedauerte ich schon ihre gönnerhafte Herablassung. Ich schämte mich, als hätte ich ihn betrogen, indem ich meine Freundschaft rechtfertigen zu müssen glaubte und damit andeutete, es bedürfe besonderer Qualitäten, um das Handikap seiner Hautfarbe zu überwinden.

»Ein Musjö, hah? Ein ausländischer und gebildeter Neger! Nun, dagegen gibt es wohl nichts zu sagen.« Ein Unterton leisen Zweifels mischte sich in die Jovialität seiner Stimme. »Arbeiten Sie schon lange hier?«

»Bald vier Jahre.«

»Ein bißchen eintönig, nicht?«

»O nein – ich lese gern, und es gibt hier viele Bücher.«

Er runzelte die Stirn. »Sollte meinen, ein kräftiger junger Bursche könnte interessantere Dinge finden. Sie sind verpflichtet, natürlich? Nein? Nun, dann können Sie von Glück sagen. In gewisser Weise. Natürlich wird es Ihnen am Kleingeld fehlen, was? Es sei denn, Sie haben einen Treffer in der Lotterie gezogen.«

Ich sagte ihm, daß ich noch nie ein Lotterielos gekauft hatte.

Er klatschte sich auf den Schenkel, als hätte ich ihm einen sehr guten Witz erzählt. »Wenn das nicht typisch ist!« rief er aus. »Die Notwendigkeit bringt sie dazu, eine Lotterie einzuführen; der Puritanismus hindert sie daran, Lose zu kaufen. Köstlich!« Er gluckste und gurgelte vor Vergnügen, aber sein Blick wanderte dabei durch das Halbdunkel des Ladens. »Und was lesen Sie, junger Freund? Predigten? Bücher über Hexen?«

Ich gab zu, daß ich mich mit beidem flüchtig eingelassen hatte, und dann erklärte ich ihm meine Ambitionen, vielleicht in einem Versuch, ihn zu beeindrucken.

»Ein Historiker wollen Sie also werden, wie? Nicht ganz mein Fach, muß ich gestehen, aber ich denke, hier oben im Norden wird es nicht viele davon geben.«

»Nur eine Handvoll Universitätslehrer beschäftigen sich damit.«

Er schüttelte den Kopf. »Ein junger Mann mit Ihren Zielen könnte sich im Süden besser entwickeln, denke ich.«

»O ja; ich weiß, daß in Leesburg, Washington-Baltimore und anderswo viel historische Forschung betrieben wird. Sie sind selbst Konföderierter, Sir?«

»Jawohl, das bin ich, und mächtig stolz darauf. Nun passen Sie auf, junger Freund: Ich will Ihnen meine Karten auf den Tisch legen. Sie sind ein freier Mann und kriegen hier keine Bezahlung. Wie würde es Ihnen gefallen, eine kleine Arbeit für mich zu übernehmen? Sie können gutes Geld dabei verdienen; und ich glaube, ich wäre in der Lage, Ihnen so eine Sache zu vermitteln – wie nennt man es doch gleich? Stipendium! Ja, ein Stipendium an der Universität Leesburg.«

Ein Stipendium in Leesburg! Wo die Fakultät für Geschichte ein monumentales Projekt in Angriff genommen hatte – nichts Geringeres als eine Zusammenstellung allen bekannten Quellenmaterials über den Unabhängigkeitskrieg des Südens! Es kostete mich die größte Anstrengung, nicht blindlings zuzustimmen.

»Das hört sich gut an, Mr... ah...?«

»Oberst Tolliburr. Nennen Sie mich einfach Oberst.«

In seiner Haltung war nichts auch nur entfernt Militärisches. »Es hört sich wirklich gut an, Oberst. Und was wäre das für eine Arbeit?«

Er machte eine nachdenkliche Miene und klickte mit den allzu regelmäßigen Zähnen. »Es ist kaum der Rede wert, mein Junge, kaum eine Arbeit zu nennen. Ich möchte nur, daß Sie für mich eine Liste führen.«

Er schien das für eine vollständige Erklärung zu halten.

»Was für eine Liste, Oberst?«

»Wieso, eine Liste der Leute, die regelmäßig hier hereinkommen. Besonders derjenigen, die nichts zu kaufen scheinen und bloß mit Ihrem Chef reden. Namen, wenn Sie sie wissen, aber das ist nicht so sehr wichtig, und eine ungefähre Beschreibung. Wie etwa: eins siebzig groß, blaue Augen, dunkles Haar, gebrochene Nase, Narbe an der rechten Augenbraue. Und so weiter. Nichts wirklich Detailliertes. Und eine Liste von Lieferungen.«

War ich versucht? Ich weiß es wirklich nicht. »Es tut mir leid, Oberst. Ich fürchte, ich kann Ihnen nicht helfen.«

»Nicht einmal für dieses Stipendium und, sagen wir, hundert Dollar in richtigem Geld?«

Ich schüttelte den Kopf.

»Es ist nichts Schlimmes daran, junger Freund. Wahrscheinlich wird nichts dabei herauskommen.«

»Tut mir leid.«

»Zweihundert? Ich spreche nicht von Yankee-Scheinen, sondern von guten konföderierten Banknoten.«

»Es ist nicht eine Frage des Geldes, Oberst Tolliburr.«

Er warf mir einen schlauen Blick zu und zwinkerte. »Überdenken Sie es, Freund. Mit vorschnellen Entscheidungen ist niemandem gedient.« Er gab mir eine Karte. »Sollten Sie es sich anders überlegen, können Sie jederzeit kommen und mich besuchen oder mir ein Telegramm schicken.«

Ich sah ihm nach, bis er draußen zwischen den Passanten verschwand. Die Große Armee mußte der mächtigen Konföderation lästig geworden sein. Tyss sollte über das Interesse des Agenten unterrichtet werden. Aber ich wußte, daß ich nicht imstande wäre, es ihm zu sagen.

»Angenommen«, fragte ich Enfandin am nächsten Tag, »jemand wäre in der Lage, ein unfreiwilliger Helfer in einer... bei einer...«

Ich wußte nicht, wie ich die Situation beschreiben sollte, ohne verräterische Einzelheiten preiszugeben. Ich konnte ihm nicht von Tolliburr und meiner eindeutigen Pflicht erzählen, Tyss über die Spionage des Obersten zu informieren, ohne zugleich Tyssens Verbindung mit der Großen Armee zu enthüllen, womit ich zugleich aufdekken würde, daß ich Enfandin durch die Unterlassung, ihn zu warnen, getäuscht hatte. Wie ich es auch anstellte, was ich auch sagte oder nicht sagte, ich war irgendwie schuldig.

Er wartete geduldig, während ich nach Worten suchte, um eine Frage zu formulieren, die keine Frage mehr war. »Man kann nichts Böses tun, damit Gutes daraus erwachse«, sagte ich schließlich.

»Ganz recht. Und dann?«

»Nun... das könnte bedeuten, daß man schließlich alles Handeln ganz aufgibt, da man niemals Gewißheit haben kann, ob nicht auch die unschuldigste Handlung schlimme Folgen nach sich ziehen könnte.«

Er nickte. »Ich verstehe. Die Manichäer dachten so; sie glaubten, das Gute und das Böse befänden sich im Gleichgewicht, und der Mensch sei nach dem Bilde Satans erschaffen. Aber zweifellos besteht ein himmelweiter Unterschied zwischen diesem unmenschlichen Dogma und der Weigerung, bewußt böse Taten zu begehen.«

»Vielleicht«, sagte ich zweifelnd.

Er sah mich nachdenklich an. »Ein Mann ertrinkt im Fluß. Ich habe einen Strick. Werfe ich ihm den Strick zu, könnte er nicht nur in Sicherheit gelangen, sondern mir den Strick wegnehmen und ihn verwenden, um irgendeinen rechtschaffenen Bürger zu erdrosseln. Soll ich ihn darum ertrinken lassen, weil ich vermeiden muß, daß eine gute Tat womöglich Böses gebiert?«

»Aber manchmal sind beide so durcheinandergemischt, daß es unmöglich ist, sie zu entwirren.«

»Unmöglich? Oder nur sehr schwierig?«

»Ich weiß nicht.«

»Stellst du das Problem nicht vielleicht zu abstrakt? Ist nicht vielleicht deine Situation – deine hypothetische Situation – eine, die durch Beihilfe zum Bösen charakterisiert ist, um nicht eine Alternative wählen zu müssen, die persönliches Unglück bedeutet?«

Wieder hatte ich Mühe, unverbindliche Worte zu finden. Er hatte mein Dilemma in bezug auf die Große

Armee formuliert, soweit es mit der Frage verbunden war, ob ich meine Stellung im Buchladen aufgeben oder ihm alles über Tyssens Vorurteile anvertrauen sollte. Doch war es nicht mein ganzes Dilemma. Aber warum konnte ich Tyss nicht über Oberst Tolliburrs Besuch unterrichten, was ohne Zweifel meine Pflicht gewesen wäre? War diese übermäßige Bedenklichkeit nur ein Mittel, um Unannehmlichkeiten aus dem Wege zu gehen?

»Ja«, murmelte ich schließlich.

»Es wäre sehr schön, wenn die tugendhafte Wahl niemals mit Nachteilen verbunden wäre. Dann würden die einzigen, die sich für das Böse entschieden, solche mit psychischen Defekten sein – perverse, wahnhafte Psychopathen. Wer würde den Umweg vorziehen, wenn der gerade ebenso leicht und angenehm wäre? Nein, nein, mein lieber Hodge; man kann der Verantwortlichkeit seiner Wahl nicht einfach entfliehen, weil der andere Weg Unbequemlichkeiten oder Härten oder Leiden mit sich bringen würde.«

»Müssen wir immer handeln, ob wir des Ausgangs unseres Handelns sicher sind oder nicht?«

»Der Verzicht auf Handeln ist auch ein Handeln, denn können wir immer des guten Ausgangs unserer Weigerung zu handeln sicher sein?«

War es Kleinlichkeit, die mich veranlaßte, seine Position als Ministerialbeamter einer kleinen, jedoch ziemlich unangefochtenen Macht, gut genug bezahlt, um ein angenehmes Leben zu führen, mit der meinigen zu vergleichen, wo ein Bruch mit Tyss das Dasein eines Bettlers bedeutete, ohne jede weitere Chance, den Ehrgeiz zu befriedigen, der mir mit jedem Tag wichtiger wurde? War es Enfandin ein Leichtes, so zu reden, wie er es tat, da er ja nicht mit einschneidenden Alternativen konfrontiert war?

»Weißt du, Hodge«, sagte er, als wollte er das Thema wechseln, »ich bin, was man einen Karrierediplomaten nennt, das heißt, ich habe außer meinem Gehalt keine

Einkünfte und kein Vermögen. Dieses Gehalt mag dir groß erscheinen, aber es ist in Wirklichkeit nicht viel, weil das Protokoll verlangt, daß ich mehr als nötig ausgeben muß. Um der Ehre meines Landes willen. Und in der Heimat habe ich für den Haushalt meiner Frau und unserer Kinder aufzukommen...«

Ich hatte mir des öfteren Gedanken über seine vermeintliche Junggesellenexistenz gemacht.

»Um offen zu sein, Hodge, ich bin nicht der Meinung, daß meine Familie in den Vereinigten Staaten sicher oder gar glücklich leben könnte. Leider messen die meisten Leute in diesem Land der Hautfarbe eine größere Bedeutung bei, als du es tust. Nun, außer diesen Ausgaben leiste ich persönliche Beiträge zur Unterstützung Farbiger, die in diesem Land in - wie soll ich sagen? - unglückliche Umstände geraten sind, denn ich habe feststellen müssen, daß die offizielle Hilfe niemals genug ist. Nun bin ich indiskret gewesen; du bist zum Mitwisser eines Staatsgeheimnisses geworden. Warum ich dir das erzähle? Weil ich dir gern helfen würde, mein Freund. Leider kann ich kein Geld bieten. Aber eines kann ich tun, wenn es deinen Stolz nicht verletzt: Ich schlage vor, daß du hier wohnst - es wird nicht unbequemer sein als dein derzeitiges Quartier im Laden - und eine der Universitäten der Stadt besuchst. Eine Medaille oder ein Orden der Republik Haiti, nach reiflicher Prüfung seiner Verdienste einem hervorragenden Hochschullehrer verliehen - Auszeichnungen überspringen mühelos alle Rassenschranken, vielleicht, weil sie dem Uneingeweihten ihren Ursprung nicht verraten -, sollte die Frage der Studiengebühren regeln. Was sagst du?«

Was konnte ich sagen? Daß ich seine Großzügigkeit nicht verdiente? Die Feststellung würde bedeutungslos sein, eine bloße Redensart, solange ich nicht erläuterte, daß ich unaufrichtig zu ihm gewesen war, und dazu sah ich mich nun noch weniger als zuvor in der Lage. Oder konnte ich sagen, daß ich noch vor wenigen Minuten neidisch und gehässig über ihn gedacht hatte? Jämmerlich und glücklich zugleich, murmelte ich unzusammenhängende Dankesworte, begann eine Anzahl von Sätzen und ließ sie unvollendet, fiel endlich in ein peinliches und benommenes Schweigen.

Aber die neu eröffnete Perspektive schnitt durch meine Selbstbetrachtung und zerstreute meine Selbstvorwürfe. Die Zukunft war zu erregend, um sich mit Skrupeln herumzuschlagen; Minuten später schmiedeten wir Pläne und ergänzten unsere beiderseitigen Vorschläge durch neue und revidierte Ideen. Wir entschieden, wir überlegten, wir kehrten zu den ersten Entscheidungen zurück.

Trotz der ursprünglichen Übereinkunft, die solche Rücksichtnahme überflüssig machte, sollte ich Tyss zwei Wochen im voraus kündigen; Enfandin wollte unterdessen mit einem ihm bekannten Professor über meine Einschreibung sprechen. Als ich mit meiner Neuigkeit herauskam, zog Tyss spöttisch eine Augenbraue hoch.

»Ah, Hodgins, du siehst, wie sich die Schrift erfüllt. Nichts bleibt dem Zufall oder der Wahl überlassen. Wärst du nicht von einem unternehmenden Mann, dessen Methoden mehr am Erfolg orientiert als subtil waren, um dein bescheidenes Kapital erleichtert worden, hättest du dich vielleicht vier Jahre lang am Rande der akademischen Welt herumgedrückt, um dich dann, den gesunden Menschenverstand und was du sonst noch an Geistesgaben glaubst besessen zu haben, gegen einen Haufen unzusammenhängender Fakten eingetauscht, den Rest deines Lebens am Rande der ökonomischen Welt herumzudrükken. Du hättest George Pondible nicht kennengelernt und wärst nicht hierher gekommen, wo du deinen eigenen Verstand entdecken konntest, ohne dich einer professoralen Eisernen Jungfrau anpassen zu müssen.«

»Ich dachte, alles sei zufällig.«

Er warf mir einen vorwurfsvollen Blick zu. »Zufällig und vorherbestimmt sind nicht synonym, Hodgins, und keine von beiden schließt künstlerische Vollendung aus. Künstlerische Vollendung der unbewußten Art, versteht sich, wie diejenige der Schneeflocke oder des Bergkristalls. Und welche künstlerische Vollendung steckt in dieser Entwicklung! Du wirst voranschreiten und selbst ein Professor werden und Eiserne Jungfrauen für vielversprechende Studenten konstruieren, die später deine Konkurrenten werden. Du wirst gelehrte Geschichten schreiben, denn du bist der Zuschauertyp, wie ich schon sagte. Die für dich geschriebene Rolle verlangt nicht, daß du ein Teilnehmer bist, ein Instrument zur scheinbaren Beeinflussung von Ereignissen. Daher ist es angemessen, daß du diese Ereignisse künftigen Generationen weitermeldest, damit sie die Illusion hegen können, keine Marionetten zu sein.«

Er grinste mir zu. Zu einer anderen Zeit wäre es mir ein Vergnügen gewesen, mich auf das Sortiment von Widersprüchen und Unvereinbarkeiten zu stürzen, die er gerade von sich gegeben hatte; aber in diesem Augenblick konnte ich nur denken, daß ich es nicht über mich gebracht hatte, den Besuch des konföderierten Agenten zu erwähnen. Es hatte beinahe den Anschein, als wären seine mechanistischen Vorstellungen gültig, und ich wäre vom Schicksal dazu ausersehen, immer der undankbare Empfänger von Freundlichkeiten zu sein.

»Nun gut«, sagte er und steckte den Rest seines halbgaren Rinderherzens mit einem Stück Brot in den Mund; »solange deine Sentimentalität dich zwingt, Verpflichtungen zu respektieren, kann ich Arbeit für dich finden. Diese Kartons dort kommen nach oben. Pondible will sie heute nachmittag mit einem Fuhrwerk abholen.«

Ich habe von Außenstehenden öfters die Vermutung gehört, daß die Arbeit in einer Buchhandlung leicht und angenehm sein müsse. In den Jahren bei Roger Tyss aber hatte ich häufig Ursache, für meine bei der Feldarbeit geübte Kraft und Ausdauer dankbar zu sein. Die Kartons waren nicht groß, aber so schwer, daß sie dicht mit Büchern oder Broschüren vollgepackt sein mußten. Obwohl Tyss mir beim Hinauftragen half, war ich sehr erleichtert, als ich aufhören mußte, um einen Botengang zu erledigen.

Als ich zurückkam, ging er fort, um sich eine Bibliothek anzusehen, die ihm zum Kauf angeboten worden war. »Es sind nur vier Kartons übrig. Die beiden letzten sind in Papier gewickelte Pakete; hatte nicht genug Schachteln.«

Es war charakteristisch für ihn, daß er die leichteren Pakete für mich übriggelassen hatte. Ich tat, wie er mich geheißen hatte, doch als ich mit dem letzten Paket die Treppe hinauflief, stolperte ich und fiel vornüber. Instinktiv streckte ich die Arme aus, um den Aufprall abzufangen, und landete auf dem Paket. Das straff gespannte Packpapier platzte auf, und der Inhalt - sauber banderolierte rechteckige Bündel - wurde über den Boden verstreut.

Ich hatte genug vom Druckereigeschäft gelernt, um die Bündel der farbigen Papiere als Lithographien zu identifizieren, und als ich mich anschickte, sie aufzusammeln, fragte ich mich, warum man einen solchen Druckauftrag Tyss gegeben hatte, statt einer auf diese Art von Arbeit spezialisierten Druckerei.

Dann sah ich mir eines der Bündel, die ich aufgehoben hatte, genauer an. ESPAÑA stand in einem verschnörkelten, von Girlanden, Fruchtgehängen und allerlei Zierornamenten umrahmten Schriftband; darunter war die Abbildung eines Mannes mit langer Nase und vorstehender Unterlippe, flankiert von zwei verzierten Ziffern fünf, und am Fuß stand in einem ähnlichen Schriftband wie oben zu lesen: CINCO PESETAS. Banknoten des spanischen Reiches. Hunderte von Bündeln.

Es bedurfte weder der Kenntnisse eines Experten noch einer genaueren Überprüfung, um zu erkennen, daß in diesen Kartons und Paketen ein Vermögen in gefälschtem Geld steckte. Die Absicht, die mit der Fälschung spanischen Geldes verfolgt wurde, blieb mir verborgen, aber ich war davon überzeugt, daß es kein privates Unternehmen meines Brotgebers war, sondern eine Aktion der Großen Armee. Verwundert und besorgt schlug ich die Banknotenbündel in frisches Packpapier ein und bemühte mich um eine möglichst genaue Imitation der Originalverpackung.

Den Rest des Tages brachte ich damit zu, unruhige Blicke zu dem Kartonstapel zu werfen und jeden, der sich ihm näherte, mit ängstlicher Sorge zu beobachten. Die Herstellung von Falschgeld in der Landeswährung wurde mit dem Tode bestraft; ich hatte keine Ahnung, welche Strafe auf die Fälschung von Fremdwährungen stand, war aber überzeugt, daß selbst eine so geringfügige Beihilfe, wie ich sie geleistet hatte, üble Folgen für mich haben würde, sollte irgendeine Amtsperson auf die Kartons und ihren Inhalt aufmerksam werden.

Tyss benahm sich nicht im mindesten wie ein Schuldiger oder auch nur jemand, der ein wichtiges Geheimnis hatte. Er schien keine Gefahr zu sehen; zweifellos waren ihm solche Situationen nichts Neues; nur der Zufall und meine eigene Unaufmerksamkeit hatten verhindert, daß ich eher auf diese gefährlichen Aktivitäten aufmerksam geworden war.

Noch gab er Anzeichen von Besorgnis zu erkennen, als Pondible nicht kam. Es wurde dunkel, und draußen auf den Straßen gingen die Gaslaternen an. Der Verkehr kam mehr und mehr zur Ruhe, aber die gefährliche Ware stand wie zuvor aufgestapelt nahe der Tür. Endlich drang von draußen das Knirschen von Wagenrädern herein, und Pondibles Stimme ließ ein beruhigendes »Brrr-ha« ertönen.

Ich stürzte hinaus, als er mit bedächtiger Würde vom Kutschbock kletterte. »Wer da?« fragte er mit undeutlicher Stimme. »Komm her und zeig, w-wer du bist.«

»Ich bin's, Hodge«, sagte ich. »Lassen Sie mich helfen.«

»Hodge! Alter Freund; lange nicht gesehen!« (Er war erst am Tag zuvor im Laden gewesen.) »F-Furchtbares Pech, Hodge. F-Fiel vom W-Wagen. Vom Wagen, v-verstehst du?«

»Klar verstehe ich. Lassen Sie nur, ich binde das Pferd schon fest. Mr. Tyss wartet.«

»V-Verdammtes Pech«, murmelte er. »N-Nichts zu machen. Fiel runter.«

Tyss kam aus dem Laden und nahm ihn beim Arm. »Komm mit mir und ruh dich aus. Hodgins, du kannst mit dem Aufladen anfangen; du wirst jetzt auch die Auslieferung machen müssen.«

Rebellische Gedanken der Ablehnung gingen mir durch den Kopf. Warum sollte ich mich weiter in diese Angelegenheit verstricken? Er hatte kein Recht, so etwas von mir zu verlangen; um mich selbst zu schützen, war ich verpflichtet, diesen Auftrag zurückzuweisen. »Mr. Tyss...«

»Ja?«

In zwei Wochen würde ich frei von ihm sein, aber nichts konnte die Schuld auslöschen, in der ich bei ihm stand. »Nichts. Nichts«, murmelte ich und ging hinein, um die Kartons zum Fuhrwerk zu tragen.

8

Unruhige Zeiten

Er gab mir eine Adresse in der 26. Straße. »Der Mann heißt Sprovis.«

»Ist gut«, sagte ich so unerschütterlich wie ich konnte.

»Laß die Leute dort das Abladen besorgen. Ich sehe, daß ein voller Futtersack unter der Plane liegt; während die anderen abladen, könntest du ihn dem Pferd umhängen.«

»Wird gemacht.«

»Die Leute werden eine andere Sendung aufladen und mit dir zum Ziel fahren. Von dort bringst du das Fuhrwerk dann zum Mietstall zurück. Hier ist Geld für dein Abendessen und die Rückfahrt mit dem Kabelwagen.«

Er denkt an alles, sagte ich mir bitter. Bloß will ich mit der ganzen Geschichte nichts zu tun haben.

Während ich das Fuhrwerk langsam durch die beinahe leeren Straßen lenkte, nahm meine Verärgerung weiter zu und verdrängte wenigstens teilweise meine Furcht, aus irgendeinem unerklärlichen Grund von einem Polizeibeamten angehalten und festgenommen zu werden. Warum sollte man mich anhalten? Und warum sollte die Große Armee Pesetas fälschen?

Die Hausnummer, die ich mit einiger Mühe neben einer trübe erhellten Durchfahrt ausmachte, gehörte zu einer mindestens hundertjährigen Stuckfassade. Das Haus dahinter sah aus, als hätte es seit der Erbauung keinen Malerpinsel gesehen. Mr. Sprovis, der das Kellergeschoß bewohnte, hatte ein Ohr, das deutlich länger war als das andere, eine Anomalie, die ich mir nicht anders als mit der Gewohnheit erklären konnte, sich ständig am Ohrläppchen zu zupfen. Er und die anderen, die mit ihm herauskamen, um die Kartons abzuladen, trugen den Bart, der sie als Mitglieder der Großen Armee kenntlich machte.

»Ich mußte für Pon...«

»Keine Namen«, knurrte er. »Hast du gehört? Keine Namen!«

»In Ordnung. Man sagte mir, Sie würden abladen und wieder aufladen.«

»Ja, schon gut.«

Ich streifte dem Pferd die Riemen des Futterbeutels über die Ohren und wandte mich zum Gehen.

»He! Wohin willst du?«

»Was essen. Haben Sie was dagegen?«

Er spähte mißtrauisch zu mir herüber. »Na, meinetwegen. Aber laß uns nicht warten, hörst du? In zwanzig Minuten können wir fahren.«

Dieser Mr. Sprovis gefiel mir nicht. In einem Schnellrestaurant, wo die Gerichte von einer ausgeklügelten Automatik ausgegeben wurden, je nachdem, in welchen Schlitz man die Münzen steckte, stopfte ich mich mit Fisch und Kartoffeln voll, aber mein Vergnügen über die Gelegenheit, endlich einmal dem unweigerlichen Rinderherz mit Brot zu entgehen, wurde von den Gedanken an diesen Mann getrübt. Allem Anschein nach hatte ich das Abenteuer dieses Abends erst zur Hälfte hinter mir. Ich hatte keine Ahnung, welche Fracht Sprovis und seine Gefährten aufluden, während ich beim Essen saß, aber daß es keine harmlose Ware war, lag auf der Hand.

Als ich wieder in die 26. Straße einbog, war die dunkle Masse des Pferdefuhrwerks von ihrem Platz am Bordstein verschwunden. Alarmiert rannte ich los und entdeckte das Fuhrwerk einen halben Block weiter voraus; es mußte auf der Straße gewendet haben. Ich lief hinterher, kam längsseits, erwischte mit der Linken den Haltegriff am Kutschbock und sprang auf den Tritt, um mich hinaufzuziehen. »Was soll das heißen?«

Eine Faust traf meine Schulter und schlug mich beinahe vom Tritt. Ein dumpfer, betäubender Schmerz durchlief meinen Arm. Verzweifelt klammerte ich mich fest.

»Laß nur!« polterte eine tiefe Stimme. »Das ist der Junge, der damit kam. Laß ihn rauf!«

Eine andere Stimme, die offenbar dem Mann gehörte, der mich geschlagen hatte, fügte hinzu: »Paß nächstes Mal besser auf, Kamerad. Nicht dieses Aufspringen ohne Warnung. Ich hätte dir geradesogut ein Messer zwischen die Rippen schieben können.«

Ich konnte nur wiederholen: »Was soll das heißen, daß Sie mit dem Fuhrwerk losfahren? Ich bin dafür verantwortlich.«

»Er ist verantwortlich, habt ihr gehört?« spottete eine weitere Stimme von der Ladefläche. »Ist unhöflich, nicht auf ihn zu warten.«

Ich saß eingezwängt zwischen dem Kutscher und meinem Angreifer; meine Schulter schmerzte, und ich bekam es nun, da der erste Zorn verraucht war, wirklich mit der Angst zu tun. Diese Männer waren aktive Mitglieder der Großen Armee; Männer, die regelmäßig Mißhandlungen, Körperverletzungen, Brandstiftung, Raub und Mord begingen. Ich hatte unüberlegt gehandelt und Glück gehabt; diese Erkenntnis ließ es geraten erscheinen, nicht nach den Zügeln zu greifen, um sie wieder in Besitz zu nehmen.

Von der planengedeckten Ladefläche hörte ich das Murmeln und Schnaufen weiterer Männer, doch bedurfte es nicht dieser Wahrnehmung, um zu sehen, daß das Fuhrwerk überladen war. Wir bogen nordwärts in die Sixth Avenue ein; im Schein der Straßenlaterne sah ich, daß Sprovis die Zügel hielt. »Hüah, hüah!« rief er und ließ die Zügel auf den Pferderücken klatschen. »Los, faule Bestie, lauf!«

»Das ist ein Pferd«, wendete ich ein«, »keine Lokomotive.«

»Wer hätte das gedacht?« sagte eine Stimme von hinten. »Und wir dachten, wir wären auf der Eisenbahn.«

»Der Gaul ist müde«, beharrte ich, »und er muß zuviel Gewicht ziehen.«

»Halt den Mund!« befahl Sprovis ruhig. »Halt den Mund!« Seine Ruhe war nicht trügerisch; sie war unheilverkündend. Ich sagte nichts mehr.

Geschwindigkeit war aus mehreren Gründen unklug. Zum einen lenkte sie zu einem Zeitpunkt, da die meisten kommerziellen Fuhrwerke von den Straßen verschwunden waren und der Verkehr beinahe ausschließlich von Kutschen, leichten Einspännern, offenen Landauern und Minibilen bestritten wurde, Aufmerksamkeit auf das Lastfuhrwerk. Zum anderen war das Zugpferd schon so überfordert und würde bald völlig erschöpft sein, wenn er es unnötig zur Eile antrieb. Ich stellte mir die mißtrauische Menschenmenge vor, die sich bald um uns versammeln würde, wenn unser Zugpferd vor Erschöpfung zusammenbräche. Zudem bestand keine Hoffnung, daß Sprovis' unbekümmerte Fahrweise mit dem Bewußtsein zusammenhing, eine harmlose Ladung zu befördern; was immer wir fuhren, mußte ebenso belastend sein wie die gefälschten Banknoten.

Unzusammenhängende Gesprächsfetzen drangen unter dem Verdeck hervor. »Ich sage zu ihm: ›Paß auf, du machst mit den Verkäufen im Ausland einen hübschen Profit. Entweder du...‹«

»Und natürlich setzte er alles auf ein Zwanzig-Dollar-Los, obwohl ich ihm sagte...«

»›...meine Steuern‹, sagt er. ›Du sorgst dich um deine Steuern‹, sage ich; ›ich sorge mich um deine Beiträge.‹«

Ein monotones Fauchen und Zischen dicht hinter uns drängte sich in mein Bewußtsein; als wir in der Gegend der vierziger Straßen nach Osten einbogen, sah ich, daß es uns folgte, und rief: »Ein Minibil ist hinter uns her!«

Die Worte waren mir kaum über die Lippen, als der

Dampfwagen uns überholte und den Weg abschnitt, indem er diagonal an die Bordsteinkante fuhr. Das Pferd war anscheinend schon zu schwach, um zu scheuen; es blieb einfach stehen. Hinter mir hörte ich die Flüche der vom plötzlichen Anhalten überraschten, durcheinanderfallenden Passagiere.

»Jedenfalls nicht die Bullen!«

»Südagenten, wollen wir wetten?«

»Und nur einen halben Block vom...«

»Schnell, die Pistolen raus!«

»Nicht die Pistolen; ein Schuß, und wir sind erledigt. Luftpistolen, wenn jemand eine hat. Sonst Hände oder Messer. Los, auf sie!

Die beiden sprangen vom Kutschbock, während die anderen sich über die rückwärtige Ladeklappe schwangen. Ich blieb allein auf dem Fuhrwerk sitzen, ein Zuschauer auf erhöhtem Logenplatz. Ein paar Blocks weiter war der kleine Park, in dem ich mich immer mit Tirzah getroffen hatte. Es war kaum zu glauben, daß dies in einem von New Yorks ruhigsten Wohnbezirken geschehen konnte.

Ein ungleichmäßiges, verzerrendes Licht betonte die ungewöhnliche Schnelligkeit, die den Ablauf der nun folgenden Ereignisse auszeichnete, als ob die Beteiligten in statischen Augenblicken festgehalten würden und ihre Haltungen zwischen dem Aufblitzen der Sichtbarkeit veränderten. Alles ging so schnell, daß mögliche Beobachter hinter den Fenstern der benachbarten Häuser oder auf den Gehwegen kaum Zeit hatten, zu begreifen, was vorging, ehe alles vorbei war.

Vier Männer aus dem Minibil stießen mit fünf Männern vom Fuhrwerk zusammen. Die Chancen waren nicht allzu ungleich, denn die Angreifer hatten eine Disziplin, die Sprovis' Streitmacht fehlte. Während einer jener Sekunden scheinbaren Stillstands versuchte ihr Anführer zu verhandeln. »He, ihr Männer – wir haben nichts gegen euch. Für jeden von euch sind tausend Dollar drin...«

Ein Faustschlag klatschte ihm ins Gesicht. Im Zurücktaumeln kehrte er sein Gesicht einer der Straßenlaternen zu, aber es bedurfte kaum seines Anblicks, um mein Wiedererkennen von Oberst Tolliburrs Stimme zu bestätigen.

Die konföderierten Agenten hatten Messingschlagringe und Totschläger, und Oberst Tolliburr hatte einen Degenstock, den er mit blitzendem Schwung aus der Scheide riß. Die Männer der Großen Armee hatten Messer gezückt; niemand schien Luftpistolen oder federgespannte Waffen zu verwenden.

Beide Seiten waren sorgfältig darauf bedacht, jeden unnötigen Lärm zu vermeiden; niemand brüllte vor Wut oder schrie vor Schmerz. Diese gedämpfte Wildheit machte den Kampf noch schauerlicher, denn seine Teilnehmer bekämpften nicht nur einander, sondern auch ihre natürlichen Impulse. Ich hörte die Schläge, das angestrengte Grunzen, die unterdrückten Schreie, das Scharren von Füßen auf dem Pflaster und das dumpfe Aufschlagen fallender Körper. Einer der Verteidiger und zwei von den Angreifern blieben auf der Strecke, ehe die beiden anderen Südagenten aufgaben und das Weite suchten. Sie liefen zu ihrem Wagen, schienen zu begreifen, daß die Zeit nicht reichte, um das schwerfällige Fahrzeug in Bewegung zu setzen, und rannten die Straße hinunter. Der Augenblick ihrer Unschlüssigkeit besiegelte ihr Schicksal. Als die vier Männer der Großen Armee sie einholten, sah ich die Konföderierten stehenbleiben und die Arme heben. Dann wurden sie niedergeschlagen.

Ich kletterte auf der abgewandten Seite vom Fuhrwerk und machte mich im Schutz der Schatten eilig davon.

9

Barbara

Während der folgenden Tage war das Lesen ein reiner Vorwand. Ich benützte das aufgeschlagene Buch, um meine Zurückgezogenheit zu kaschieren, während ich nicht so sehr vor Angst als vielmehr vor Entsetzen und Abscheu zitterte. Ich war in einer rauhen Welt aufgewachsen, und Mord war in New York nichts Neues. Ich hatte früher schon hin und wieder Erschlagene gesehen, aber dies war das erstemal, daß ich mit nackter, gnadenloser Grausamkeit konfrontiert gewesen war. Obwohl ich überzeugt war, daß Sprovis keine sonderlichen Bedenken gehabt hätte, einen unbequemen Zeugen zu beseitigen, fürchtete ich nicht sehr um meine Sicherheit, zumal meine Kenntnis des Geschehenen mit jedem Tag weniger gefährlich wurde. Der Schrecken der Tat selbst blieb jedoch unvermindert lebendig.

Doch war ich nicht allein mit Empfindungen des Abscheus und des Entsetzens beschäftigt. Hinter beiden lugte die Neugierde mit der Frage hervor, was hinter den Ereignissen der Nacht liegen mochte. Was war wirklich geschehen, und was hatte es zu bedeuten?

Aus Bruchstücken von Gesprächen, die ich zufällig mithörte oder absichtlich belauschte, aus den Zeitungen, aus Schlußfolgerungen und erinnerten Fragmenten rekonstruierte ich das Bild, das den Hintergrund abgab. Seine Grenzen reichten weit über den Astor Place hinaus.

Seit Jahren hatte die Welt halb in Furcht und halb in Resignation darauf gewartet, daß zwischen den beiden Weltmächten, der Deutschen Union und den Konföderierten Staaten, Krieg ausbräche. Manche erwarteten, daß das Britische Empire als Verbündeter der Konföderation der Zünder zur Explosion sein werde; die meisten erwarteten, daß zumindest ein Teil des Krieges in den Vereinigten Staaten ausgefochten würde.

Die Strategie der Großen Armee, oder jenes Teils davon, dem Tyss angehörte, war allem Anschein nach ein weit hergeholter und ziemlich fantastischer Versuch, den wahrscheinlichen Gang der Geschichte zu hintertreiben. Die Falschmünzerei war ein Aspekt dieses Versuches, der nichts Geringeres bezweckte, als den Kriegsausbruch zu erzwingen, nicht durch den Alliierten der Konföderation, sondern durch jenen der Deutschen Union - das spanische Imperium. Mit enormen Mengen der unechten Banknoten, die von Emissären in Umlauf gebracht werden sollten, welche sich als konföderierte Agenten ausgaben, hoffte die Große Armee die Konföderation und Spanien zu entzweien und nach Möglichkeit die Neutralität der Vereinigten Staaten zu bewahren. Es war eine kluge Idee, aber, wie ich heute sehe, von Männern entwickelt, die von der wirklichen Mechanik der Weltpolitik keine Kenntnis besaßen.

Wenn ich jemals eine sentimentale Neigung zur Großen Armee hatte, so löste sie sich jetzt in Nichts auf. Tyssens Strategie mochte nicht vorsätzlich ersonnen worden sein, um Untaten zu beschönigen, aber sie machte es leicht, Aktionen wie die von Sprovis und seinen Kameraden zu rechtfertigen. Ich hatte keine so bequeme Möglichkeit, mein Gewissen zu betäuben. Aber noch als ich über die Schwäche und Feigheit grübelte, die mich zu einem Komplizen gemacht hatte, richtete ich den Blick voraus auf meine Erlösung. Ich hatte Enfandin seit seinem Angebot nicht gesehen; in einer Woche würde ich den Buchladen verlassen und bei ihm Zuflucht finden, und ich beschloß, daß es meine erste Handlung sein sollte, ihm alles zu erzählen. Und dann, gerade als er im Begriff war, Wirklichkeit zu werden, zerstob dieser Traum.

Ich wußte nicht, wer in das Konsulat einbrach, und zu welchem Zweck, aber das erscheint fast nebensächlich. Er wurde auf frischer Tat ertappt, schoß sich den Fluchtweg frei und verwundete Enfandin so schwer, daß dieser in den Wochen, bevor er endlich nach Haiti zurückgebracht wurde, um dort zu genesen oder zu sterben, das Sprachvermögen nicht wiedererlangte. Er konnte sich nicht mit mir in Verbindung setzen, und ich erhielt keine Besuchserlaubnis; die Polizeiwachen waren um so eifriger bedacht, ihn von allen Kontakten abzuschirmen, als er sowohl ein akkreditierter Diplomat und ein Schwarzer war.

Ich erfuhr nie, wer der Einbrecher war, der ihn niederschoß. Es war sehr unwahrscheinlich, daß er in irgendeinem Zusammenhang mit der Großen Armee stand, aber ich hatte keine Gewißheit. Ich konnte es nicht erfahren. Es war nicht auszuschließen, daß Enfandin von Sprovis oder gar von George Pondible erschossen worden war. Da die Kette schließlich zu mir zurückführen konnte, führte sie zu mir zurück. Wenn dies der Manichäismus war, von dem Enfandin gesprochen hatte, konnte ich nichts daran ändern.

Der Verlust meiner Möglichkeit, aus dem Buchladen zu entkommen, war die geringste meiner Verzweiflungen. Es schien mir, als ob ich von den unausweichlichen, unerbittlichen und dem Individuum keine Wahl lassenden Umständen, an die Tyss so fest glaubte und die Enfandin leugnete, gefangen wäre. Ich konnte weder meinem Schuldgefühl noch der Umgebung entfliehen, die zu weiterer Schuld führte. Ich konnte das Schicksal nicht ändern.

War alles das lediglich die Selbstquälerei eines introvertierten jungen Mannes? Möglicherweise. Ich weiß nur, daß ich für eine lange Zeit – wie man mit Anfang Zwanzig die Zeit mißt – alles Interesse am Leben verlor und sogar mit Selbstmordgedanken spielte. Ich fand nicht einmal mehr Geschmack an meinen geliebten Büchern.

Ich muß meine Arbeit im Laden getan haben; jedenfalls erinnere ich mich keiner Bemerkungen von Tyss darüber. Auch vermag ich mich an nichts zu erinnern, was die gleichmäßige und eintönige Abfolge der Tage unterbrochen und bemerkenswert gemacht hätte. Ich aß und schlief und tat meine Arbeit; zweifellos gab es viele Stunden, in denen ich durch diese oder jene Beschäftigung von meiner Hoffnungslosigkeit befreit war. Die Einzelheiten sind in der grauen Einförmigkeit jener Monate einfach untergegangen.

Noch vermag ich genau zu sagen, wann es war, daß die drückende Verzweiflung sich von mir hob. Ich weiß, daß ich eines Tages - es war kalt und der Schnee tief, tief genug jedenfalls, um die Minibile von den Straßen fernzuhalten und den Fuhrwerken Schwierigkeiten zu machen - ein Mädchen munter und rotwangig vorbeigehen sah, den Atem in rasch aufeinanderfolgenden kleinen Wolken ausstoßend, und einen Blick für sie hatte, der nicht teilnahmslos war. Als ich in den Laden zurückkehrte, nahm ich Feldmarschall Liddell-Harts Lebensbeschreibung des Generals Pickett auf und las dort weiter, wo ich vor langer Zeit aufgehört hatte. Augenblicke später war ich völlig darein vertieft.

Es mag paradox klingen, doch sobald ich wieder der alte war, war ich nicht mehr derselbe Hodge Backmaker. Zum erstenmal war ich entschlossen zu tun, was ich wollte, statt abzuwarten und zu hoffen, daß die Ereignisse sich irgendwie günstig für mich entwickeln würden. Ich wollte mich von dem Buchladen und all seinen Enttäuschungen und Schlechtigkeiten befreien.

Dieser Entschluß wurde von der Entdeckung bekräftigt, daß ich drauf und dran war, den Bücherbestand des Ladens zu erschöpfen. Die Bücher, die ich jetzt suchte, waren selten und immer schwieriger aufzutreiben. In meiner Unkenntnis des akademischen Lebens bildete ich mir ein, daß sie in jeder Universitätsbibliothek bereitstünden.

Auch gab ich mich nicht länger mit dem gedruckten Wort allein zufrieden. Meine Freundschaft mit Enfandin hatte mir gezeigt, wie fruchtbar eine persönliche Beziehung zwischen Lehrer und Student sein kann, und es schien mir, daß solche Bande sich zu anderen weiterentwickeln konnten, die zwischen Gelehrten bestanden und einen für beide Seiten nutzbringenden, konkurrenzfreien Wissensdrang fördern konnten.

Darüber hinaus wollte ich die echten, die ursprünglichen Quellen erforschen: unveröffentlichte Manuskripte von Teilnehmern oder Zeugen, alte Tagebücher und Briefe, Testamente oder Rechnungsbücher, die der Interpretation alter, vergessener Ereignisse neue Gesichtspunkte eröffnen oder die Gewichte der Bedeutung verschieben mochten.

Meine Probleme ließen sich in idealer Weise durch ein Universitätsstipendium lösen, doch wie sollte ich dies ohne die Unterstützung eines Tolliburr oder eines Enfandin erreichen? Ich hatte keine Empfehlungen und keine Zeugnisse, die der Rede wert gewesen wären. Obgleich die Einwanderungsschranken Studenten ausländischer Universitäten fernhielten, würde keine Universität in den Vereinigten Staaten einen jungen Autodiktaten aufnehmen, der nur wenig Latein und noch weniger Griechisch konnte und von Mathematik, Sprachen oder Naturwissenschaften überhaupt nichts wußte. Lange erwog ich mögliche Mittel und Wege, unauffällige wie dramatische; dann schrieb ich einen Bewerbungsbrief, mehr in einer Stimmung kläglicher Selbstironie als in nüchterner Hoffnung, erläuterte die Qualifikationen, die ich glaubte mir anmaßen zu dürfen, und erweiterte dabei das Ausmaß meiner Gelehrsamkeit mit einer Großzügigkeit, die nur von dem zur Beschönigung meiner Vorbildung notwendigen Einfallsreichtum übertroffen wurde, und umriß die Arbeit, die ich mir für die Zukunft vorgenommen hatte. Mit viel Sorgfalt und manchen Korrekturen setzte ich diese Komposition in Schriftsatz. Es war eine zweifellos alberne Geste, da ich aber keinen Zugang zu einem so kostspieligen Gerät wie einer Schreibmaschine hatte und dies nicht enthüllen wollte, indem ich die Bewerbungsbriefe handschriftlich abfaßte, nahm ich meine Zuflucht zu diesem durchsichtigen Mittel.

Tyss nahm sich einen der Abzüge vor, die ich auf der Kniehebelpresse gemacht hatte, und überflog den Text mit kritischer Miene.

»Ist es nicht gut?« fragte ich verzagt.

»Du hättest mehr Durchschuß geben sollen. Und die Zeilen besser ausschließen, damit Trennungen möglichst vermieden werden können. Ein guter Satz kann nie entstehen, wenn man mechanisch oder halbherzig bei der Sache ist - deshalb ist bis heute noch niemand imstande gewesen, eine praktische Schriftsetzmaschine zu erfinden. Ich fürchte, du wirst niemals einen ordentlichen Drucker abgeben, Hodgins.«

Er sorgte sich nur um die saubere Typographie und war am Inhalt meines Bewerbungsschreibens ebenso desinteressiert wie am Ergebnis. Oder die Hoffnungslosigkeit meines Unterfangens war ihm so klar, daß er jeden Kommentar dazu überflüssig fand.

Weil die staatliche Post, teuer und ineffizient, zu den beliebtesten Opfern von Straßenräubern gehörte und die Rohrpost auf örtliche Bereiche begrenzt war, gab ich die Briefe bei Wells Fargo auf, nachdem ich sie an eine eindrucksvolle Liste von Universitäten adressiert hatte. Ich kann nicht behaupten, daß ich dann hoffnungsvoll auf eine über mich hereinbrechende Flutwelle von guten Nachrichten wartete, denn obgleich mir bekannt war, daß die schwerbewaffneten Wächter der Wells Fargo-Linien die Zustellung meiner Bewerbungen mit ziemlich hoher Gewißheit garantierten, erwartete ich kaum eine Antwort. Es gelang mir sogar, den ganzen Komplex weitgehend aus dem Bewußtsein zu verdrängen, um ihn in immer größeren Abständen hervorzuholen, jedesmal ein wenig mehr verlegen über meine Anmaßung.

Es war mehrere Monate später, gegen Ende September, als das Telegramm kam. Sein Inhalt lautete: BITTE KEIN ANGEBOT AKZEPTIEREN BIS UNSERE BEAUFTRAGTE HAGGERSHAVEN ERLÄUTERT. THOMAS K. HAGGERWELLS.

Ich hatte keine Kopie meines Bewerbungsschreibens nach York in Pennsylvanien geschickt, wo das Telegramm aufgegeben worden war, noch gab es im näheren Umkreis eine der von mir angeschriebenen Universitäten. Soviel ich wußte, gab es dort überhaupt keine. Und ich hatte nie von Mr. (oder Doktor oder Professor) Haggerwells gehört. Ich hätte hinter der Botschaft einen bösen Scherz vermutet, nur entsprach diese Art von Humor nicht Tyssens Natur, und sonst wußte niemand von den Briefen, nur diejenigen, an welche sie gerichtet waren.

In keinem der Adressbücher, die ich konsultierte, konnte ich einen Hinweis auf Haggershaven finden, was angesichts der nachlässigen Art und Weise, wie diese Verzeichnisse zusammengestellt wurden, vielleicht nicht allzu überraschend war. Schließlich entschied ich, daß, wenn ein solcher Ort existierte, ich nur geduldig warten könne, bis die ›Beauftragte‹, wenn es wirklich eine gab, eintreffen würde.

Nachdem Tyss in Geschäften fortgegangen war, kehrte ich den Boden, wischte ein wenig Staub, richtete ein paar Bücher in den Regalen aus – jeder ernsthafte Versuch, den wahren Vorrat zu ordnen, wäre vergeblich gewesen – und machte mich an die Fahnenkorrektur eines umfangreichen Textes mit dem Titel FÜNFZEHN ENTSCHEIDENDE SCHLACHTEN von einem Hauptmann Eisenhower.

Ich war so in die Arbeit vertieft, daß ich niemanden eintreten hörte und auch keine ungeduldige Gegenwart spürte. Erst ein ziemlich scharfes »Ist der Inhaber da?« ließ mich aufmerken.

»Nein, Madam«, antwortete ich, legte zögernd den Winkelhaken aus der Hand und wischte mir die Finger. »Er ist außer Haus. Kann ich Ihnen helfen?«

Meine Augen, an das schlechte Licht im Laden gewöhnt, waren im Vorteil gegenüber den ihrigen, die sich nach der sonnenhellen Straße erst anpassen mußten. So musterte ich, ungefährdet in meiner Dreistigkeit, ihre lebenskräftige Weiblichkeit, eine Qualität, die, wenn so etwas möglich ist, unpersönlich schien. Es war nichts Provozierendes an ihr, gleichwohl war mir klar, daß meine Mutter beim Anblick der schwarzen Seidenhose und der eng anliegenden Jacke, die die Konturen ihrer Brüste betonte, die Lippen zusammengepreßt hätte. In einer Zeit, da die Frauen jedes Mittel gebrauchten, um auf ihre Hilflosigkeit und, daraus folgend, auf ihre begehrenswerten Aspekte und das unausgesprochene Bedürfnis nach einem Mann aufmerksam zu machen, der sie beschützte, gab sie sich einen Anschein, der zu sagen schien: Ja, gewiß, ich bin eine Frau; nicht verstohlen oder unverschämt oder zufällig, sondern hauptsächlich; wie stellen Sie sich dazu?

Sie war barhäuptig, beinahe so groß wie ich und ziemlich grobknochig. Sie vermittelte einen Eindruck von derber Sinnlichkeit, aber das war nicht alles, noch war es mit äußerlichen Attributen verbunden. Sie war nicht schön und weit davon entfernt, mädchenhaft-niedlich zu sein, obwohl man sie in einer Weise hätte hübsch nennen können. Ihr Haar, rötlich-braun und kaum bis auf die Schultern reichend, war gelockt, beinahe kraus; ihre Augen schienen schiefergrau. (Später lernte ich, daß sie von Blaßgrau zu Blaugrün variieren konnten.) Die Sinnlichkeit wurde, wenn überhaupt, nur von der Form und der Breite ihrer Lippen und diesem herausfordernden Ausdruck verraten.

Sie lächelte, und ich merkte, daß es ein Irrtum gewesen war, ihren Tonfall als herrisch aufzufassen. »Ich bin

Barbara Haggerwells. Ich suche einen Mr. Backmaker.« Sie blickte auf einen Zettel in ihrer Hand. »Einen Hodgins M. Backmaker, der diese Hausnummer als Anschrift genannt hat.«

»Ich bin Hodge Backmaker«, murmelte ich in Verzweiflung. »Ich... ich arbeite hier.« Ich war mir bewußt, daß ich mich an diesem Morgen nicht rasiert hatte, daß Hose und Jacke nicht zusammenpaßten, und daß mein Hemd unsauber war.

Ich glaube, ich erwartete, daß sie gehässig gesagt hätte: Das sehe ich! Oder das übliche: Das muß sehr interessant sein! Statt dessen sagte sie: »Ich frage mich, ob Sie vielleicht den Titel *Die Eigenschaften von X* vorrätig haben. Der Autor heißt Whitehead. Ich versuche seit langem, ein Exemplar zu bekommen.«

»Äh... ich... Ist es ein Kriminalroman?«

»Ich fürchte nein. Es ist ein Buch über Mathematik, verfaßt von einem Mathematiker, der im Gegensatz zu den meisten Kollegen seines Faches steht. Das Buch ist vor Jahren in einer kleinen Auflage erschienen, darum findet man es kaum noch. Das mag damit zusammenhängen, daß der Autor ziemlich eigenwillig ist und in seinen Urteilen kein Blatt vor den Mund nimmt.«

In dieser natürlichen und zwanglosen Art und Weise befreite sie mich von meiner Verlegenheit und leitete zu einem Gespräch über, das Bücher zum Gegenstand hatte und mir die Verlegenheit und etwas von der Demütigung nahm, von der ›Beauftragten‹ des Telegrammabsenders bei meiner bescheidenen Arbeit überrascht worden zu sein. Ich gab zu, daß ich von Mathematik nichts verstünde und keine Kenntnis von Mr. Whitehead hätte, erklärte aber zutreffend, daß das Buch nicht vorrätig sei, während sie mir versicherte, daß nur ein Spezialist von einem so wenig bekannten Theoretiker gehört haben würde. Dies brachte mich auf die Frage – mit der gebührenden Ehrfurcht, die man gegenüber einem Experten auf einem fremden Wissensgebiet empfindet –, ob sie Mathematikerin sei, worauf sie erwiderte: »Lieber Himmel, nein. Ich bin Physikerin. Aber die Mathematik ist mein Werkzeug.«

Ich betrachtete sie mit erneuertem Respekt. Jeder, so dachte ich, kann ein paar Bücher lesen und sich als ein Historiker bezeichnen; ein Physiker wurde man nur durch echtes Studieren. Und sie konnte nicht sehr viel älter sein als ich.

Unvermittelt sagte sie: »Mein Vater möchte etwas über Sie erfahren.«

Ich quittierte dies mit etwas, das zwischen einem Kopfnicken und einer Verbeugung war. Sie hatte mich in der letzten halben Stunde ausgefragt und abgeschätzt. »Ihr Vater ist Thomas Haggerwells?«

»Haggerwells von Haggershaven«, bestätigte sie, als ob damit alles erklärt wäre. Ihr Ton verriet Stolz und einen Anflug von Hochmut.

»Es tut mir schrecklich leid, aber ich fürchte, ich weiß von Haggershaven so wenig wie von Mathematik.«

»Ich dachte, Sie sagten, Sie hätten Geschichte gelesen. Seltsam, daß Sie in den Aufzeichnungen über die letzten fünfundsiebzig Jahre keinen Hinweis auf Haggershaven gefunden haben.«

Ich schüttelte hilflos den Kopf. »Es kann sein, daß mein Lesen etwas unsystematisch gewesen ist.« Ihr Blick ließ Zustimmung erkennen, aber keine Absolution. »Haggershaven ist eine Universität oder eine Hochschule?«

»Nein. Haggershaven ist... Haggershaven.« Sie gewann ihren Gleichmut zurück, ihre Haltung lächelnder Toleranz. »Eine Universität kann man es kaum nennen, weil es weder Studenten noch Fakultäten gibt. In Haggershaven sind vielmehr beide eins. Jeder, der zugelassen wird, ist ein Gelehrter oder ein potentieller Gelehrter, der den Wunsch hat, sich dem Lernen zu widmen. Ich meine, um seiner selbst willen. Nicht viele sind annehmbar.«

Das hätte sie nicht hinzuzufügen brauchen; es schien offenkundig, daß ich keiner der Erwählten sein konnte, selbst wenn ich sie nicht mit der Auskunft beleidigt hätte, nie von Haggershaven gehört zu haben. Ich wußte, daß ich nicht einmal die nachsichtigste aller Aufnahmeprüfungen für eine gewöhnliche Universität würde bestehen können, geschweige denn für ein wissenschaftlich so hochstehendes Institut wie jenes, das sie vertrat.

»Es gibt keine formalen Voraussetzungen oder Erfordernisse für die Mitgliedschaft«, fuhr sie fort. »Ein Kandidat muß aber bereit sein, sein Wissen und seine Arbeitskraft in den Dienst der Gemeinschaft zu stellen, am freien und vorbehaltlosen Austausch von Kenntnissen teilzunehmen, in Übereinstimmung mit den Mehrheitsentscheidungen der Mitglieder wirtschaftlich zum Erhalt der Gemeinschaft beizutragen und in strittigen Fragen ohne Rücksicht auf Erwägungen des persönlichen Gewinns für das Gemeinwohl einzutreten. Na ja, ich fürchte, das hört sich wie das langweiligste Manifest des Jahres an.«

»Es klingt zu gut, um wahr zu sein.«

»Oh, es ist schon wahr.« Sie trat näher, und meine Nase fing den Duft ihres Haars auf. »Aber die Sache hat noch eine andere Seite. Haggershaven ist weder wohlhabend noch mit Stiftungen oder Subventionen versehen. Wir müssen unseren Unterhalt selbst bestreiten. Die Mitglieder beziehen keine Stipendien; sie haben Essen, Kleidung, Unterkunft und was immer sie an Büchern und Materialien benötigen, aber nichts Unnötiges. Häufig kommt es vor, daß wir unsere eigentliche Beschäftigung unterbrechen müssen, um durch manuelle Arbeit Nahrung und Geld für alle zu verdienen.«

»Ich habe von solchen Gemeinschaften gelesen«, sagte ich begeistert. »Ich dachte, sie wären vor fünfzig oder sechzig Jahren alle verschwunden.«

»So, dachten Sie?« fragte sie geringschätzig. »Sie werden überrascht sein zu erfahren, daß Haggershaven nicht weltanschaulich geprägt ist. Wir sind weder Fanatiker noch Menschheitsverbesserer. Wir leben nicht nach Art der Anhänger des Fourierschen sozialen Systems in Gesamthäusern, sind keine Vegetarier und praktizieren nicht die Gruppenehe. Unsere Gemeinschaft ist ein Notbehelf, verbesserungsfähig und nicht doktrinär. Beiträge zum Gemeinschaftsvermögen sind freiwillig, und wir beschäftigen uns nicht mit der Frage, wie jedes Mitglied seine oder ihre freien Stunden verbringt.«

»Ich bitte um Entschuldigung, Miss Haggerwells. Ich wollte Sie nicht ärgern.«

»Es ist schon gut. Vielleicht bin ich ein wenig empfindlich; mein Leben lang habe ich das blinzelnde Mißtrauen der Farmer der Umgebung gesehen, die allesamt überzeugt waren, daß wir etwas Unmoralisches, oder zumindest Illegales trieben. Sie haben keine Ahnung, welch einen stachligen Panzer man um sich bildet, wenn man weiß, daß jeder Bauerntölpel kakelt: ›Da geht eine von *denen*; ich wette, sie...‹, was immer ihre Einbildungskraft sich im Moment an unkonventionellen Praktiken vorstellen kann. Und parallel dazu das Mißtrauen der angesehenen Institutionen. Von außen gesehen mag Haggershaven in der Tat als ein Zufluchtsort für Unangepaßte erscheinen, aber ist es notwendigerweise falsch, sich nicht in die Zivilisation um uns einzufügen?«

»Da bin ich voreingenommen. Jedenfalls fiel es mir immer schwer, mich einzufügen.«

Sie antwortete nicht, und ich fühlte, daß ich mit meiner impulsiven Identifikation zu weit gegangen war. Um die Peinlichkeit des Augenblicks zu überwinden, platzte ich unbeholfen heraus: »Können Sie... meinen Sie, es gibt eine Möglichkeit, daß Haggershaven mich aufnehmen würde?« Was ich an innerer Reserve zu bewahren versucht hatte, war vergessen; meine Stimme drückte nur kindisches Verlangen aus.

»Das kann ich nicht sagen«, antwortete sie spröde. »Annahme oder Ablehnung hängen ausschließlich vom Abstimmungsergebnis der gesamten Mitgliedschaft ab. Ich bin nur hier, um Ihnen eine kostenlose Bahnfahrt anzubieten. Weder sind Sie noch ist die Gemeinschaft von Haggershaven dadurch in irgendeiner Weise gebunden.«

»Ich bin durchaus bereit, mich zu binden«, sagte ich inbrünstig.

»Nach ein paar Wochen mögen Sie anders darüber denken.«

Ich war im Begriff zu erwidern, als die kleine Aggie – so genannt, um sie von der dicken Aggie zu unterscheiden, die im gleichen Gewerbe tätig war, aber erfolgreicher – hereinkam. Die kleine Aggie ergänzte ihre nächtlichen Einkünfte im Umkreis des Astor Place, indem sie tagsüber in derselben Nachbarschaft bettelte.

»Tut mir leid, Aggie«, sagte ich. »Mr. Tyss hat nichts für dich dagelassen.«

»Vielleicht würde die Dame einem arbeitenden Mädchen helfen, das gerade eine schwere Zeit durchmacht«, sagte sie und kam näher. »Oh, das sind aber hübsche Sachen, die Sie anhaben. Sieht wie echte Seide aus.«

Barbara Haggerwells wandte sich ärgerlich und mit einem Ausdruck von Abscheu von ihr weg. »Nein«, sagte sie scharf. »Nein, nichts!« Sie sah mich an. »Ich überlasse es Ihnen, Ihre Freundin zu unterhalten; ich muß jetzt gehen.«

»Nein, nein, ich geh schon«, sagte die kleine Aggie fröhlich. »Kein Grund zur Aufregung. Auf ein andermal.«

Ich war sehr verwundert; die puritanische, zimperliche Reaktion schien im Widerspruch zu ihrem sonstigen Verhalten zu stehen. Ich hätte geringschätzige Erheiterung, verächtliche Duldung oder auch hochmütiges Mißvergnügen erwartet, aber nicht diese wütende Abneigung. »Es tut mir leid, daß die kleine Aggie Sie belästigt hat. Sie ist wirklich kein schlechter Kerl, und es ist wahr, daß sie sich mühsam durchschlagen muß.«

»Ich glaube gern, daß Sie großes Gefallen an ihrer Gesellschaft finden. Bedauerlicherweise können wir Ihnen ähnliche Attraktionen in Haggershaven nicht bieten.«

Anscheinend dachte sie, meine Beziehungen zu Aggie seien berufsmäßiger Natur. Dennoch war ihre Haltung eigenartig. Ich konnte mir kaum damit schmeicheln, daß sie an mir als einem Mann interessiert war, doch ihr jähes Aufbrausen schien auf Eifersucht hinzudeuten; auf eine seltsame Art von Eifersucht, ähnlich vielleicht der Sinnlichkeit, die ich ihr zuschrieb, als wäre die bloße Gegenwart einer anderen Frau schon ein Affront.

»Bitte gehen Sie noch nicht. Ich...« Ich suchte nach etwas, womit ich sie zurückhalten könnte, bis es mir gelungen wäre, einen günstigeren Eindruck hervorzurufen. »Sie haben mir noch nicht gesagt, wie meine Bewerbung nach Haggershaven gelangte.«

Sie warf mir einen kalten, zornigen Blick zu. »Obwohl man uns für verschrobene Menschen hält, geben orthodoxe Hochschullehrer solche Briefe oft an uns weiter. Schließlich könnte einmal der Fall eintreten, daß sie sich selbst um die Aufnahme bewerben möchten.«

Hier tat sich plötzlich eine Perspektive auf - von einem heiteren, ruhigen akademischen Leben, das in Wirklichkeit ganz und gar nicht gesichert war, sondern bestrebt, sich einen Fluchtweg offenzuhalten -, die mich überraschte. Ich hatte es für selbstverständlich gehalten, daß unsere Universitäten, selbst wenn sie jenen anderer Länder an Niveau und Ausstattung bei weitem nicht das Wasser reichen konnten, stabile und geschützte Stätten der Lehre und Forschung seien.

Als ich etwas in dieser Art sagte, lachte sie kurz auf. »Kaum. Die Universitäten sind nicht nur schlecht geworden und in Verfall begriffen, sondern dieser Prozeß hat sich bei ihnen noch rascher vollzogen als in anderen Institutionen. Sie sind vielfach zu hohlen Gehäusen geworden, zu zerfallenden Ornamenten der Vergangenheit. Dekane von Fakultäten bespitzeln einander im Wettbewerb um die Gunst der Aufsichtsgremien und Geldgeber und sichern sich so die Verlängerung ihrer Verträge. Loyalität ist das Kriterium, aber niemand weiß mehr, welches der Gegenstand der Loyalität sein sollte. Die Verpflichtung zu Lehre und Forschung scheint jedenfalls nicht mehr gesehen zu werden; sie ist die geringste ihrer Sorgen.«

Nach und nach gelang es mir, sie wieder in eine umgängliche Stimmung zu bringen, und das Gespräch wandte sich wieder den Büchern zu. Und nun glaubte ich eine neue Wärme in ihrer Stimme und in ihrem Blick zu spüren, als habe sie irgendeinen Sieg errungen, aber wie und über wen blieb unklar.

Als sie ging, hoffte ich, daß sie gegen mich nicht allzu voreingenommen sein möchte. Was mich selbst anging, so mußte ich mir eingestehen, daß es leicht sein würde, sie zu begehren – wenn man die Demütigungen nicht fürchtete, die sie anderen offenbar unter einem inneren Zwang ihrer Natur zufügen mußte.

10

Der Überfall

Diesmal bot ich Tyss keine zweiwöchige Frist an. »Nun, Hodgins, ich machte alle angemessenen Abschiedsbemerkungen schon bei früherer Gelegenheit, darum will ich sie jetzt nicht wiederholen, außer um zu sagen, daß die Genauigkeit der Schrift außerordentlich ist.«

Mir schien, daß er in einer umständlichen Art zum Ausdruck bringen wollte, daß alles zum besten sei. Zum erstenmal sah ich Tyss mehr als eine bemitleidenswerte, denn als eine unheimliche Gestalt; in ihm trafen sich offenbar extremer Pessimismus und vulgärer Optimismus wie in seinem kreisförmigen Zeitmodell. Ich lächelte nachsichtig und mehr als ein wenig gerührt und dankte ihm aufrichtig für all seine Güte, Geduld und Freundlichkeit.

Wir schrieben das Jahr 1944, und fast hundert Jahre waren vergangen, seit New York und das östliche Pennsylvanien durch eine Eisenbahnlinie miteinander verbunden worden waren, aber meine Reise kann sich in Geschwindigkeit oder Bequemlichkeit nicht sehr von einer unterschieden haben, die Großvater Hodgins' Vater unternommen haben mochte. Die Dampffähre trug mich über den Hudson nach Jersey. Ich hatte gehört, daß es nur finanzielle, nicht aber technische Hindernisse seien, die eine Überbrückung oder Untertunnelung des Flusses bislang vereitelt hatten. Wenn die Engländer und Franzosen den Ärmelkanal untertunneln konnten, wie sie es frühzeitig in diesem Jahrhundert getan hatten, und die Japaner ihre gewaltige Röhre unter der Koreastraße verlegen konnten, war es nicht leicht zu sehen, warum eine wesentlich geringere technische Leistung hier als der undurchführbare Vorschlag von Träumern abgetan wurde, die glaubten, daß man die Kosten innerhalb weniger Jahre wieder hereinbringen könne, indem man die Züge direkt bis Manhattan durchfahren ließe.

Die Fähre war nicht das einzige Überbleibsel alter Zeiten, dem ich auf dieser Reise begegnete. Die Eisenbahnwaggons waren alle altertümlich, offenbar ausgemustertes Material von konföderierten oder kanadischen Gesellschaften. Räder mit mehr oder weniger abgenutzten Spurkränzen waren gang und gäbe; die betagten, vielfach ausgebesserten Lokomotiven zogen die schlingernden und in allen Fugen ihrer alten Holzaufbauten knarrenden ächzenden Waggons über die unebenen Geleise der vernachlässigten Strecke. Die Passagiere der Ersten Klasse saßen auf abgewetzten Samtpolstern; Passagiere der Zweiten Klasse auf fettig glänzenden Sitzen aus geflochtenem Stroh, und die Passagiere der Dritten Klasse mußten mit Holzbänken vorliebnehmen oder auf den Gängen und Plattformen stehen.

Es gab so viele verschiedene Eisenbahngesellschaften und Linien, deren jede eifersüchtig ihr Exklusivrecht auf dieser oder jener Strecke verteidigte, daß der Reisende sich kaum an seinen Waggon und die Mitreisenden gewöhnen konnte, bevor er sein Gepäck nehmen und zum Anschlußzug eilen mußte, der manchmal auf demselben Geleise oder im selben verrußten Bahnhof wartete, häufiger aber im meilenweit entfernten Bahnhof einer anderen Gesellschaft. Selbst die Bezeichnung ›Anschlußzug‹ war häufig nur als Ironie zu verstehen, denn es war nicht ungewöhnlich, Fahrpläne in einer Weise gestaltet zu finden, daß eine Abfahrt einer Ankunft um Minuten vorausging, woraus sich für die Reisenden Wartezeiten zwischen einer und zwölf Stunden ergaben.

Wenn etwas geeignet gewesen wäre, meine erwartungsvolle Erregung auf dieser Reise zu dämpfen, dann war es der Blick durch die schmutzbespritzten Fenster. In den vergangenen sechs Jahren hatte ich vergessen, wie trostlos Dörfer und Städte aussehen konnten, wenn ihre unsolid gebauten Häuser ohne auch nur die falsche Verjüngung neuerer Pfuscharbeit in mitleiderregendem Alter einsanken. Ich hatte das moderige Aussehen verfallender Pachthöfe vergessen, den überzeugungsschwachen Versuch falscher Fassaden, mit einem Wirrwarr hoffnungslos verstaubender Ware in den halbdunklen Schaufenstern geschäftliche Aktivität vorzutäuschen, die Stagnation von Fabriken, die für jede befriedigende Produktion zu klein waren.

Hatte man New York hinter sich gelassen, so wurde einem erst deutlich, wie untypisch die Stadt mit ihrer Atmosphäre von Geschäftigkeit und Nützlichkeit war. Das Land, durch welches der Schienenstrang sich hinzog, zwischen Feldern und Weiden oder in der Mitte dörflicher und kleinstädtischer Hauptstraßen, hätte das industrielle Herz eines blühenden und von energischer Tätigkeit pulsierenden Landes sein sollen. Statt dessen sah man unausgeschöpfte Potentiale, verwelkte Projekte, Armut und Verfall. Wir überquerten den Susquehanna auf einer uralten steinernen Brücke, die einen an Meades tapfere Männer gemahnte, wie sie nach dem Triumph der Konföderierten bei Gettysburg Schlafwandlern gleich nach Norden gezogen waren, hilflos und hoffnungslos, viele von ihnen mit blutigen Verbänden, beseelt allein von dem Gedanken, Jeb Stuarts verfolgender Kavallerie zu entgehen. Auf jeder Quadratmeile dieses Landes lastete beinahe sichtbar das Gewicht historischer Erinnerungen.

York lag alt, grau und griesgrämig unter dem bedeckten Nachmittagshimmel, aber als ich den Zug dort verließ, war ich zu sehr bewegt von der Aussicht, bald in Haggershaven zu sein, um einen tieferen Eindruck von der Stadt zu gewinnen. Ich erkundigte mich nach dem Weg, und die einsilbige Auskunft bestätigte Barbara Haggerwells Feststellung, daß die Bewohner der Umgegend

Haggershaven und seinen Repräsentanten mit Mißtrauen und Feindseligkeit begegneten. Die Entfernung mochte, wenn mein Informant richtige Angaben gemacht hatte, ungefähr zehn Meilen betragen.

Ich machte mich auf den Weg, beschäftigt mit Tagträumen und Gedanken an Tyss und Tirzah, Enfandin und Miss Haggerwells, und versuchte mir immer wieder ihren Vater und die übrigen Bewohner Haggershavens vorzustellen. Und immer wieder legte ich mir Argumente zurecht, die angesichts einer kritisch-verächtlichen Prüfung für meine Aufnahme sprachen. Die Wolkendecke riß auf, und eine matte Oktobersonne tief im Westen ließ das gelbe und rote Laub der Ahorne und Eichen aufleuchten; alles sprach für einen kühlen Abend, aber die Bewegung hielt mich warm. Ich rechnete mir aus, daß ich rechtzeitig in Haggershaven eintreffen würde, um mich den Bewohnern noch vor Beginn der allgemeinen Schlafenszeit bekannt zu machen.

Kaum eine Meile außerhalb der Stadt nahm die Landstraße das vertraute Aussehen der Straßen um Wappinger Falls und Poughkeepsie an: durchzogen von tief ausgefahrenen Wagenspuren, wellig und mit unerwarteten, oft wassergefüllten Löchern. Die niedrigen Mauern oder Zäune zu beiden Seiten umschlossen abgeerntete Äcker und Maisfelder, deren zerbrochene Blätterstengel fahl und messingfarben im späten Sonnenlicht standen. Reife Kürbisse glänzten kupferrot aus welkem Kraut. Aber die Zäune waren in schlechtem Zustand, und die vielfach geflickten gedeckten Holzbrücken über die Bäche waren alle mit Schildern versehen: VORSICHT! BENUTZUNG MIT FAHRZEUGEN AUF EIGENE GEFAHR.

Wenige Reisende teilten die Landstraße mit mir: ein Bauer mit einem leeren Leiterwagen, der sein Pferdegespann antrieb und mir einen verdrießlichen Blick zuwarf, statt mich zum Mitfahren einzuladen; ein Reiter auf einem eleganten Rotfuchs, der zwischen Schlaglöchern und Radfurchen behutsam die Hufe setzte, und ein paar Landstreicher, jeder für sich seiner einsamen Wege gehend, zugleich abwehrend und aggressiv. Der Zustand der Brücken erklärte das Fehlen von Minibilen. Als es dämmerte, rollte jedoch eine geschlossene Kutsche, komplett mit Kutscher und Lakai, hochmütig vorüber, zeichnete sich als Silhouette auf dem Höhenrücken ab, den ich hinaufstapfte, und kam dann auf der anderen Seite außer Sicht.

Ich schenkte ihr weiter keine Beachtung, außer daß ich mir in Erinnerung an meine Kindheit und meines Vaters Schmiede unwillkürlich vorstellte, wie der Kutscher am Anfang der Gefällstrecke an den Zügeln zog und der Lakai die Bremskurbel drehte. Als ich kurz darauf etwas wie einen lauten Ruf hörte, gefolgt von durchdringendem weiblichem Kreischen, war daher meine augenblickliche Folgerung die, daß die Kutsche auf der trügerischen Gefällstrecke umgestürzt sei oder einen Achsenbruch erlitten habe.

Ich begann zu laufen und hatte den Rücken fast erreicht, als ich die Schüsse hörte. Zuerst einen, wie das Anschlagen eines Hundes, der seiner Sache nicht sicher ist, dem eine knatternde Salve folgte.

Ich verließ die Straße und rannte das letzte Stück querfeldein den Hang hinauf, um die Straße dort, wo sie den Höhenrücken überwand, von oben einzusehen. Schon hatte die Dämmerung graublaue Schleier über das Land gebreitet und narrte das Auge mit einem ungewissen Dämmerlicht, das die Gestalten von Sträuchern und Bäumen seltsam verändert erscheinen ließ. Aber es konnte nicht die Szene verfälschen, die sich unter mir in der Kehre darbot, wo die Straße den Rücken in einer kleinen Einsenkung überwand und auf der anderen Seite wieder hinabführte. Vier berittene Männer hatten die Kutsche mit gezogenen Revolvern angehalten. Ein fünfter, auch er mit einer Waffe in der Hand, war abgestiegen. Sein Pferd, dem die Zügel vom Hals hingen, weidete friedlich zwischen den Stauden am Wegrand.

Keiner der Männer unternahm den Versuch, die sich in Panik immer wieder aufbäumenden Gespannpferde der Kutsche zu beruhigen. Nur ihre Position in der Straßenkehre, unmittelbar vor einer steil abfallenden, mit Jungholz und verfilztem Buschwerk bestandenen Böschung, hinderte sie am Durchgehen. Ich konnte den Lakaien nicht sehen, aber der Kutscher, mit einer Hand noch die Zügel haltend, lag rücklings auf dem Kutschbock, den Kopf über die Seitenlehne herabhängend.

Auf der mir abgewandten Seite der Kutsche stand der Schlag offen. Einen Augenblick lang dachte ich, es sei den Passagieren gelungen, zu entkommen. Doch als der abgesessene Straßenräuber näher trat und mit der Pistole fuchtelte, wurde der andere Schlag aufgestoßen, und ein Mann und zwei Frauen kletterten heraus. Ich hatte mich im Schutze des Gesträuchs langsam näher herangearbeitet und konnte nun deutlich die Stimmen und die Pfiffe der Banditen hören, als sie der Frauen ansichtig wurden.

»Sieh an, Jungs, hier haben wir was zum Aufwärmen an einem kalten Abend. Haltet euch an ihnen fest, während ich nachsehe, was der Mister in den Taschen hat.«

Der Passagier trat vor und sagte mit einem leichten Akzent: »Nehmen Sie das Mädchen, in Gottes Namen. Es ist nur eine Bedienstete, ein Mädchen vom Lande, mit dem Sie sich amüsieren mögen. Aber die Dame ist meine Ehefrau; ich bin bereit, Ihnen ein gutes Lösegeld für sie und mich selbst zu zahlen. Ich bin Don Jaime Escobar y Gallegos, Attaché der spanischen Gesandtschaft.«

Einer der Berittenen sagte: »Na, das ist wirklich sehr nett von Ihnen, Don High-me. Wir hätten Sie vielleicht beim Wort genommen, wenn Sie Amerikaner wären. Aber wir können uns nicht leisten, daß eine Kompanie spanischer Marinesoldaten ins Land kommt und auf uns Jagd macht, also fürchte ich, daß wir auf das Lösegeld werden verzichten und uns mit dem zufriedengeben müssen, was Sie bei sich haben. Und die werte Gemahlin und das Mädchen. Machen Sie sich nichts daraus, daß es ein Bauernmädchen ist; wir werden es und die Madame genau gleich behandeln.«

»Madre de Dios!« kreischte die Dame. »Gnade, Gnade!«

»Es wird ein gutes Lösegeld sein«, sagte der Spanier, »und ich gebe Ihnen mein Wort, daß meine Regierung Sie nicht belästigen wird.«

»Nichts zu machen, Freundchen«, entgegnete der Straßenräuber in plötzlich verändertem, rüdem Ton. »Ihr Ausländer habt die ekelhafte Gewohnheit, euch in unsere Angelegenheiten einzumischen und Leute aufzuhängen, die sich auf diese Art durchs Leben schlagen. Euch kann man nicht vertrauen.«

Der abgesessene Bandit trat einen Schritt vorwärts. Einer der Reiter drängte sein Pferd an die drei Opfer des Überfalls heran, beugte sich aus dem Sattel, packte das Mädchen unter den Armen und hob es zu sich aufs Pferd. Einer seiner Gefährten wollte es ihm nachtun und packte die Dame am Oberarm. Wieder kreischte sie; ihr Mann stieß die Hand des Reiters beiseite und stellte sich vor seine Frau. Darauf hob der Reiter den Revolver und feuerte zweimal. Mann und Frau stürzten zu Boden. Das Dienstmädchen kreischte, bis sein Fänger ihm den Mund zuhielt.

»Warum hast du das getan, he? Unseren Frauenvorrat einfach zu halbieren!«

»Tut mir leid. Wirklich. Diese Sachen passieren mir einfach so.«

Unterdessen war ein weiteres Bandenmitglied abgesessen, und die beiden filzten die Toten mit systematischer Gründlichkeit, entledigten sie allen Schmucks und aller Kleidungsstücke, die ihnen in die Augen stachen, bevor sie das Gepäck und die Kutsche selbst nach Wertsachen durchsuchten. Als sie ihre Arbeit beendet hatten, war es völlig dunkel, und ich hatte mich dem Schauplatz des Überfalls bis auf wenige Meter angenähert. Verhältnismäßig sicher und praktisch unsichtbar kauerte ich hinter einem dichten Busch, während sie debattierten, was mit den Pferden geschehen solle. Eine Gruppe war dafür, sie als Ersatzpferde mitzunehmen; eine andere Gruppe argumentierte, daß sie zu leicht identifizierbar seien, und wollte sie deshalb ausschirren und laufen lassen. Die zweite Gruppe setzte sich durch, und die Pferde wurden von Zaumzeug und Geschirr befreit und galoppierten in die Nacht davon. Kurz darauf verließen auch die Banditen den Schauplatz ihres Verbrechens.

Ein plötzliches Rauschen in den Büschen seitab ließ mich vor Schreck erstarren. Etwas, das ein Mensch sein mochte, bewegte sich wie auf allen vieren kriechend auf die Kutsche zu, wobei es schnüffelte und stöhnende Geräusche von sich gab. Bei den Toten angelangt, ließ es sich niederfallen, und seine Laute wurden schriller und unheimlicher.

Sobald ich meinen ersten Schreck überwunden hatte, wurde mir klar, daß dies ein Passagier sein mußte, der zu Beginn des Überfalls auf der linken Seite aus der Kutsche gesprungen und ins Dickicht entkommen war, doch ob es sich um einen Mann oder eine Frau handelte, war nicht zu erkennen. Ich verließ mein Versteck und ging behutsam näher, doch mußte ich irgendwie meine Anwesenheit verraten haben, denn das Geschöpf stieß einen undeutlich gurgelnden Schreckensschrei aus und sank wie leblos in sich zusammen.

Meine Hände sagten mir, daß es eine Frau war, die ich vom Boden aufhob, und der Geruch von ihr war der Geruch eines jungen Mädchens. »Haben Sie keine Angst, Miss«, versuchte ich sie zu beruhigen; »ich bin ein Freund.«

Ich konnte das Mädchen kaum auf der Landstraße liegenlassen, andererseits fühlte ich mich nicht kräftig genug, um sie nach Haggershaven zu tragen, das nach meiner Schätzung noch etwa sechs Meilen entfernt sein mußte. Ich legte sie am Straßenrand ins Gras, schüttelte sie vorsichtig, rieb ihr die Hände, murmelte ermutigende Worte und wünschte, der Mond werde bald aufgehen, weil mir irgendwie schien, es würde einfacher sein, sie bei Mondschein wiederzubeleben.

»Miß«, drängte ich, »wachen Sie auf. Wir müssen weiter. Sie können nicht hierbleiben – diese Kerle könnten zurückkommen.«

Hatte ich sie erreicht? Sie regte sich, stieß leise wimmernde, unverständliche Töne aus. Ich zog sie auf die Knie und brachte es fertig, ihren Arm über meine Schulter zu ziehen. »Stehen Sie auf«, wiederholte ich. »Wir müssen gehen. Ich kann Sie nicht tragen.«

Sie stöhnte. Ich zog sie auf die Füße und festigte meinen Griff. Behindert von meinem Koffer, legte ich den anderen Arm um ihre Mitte und setzte mich langsam schlurfend in Bewegung. Ich konnte nur vermuten, wieviel Zeit seit dem Überfall vergangen war, und wie lang unsere Wanderung sich hinziehen würde, wenn es bei diesem Tempo bliebe. Es schien unwahrscheinlich, daß wir vor Mitternacht nach Haggershaven gelangen könnten, eine ungünstige Zeit, um die Ankunft in der Gesellschaft eines unbekannten Mädchens zu erklären. Die Möglichkeit, sie in einem gastfreundlichen Bauernhaus zurückzulassen, war gering; in Zeiten wie dieser würde keine isolierte ländliche Familie bei Nacht die Tür öffnen, es sei denn, um eine Schrotflinte hinauszustecken.

Nach einer Weile begann sie ein wenig besser zu gehen, aber das Vorwärtskommen blieb mühsam, und wir hatten vielleicht eine Meile zurückgelegt, als der Mond endlich aufging. Er war nahezu voll und verbreitete genug Licht, daß ich meine Gefährtin sehen konnte. Sie war noch jünger, als ich gedacht hatte. Das Licht fiel auf dichtes lockiges Haar, das in wilder Unordnung ein unnatürlich bleiches und lebloses, doch außerordentlich schönes Gesicht umgab. Obwohl sie ging, hatte sie die Augen geschlossen, und sie fuhr fort zu stöhnen und zu wimmern, wenn auch weniger häufig als zuerst.

Ich hatte gerade beschlossen, eine Ruhepause einzulegen, als wir auf eines der Zugpferde stießen. Es weidete die langen Gräser und Stauden am Straßenrand ab und hatte sich so weit beruhigt, daß es uns herankommen ließ. Nachdem ich ihm den Hals getätschelt und sanft zugeredet hatte, schwang ich mich auf seinen Rücken und zog das Mädchen nach. Mit einiger Mühe gelang es mir, die schmächtige Gestalt und meinen Koffer zwischen die vorgestreckten Arme zu nehmen und auf diese Weise festzuhalten, während meine Hände in der Pferdemähne Halt fanden. So setzten wir unseren Marsch in einer bequemeren, wenn auch nicht allzu würdigen Art und Weise fort.

Es war nicht schwierig, Haggershaven zu finden; die abzweigende Seitenstraße dorthin war gut instand gehalten und bei weitem ebener als die Landstraße. Wir ritten zwischen frisch gepflügten Feldern dahin und kamen zu einer ansehnlichen Gebäudegruppe, die uns zu meiner Erleichterung mit einigen noch erhellten Fenstern begrüßte. Das Mädchen hatte noch immer kein Wort gesagt; soweit ich sehen konnte, hielt es auch die Augen weiterhin geschlossen, und von Zeit zu Zeit stöhnte es leise.

Hunde warnten vor unserer Annäherung. Aus einem dunklen Eingang kam eine Gestalt mit einem Gewehr unter dem Arm. »Wer da?«

»Hodge Backmaker. Ich habe hier ein Mädchen, das einem Überfall entronnen ist. Es hat einen schweren Schock.«

»In Ordnung«, sagte der Mann. »Ich helfe Ihnen herunter. Mein Name ist Dorn. Ace Dorn.«

Ich gab ihm den Koffer, und während er das Mädchen

hielt, ließ ich mich vom Pferd gleiten. Dann halfen wir der Unbekannten herab. »Ich konnte sie nicht auf der Straße liegenlassen«, sagte ich in hilflos entschuldigendem Ton.

»Ich werde das Pferd nachher vorsorgen. Gehen wir in die Hauptküche; dort ist es warm. Hier«, wandte er sich an das Mädchen, »nehmen Sie meinen Arm, Miss.«

Sie reagierte nicht, und ich zog ihren Arm über die Schulter und trug sie halb, während Dorn auf der anderen Seite ging und sie stützte. Das Gebäude, durch das wir sie führten, war offensichtlich ein altes Gehöft, mehrmals vergrößert und umgebaut. Gaslampen von seltsamer Form, die sehr hell waren, gaben Ace Dorn als einen vielleicht dreißigjährigen Mann mit sehr breiten Schultern und ungewöhnlich langen Armen zu erkennen. Er hatte ein sonnenverbranntes, ziemlich melancholisches Gesicht. »In der Gegend hier treibt eine Bande ihr Unwesen«, erzählte er. »Versuchte uns mit Drohungen zur Zahlung einer ›Schutzgebühr‹ zu erpressen. Darum hielt ich mit dem Gewehr Wache. Muß derselbe Haufen sein.«

Wir luden unsere Last in einem Lehnstuhl vor einem großen, aus Feldsteinen gemauerten Kamin ab, der dem weiten Raum seine einladende Atmosphäre verlieh, obwohl die gleichmäßige Wärme von Dampfrohren herrührte, die unter den Fenstern verliefen. »Sollten wir ihr etwas Suppe geben? Oder Tee? Oder soll ich Barbara oder eine der anderen Frauen holen?«

Seine Geschäftigkeit streifte nur die Außenseite meines Bewußtseins. Hier im hellen Licht erwartete ich instinktiv eine Spur Farbe in den Wangen oder Händen des Mädchens zu sehen, aber es gab keine. Sie schien nicht älter als sechzehn zu sein, vielleicht, weil sie in einer Art Schuluniform steckte. Ihr Haar, das im Mondschein lediglich einen unordentlichen Rahmen für ihr Gesicht abgegeben hatte, erwies sich jetzt als tiefschwarz und hing ihr in dichten, weichen Ringellocken um die Schultern. Ihre

Züge, die gemacht schienen, um Empfindungen widerzuspiegeln - volle, gefühlvolle Lippen, leicht schräggestellte Augen, fein ausgebildete Nasenflügel -, waren statt dessen passiv, ohne Vitalität, und dieser Ausdruck unnatürlicher Ruhe wurde von den dunklen Augen noch verstärkt, die nun weit offen und ausdruckslos waren. Ihr Mund bewegte sich langsam, als wollte er Worte formen, doch außer kaum vernehmbaren gutturalen Lauten brachte sie nichts über die Lippen.

»Sie versucht etwas zu sagen.« Ich beugte mich zu ihr, als könnte es mir durch mitfühlende Magie gelingen, den Muskeln zu helfen, die mit solcher Schwierigkeit reagierten.

»Also, ich weiß nicht«, rief Dorn nach einer kleinen Weile. »Ich glaube, sie ist stumm!«

Mir schien, daß ein gequälter Ausdruck in ihre Augen trat; und ich bemerkte, daß sie den Blick auf ihn richtete. Hilflos drückte ich ihr den Arm.

»Ich werde gehen und...« fing er an.

Eine Tür wurde geöffnet, und Barbara Haggerwells blinzelte ins Licht zu uns herüber. »Ich dachte, ich hörte jemanden zum Haus reiten, Ace. Könnte es...« Dann erblickte sie das Mädchen. Ihre Züge erstarrten in den gleichen Linien unverständlichen Zornes, die ich im Buchladen gesehen hatte.

»Miss Haggerwells...«

»Barbara...«

Dorn und ich sprachen gleichzeitig. Entweder hörte sie uns nicht, oder wir machten keinen Eindruck. Sie kam auf uns zu und nahm mich in beleidigter Entrüstung an. »Wirklich, Mr. Backmaker, ich dachte, ich hätte klargemacht, daß es hier keine Einrichtungen für solche Dinge gibt.«

»Sie mißverstehen«, sagte ich. »Ich stieß zufällig...«

»Barbara, sie ist von Straßenräubern überfallen worden«, unterbrach mich Dorn. »Sie ist stumm...«

Der Zorn machte sie häßlich. »Ist das eine zusätzliche Attraktion?«

»Miss Haggerwells«, versuchte ich es noch einmal, »Sie verstehen nicht...«

»Ich glaube, ich verstehe recht gut. Stumm oder nicht, schafft die Schlampe fort! Schafft sie sofort hinaus, sage ich!«

»Barbara, so hör doch...« fing Dorn wieder an.

Sie stand mir gegenüber und beachtete ihn nicht. »Ich hätte daran denken sollen, daß Sie ein Schürzenjäger sind, Mr. Autodidakt Backmaker. Zweifellos stellten Sie sich Haggershaven als eine Art Absteige für liederliche Intellektuelle vor. Nun, das ist es nicht! Sie würden jede weitere Stunde vergeuden, die Sie hier verbrächten. Verschwinden Sie!«

11

Von Haggershaven

Ich hatte die unerklärliche Szene mit der kleinen Aggie noch in frischer Erinnerung, und so war ich angesichts ihres Wutausbruches weniger überrascht, als ich es hätte sein können. Außerdem wirkte ihr wütendes Mißverstehen nach den Aufregungen des Tages wie ein Gegenmittel auf mich, und statt Bestürzung verspürte ich bloß Unbehagen und müde Verdrießlichkeit.

Dorn drängte sie mit Überredung und sanfter Gewalt, die als besorgte Beschwichtigung getarnt waren, aus dem Raum und ließ das Mädchen und mich allein darin zurück. »Nun«, sagte ich, »es tut mir leid...«

Die großen Augen sahen mich hilflos und fragend an.

»...aber du siehst selbst, daß du mir eine Menge Verdruß eingetragen hast.«

Dorn kehrte bald darauf mit zwei Frauen zurück, einer in mittlerem Alter und einer etwas jüngeren, die das Mädchen wie warmes Seifenwasser umflossen und mit glucksenden kleinen Geräuschen und bemutternden Tröstungen wirksam gegen alle weiteren männlichen Ungeschicklichkeiten abschirmten.

»Überarbeitung, Backmaker«, murmelte Dorn. »Barbara ist schrecklich überarbeitet. Sie dürfen sich nichts dabei denken.«

»Ich denke mir nichts dabei«, sagte ich. »Es tut mir nur leid, daß wir ihr nicht klarmachen konnten, was tatsächlich geschehen ist.«

»Sie ist überempfindlich; Dinge, die normalerweise... es ist Überarbeitung. Sie haben keine Vorstellung. Sie erschöpft sich. Ist mit den Nerven praktisch am Ende.«

Sein um Verständnis bittendes Gesicht sah noch melancholischer aus als zuvor. Er tat mir leid, und zugleich fühlte ich mich ein wenig überlegen; wenigstens diesmal war nicht ich derjenige, der sich entschuldigen mußte. »Schon gut; es hat keinen Schaden angerichtet. Und das Mädchen scheint jetzt in guten Händen zu sein.«

»O ja, das ist sie, da können Sie unbesorgt sein«, antwortete er, offensichtlich erleichtert, das Thema von Barbaras Benehmen fallenlassen zu können. »Ich glaube nicht, daß wir im Moment mehr für sie tun können; ich würde sogar sagen, daß wir nur im Weg wären. Wollen Sie jetzt Mr. Haggerwells begrüßen?«

»Warum nicht?« Soweit es Barbara betraf, hatte die jüngste Episode mich zweifellos endgültig erledigt; mochte sie ihrem Vater ursprünglich ein mehr oder weniger neutrales Urteil über mich gegeben haben, so konnte ich jetzt auf eine verdammende Revision zählen. So konnte ich den Dingen geradesogut mit Nonchalance begegnen, bevor ich in die Welt außerhalb von Haggershaven zurückkehrte.

Thomas Haggerwells, grobknochig wie seine Tochter, das kastanienbraune Haar verblichen und angegraut, aber mit einem offenen, freundlichen und sonnengeröteten Gesicht, hieß mich willkommen. »Historiker, wie, Backmaker? Freut mich. Verbindung von Kunst und Wissenschaft; Klio, die rätselhafteste unter den Musen. Die in steter Veränderung begriffene Vergangenheit, wie?«

»Ich fürchte, ich bin noch kein Historiker, Mr. Haggerwells. Ich möchte erst einer werden. Wenn ich in Haggershaven Aufnahme finden kann.«

Er klopfte mir auf die Schulter. »Die Mitglieder werden tun, was sie können, Backmaker; Sie können ihnen vertrauen.«

»So ist es«, sagte Dorn aufmunternd. »Sie sehen kräftig aus wie ein Ochse, und Historiker kann man mit Büchern und ein paar alten Papieren glücklich machen.«

»Ace ist unser Zyniker«, erklärte Mr. Haggerwells. »Ein sehr nützliches Gegenmittel für einige unserer hochfliegenden Geister.« Er blickte abwesend umher und sagte dann unvermittelt: »Ace, Barbara ist ziemlich aufgeregt.«

Ich empfand das als eine extreme Beschönigung, aber Dorn nickte bloß. »Ein Mißverständnis, Mr. H.«

»Das dachte ich mir.« Er stieß ein kurzes, verlegenes Lachen aus. »Offen gesagt, ich wurde nicht recht schlau daraus. Sie sagte etwas über eine Frau...«

»Ein Mädchen, Mr. H., bloß ein Mädchen.« Er umriß mit wenigen Worten, was geschehen war, wobei er Barbaras hysterischen Auftritt taktvoll überging.

»Ich verstehe. Ein Abenteuer in der besten Tradition, wie, Backmaker? Und die Opfer kaltblütig ermordet; da macht man sich Gedanken über die Zivilisation. Barbarei überall um uns.« Er begann auf dem geblümten Teppich auf und ab zu gehen. »Natürlich müssen wir dem armen Geschöpf helfen. Scheußlich, wirklich scheußlich. Aber wie kann ich es Barbara erklären? Sie... sie kam zu mir«, sagte er halb stolz, halb besorgt. »Ich möchte sie nicht enttäuschen; ich weiß kaum...« Er gab sich einen Ruck. »Entschuldigen Sie mich, Backmaker. Meine Tochter ist stark angespannt. Ich fürchte, ich lasse unser Gespräch von meiner Sorge beeinflussen.«

»Nicht im mindesten, Sir«, sagte ich. »Ich bin sehr müde; wenn Sie mich entschuldigen wollen...«

»Natürlich, selbstverständlich«, erwiderte er dankbar. »Ace wird Ihnen zeigen, wo Sie schlafen können. Gute Nachtruhe - wir werden morgen mehr miteinander sprechen. Und, Ace - kommen Sie danach noch einmal zu mir, ja?«

Barbara Haggerwells hatte Dorn und ihren Vater unter der Fuchtel, dachte ich, als ich wachlag. Offenbar ertrug sie nicht einmal die Möglichkeit der Rivalität, auch wenn sie völlig eingebildet war. Es mußte ziemlich beängstigend sein, ihr Vater oder, wie ich es bei Ace Dorn vermutete, ihr Liebhaber und damit Gegenstand ihres tyrannischen Herrschaftsanspruches zu sein.

Aber es war weder Barbara noch die Überreizung durch die Ereignisse des Abends, die mir Schlaflosigkeit verursachten. Eine Gewissensqual, die ich seit Stunden mit Erfolg unterdrückt hatte, begann mich wieder zu peinigen. Vielleicht war es reine Fantasie, daß ich die Überlandfahrt der Escobars – ›Attaché der spanischen Gesandtschaft‹ – mit den gefälschten Peseten in Verbindung brachte. Aber was ist Logik? Vernünftige Argumente vermochten nichts gegen meine Befürchtungen, und ich konnte mein Gefühl der Verantwortlichkeit nicht auslöschen, indem ich es lächerlich machte. Noch konnte ich mich überzeugend perverser Selbsttäuschung bezichtigen, weil ich meine geringfügigen Botengänge ursächlich mit allem in Verbindung setzte, was von der Großen Armee verübt wurde – oder verübt worden sein mochte. Schuldige können nicht schlafen, weil sie sich schuldig fühlen. Das Gefühl ist es, nicht die abstrakte Schuld selbst, was sie wachhält.

Auch konnte ich mir nichts auf meine Ritterlichkeit als Helfer in Bedrängnis geratener Jungfrauen zugutehalten. Ich hatte nur getan, was unvermeidlich gewesen war, widerwillig, ohne Wärme oder Nächstenliebe. Es hatte keinen Sinn, über Barbaras Fehlinterpretation mit ihren verhängnisvollen Folgen für meine Hoffnungen bekümmert zu sein. Ich hatte mich nicht aus freien Stücken entschlossen, dem Mädchen zu helfen; und ich hatte kein Recht, einer Katastrophe wegen mit dem Schicksal zu hadern, auf die ich mit einer rechtschaffenen Entscheidung hätte reagieren müssen.

Dann schlief ich doch ein, aber nur, um von Barbara Haggerwells zu träumen. Sie war ein riesiger Fisch, der mich über endlose Strecken verfolgte, während meine Füße in zähem, klebrigem Schlamm steckenblieben. Um Hilfe zu rufen, war nutzlos; ich brachte nichts als ein schwaches Krächzen hervor.

Am nächsten Tag – es war ein sonniger Herbstmorgen – traten meine nächtlichen Gedanken in den Hintergrund, auch wenn sie nicht völlig verschwanden. Als ich mich angekleidet hatte, kam Ace Dorn; wir gingen zur Küche hinunter, wo er mich mit einem Mann mittleren Alters bekannt machte, dessen kurzgeschnittenes, steifes schwarzes Haar wie eine Bürste seinen Kopf umstand. Er hieß Hiro Agati.

»Dr. Agati ist Chemiker«, bemerkte Ace. »Vorübergehend dazu verurteilt, den Chefkoch zu spielen, weil er von uns allen am besten kocht.«

»Glauben Sie das bloß nicht«, sagte Agati, zu mir gewandt. »Die Wahrheit ist, daß für harte Arbeit immer die Chemiker herhalten müssen. Physiker wie Ace machen sich niemals die Hände schmutzig. Nun, solange Sie nicht mit dem gewöhnlichen Volk essen können, was möchten Sie zum Frühstück, Eier oder Eier?«

Agati war der erste Asiate, den ich je gesehen hatte. Die großen Pogrome und antichinesischen Massaker von 1890, die großzügig alle Japaner und sonstigen Asiaten, die auch nur eine Spur der Mongolfalten zeigten, mit eingeschlossen hatte, hatte in den Vereinigten Staaten wenige Asiaten übriggelassen, die Abkömmlinge in die Welt setzen konnten. Ich fürchte, ich starrte ihn ziemlich unhöflich an, aber er war solche Neugierde offenbar gewohnt, denn er kümmerte sich nicht darum.

»Endlich haben sie das Mädchen so weit, daß es eingeschlafen ist«, sagte Ace. »Mußten ihm Opium geben. Sonst hat sich noch nichts geändert.«

»Oh«, sagte ich lahm, betroffen von der Erkenntnis, daß ich hätte nach ihr fragen sollen, statt darauf zu warten, daß er die Neuigkeit vorbringe. »Ich verstehe. Glauben Sie, daß wir herausbringen werden, wer sie ist?«

»Mr. H. telegrafierte heute als erstes dem Sheriff. Alles weitere wird davon abhängen, wie groß dessen Interesse ist, und überwältigend wird es nicht sein, wie ich ihn kenne. Was gibt es zu trinken, Hiro?«

»Kräutertee oder Ersatzkaffee aus Zichorie und Gerste. Was möchten Sie?«

Ich wunderte mich, warum er den Ersatzcharakter des Kaffees hervorhob; echter schwarzer Tee und Bohnenkaffee wurden nur von den sehr Reichen getrunken. Die meisten Leute zogen Kräutertee vor, weil er als gesund galt und auch aus Geschmacksgründen dem Ersatzkaffee vorgezogen wurde. Trotzdem sagte ich, einer perversen Eingebung folgend: »Kaffee bitte.«

Er setzte mir eine große Tasse mit brauner Flüssigkeit vor, die einen verlockenden Duft verbreitete, ganz anders als das Getränk, das ich gewohnt war. Ich fügte Milch hinzu und kostete, während er meine Reaktion beobachtete.

»Das... das ist ganz anders!« rief ich aus. »Einen so guten Kaffee habe ich noch nie getrunken. Er ist wundervoll.«

»Mit synthetischen Aromastoffen verbessert«, sagte Agati scheinbar gleichgültig. »Spezialität des Hauses.«

»Daran sieht man, daß Chemiker doch zu etwas gut sind«, bemerkte Ace.

»Man muß uns nur eine Chance geben«, erwiderte Agati. »Wir könnten aus Holz Fleisch und aus Sand Seide machen.«

»Sie sind Physiker, wie Miss Haggerwells?« fragte ich Ace.

»Ich bin Physiker, ja, aber nicht wie Barbara. Ihr kommt keiner gleich. Sie ist ein Genie. Ein großes, schöpferisches Genie.«

»Chemiker schaffen«, sagte Agati mißmutig. »Physiker sitzen da und denken über das Universum nach.«

»Wie Archimedes«, sagte Ace.

Es ist schwierig, über Haggershaven zu schreiben, wie meine Augen es damals vor dreiundzwanzig Jahren das erstemal sahen. Viele Eindrücke erfuhren während der Dauer meines Aufenthaltes Veränderungen, wurden von neuen, beständigeren überlagert. Soll ich von den frisch gepflügten Äckern erzählen, die sich über das leicht gewellte Land hinzogen, da und dort unterbrochen von felsigen Schichtenköpfen, die von den Eisgeschieben früherer Jahrtausende glatt und rund geschliffen waren, und von Bäumen und Sträuchern, die kleinere Gehölze und Hecken bildeten oder allein standen, gedeihend, ausladend, unbedroht? Vom Hauptgebäude, das aus dem ursprünglichen Bauerngehöft zu einem weitläufigen Gebilde gewachsen war, welches nur durch das völlige Fehlen von Anmaßung vor der Monstrosität haltmachte? Soll ich die beiden Schlafsäle beschreiben, streng funktional, deren kahle Nüchternheit nur zu ertragen war, weil sie nicht von Maurern und Zimmerleuten errichtet worden waren und bei aller Stabilität auf Schritt und Tritt die kleinen Unebenheiten und Unvollkommenheiten des Amateurs verrieten? Oder die bescheidenen Häuschen für die verheirateten Mitglieder und ihre Familien? Diese Unterkünfte grenzten in einer aneinandergebauten Zeile den Hofbereich ein und erinnerten an die Landarbeiterwohnungen von Gutshöfen, doch gab es auch einzeln stehende kleine Häuser im weiteren Umkreis, von denen einige so zwischen Bäumen und Büschen versteckt lagen, daß man bis auf wenige Meter herankommen konnte, ohne sie zu sehen. So fand der zur Geselligkeit neigende Typ ebenso wie der Zurückgezogenheit liebende eine ihm zusagende Wohnung.

Ich könnte von den kleinen Werkstätten erzählen, den Miniaturlaboratorien, dem unzugänglichen Observatorium, dem heterogenen Sortiment von Büchern, das gleichzeitig weniger und mehr als eine Bibliothek war, den Dutzenden von Anbauten und Nebengebäuden. Aber diese Dinge machten noch nicht Haggershaven aus. Sie waren lediglich das geringste seiner Besitztümer. Denn

Haggershaven war weniger ein materieller Ort als vielmehr eine geistige Freiheit. Außer denjenigen, die seinen Bereich von der Außenwelt trennten, kannte es nur die Grenzen, die dem Denk- und Handlungsvermögen seiner Bewohner gezogen waren; innere Gesetze und Tabus gab es ebensowenig wie Konkurrenz oder Lehrpläne.

Das meiste davon sah ich selbst, und vieles wurde mir von Ace erklärt. »Wie können Sie es sich leisten, Ihre Zeit damit zu vertun, daß Sie mich überall herumführen?« fragte ich. »Sicherlich halte ich Sie von wichtiger Arbeit ab.«

Er lächelte. »Dies ist meine Zeit als Fremdenführer, Berater und Freund für diejenigen, die zufällig oder mit einem Ziel hierherkommen. Seien Sie unbesorgt, wenn Sie erst Mitglied sind, werden Sie auch für alle Arbeiten eingeteilt, die Sie sich denken können, vom Stallausmisten bis zum Vergolden von Wetterfahnen.«

Ich seufzte. »Die Aussichten, daß ich zum Mitglied gewählt werde, sind gleich null. Vor allem nach dem gestrigen Abend.«

Er schützte keine Ahnungslosigkeit vor. »Barbara wird darüber wegkommen. Sie ist nicht immer so. Wie ihr Vater sagt, sie ist angespannt und überanstrengt, hat sich zuviel Arbeit zugemutet. Und um die Wahrheit zu sagen«, fuhr er in einer Anwandlung von Offenheit fort, »kommt sie mit anderen Frauen tatsächlich nicht allzu gut aus. Sie hat einen männlichen Verstand.«

Ich habe oft bemerkt, daß Männer, die selbst nicht gerade brillant sind, intelligenten Frauen einen männlichen Verstand zuschreiben, vermutlich in der tröstenden Annahme, daß weiblicher Verstand im allgemeinen geringer sei. Man konnte Ace jedoch keine Neigung zu gönnerhafter Herablassung nachsagen.

»Außerdem«, schloß er, »hat sie nur eine Stimme.«

Ich wußte nicht, ob ich das als ein Unterstützungsversprechen oder als bloße Höflichkeit aufnehmen sollte.

»Ist es nicht Vergeudung, einen Chemiker wie Dr. Agati zur Küchenarbeit einzuteilen? Oder ist er kein guter Chemiker?«

»Einer der besten, die es gibt. Seine synthetischen Aromen für Kaffee und andere Dinge würden Haggershaven ein Vermögen einbringen, wenn es einen zahlungskräftigen Markt dafür gäbe; selbst unter den herrschenden Umständen werden wir damit ein hübsches Stück Geld einnehmen. Und warum sollte seine Küchenarbeit eine Vergeudung sein? Was sollten wir Ihrer Ansicht nach tun, Köche und Bedienstete einstellen?«

»Solche Kräfte sind billig zu haben.«

»Es kommt darauf an, wie man die Dinge sieht. Spezialisierung, das heißt Arbeitsteilung, ist ganz gewiß nicht billig, es sei denn in Dollars und Cents, und auch dann nicht immer. Sie ist ohne Frage eine Vergeudung von Talenten, verhindert die Selbstverwirklichung des Menschen, entfremdet ihn der Welt, in der er sich wohl fühlen sollte, und verewigt die Ungleichheit. Ich glaube nicht, daß es einen unter uns gibt, der gegen das Gleichheitsprinzip wäre.«

»Aber Sie spezialisieren sich auch und teilen die Arbeit. Sagen Sie mir nicht, Sie tauschten Ihre Physik gegen Agatis Chemie.«

»In gewisser Weise tun wir das. Natürlich fange ich nicht mit Experimenten an, genausowenig wie er das Verlangen hätte, sich mit meinen Berechnungen zu beschäftigen. Aber ich habe oft unter seiner Anleitung gearbeitet, wenn er einen Helfer brauchte, der nichts von der Sache verstand, aber einen kräftigen Rücken hatte.«

»Gut«, sagte ich, »aber ich verstehe noch immer nicht, warum Sie keinen Koch und Küchenpersonal einstellen können.«

»Was würde dann aus unserer Gleichheit? Was würde aus unserer Gemeinschaft?«

Haggershavens Geschichte, die ich nach und nach erfuhr, war mehr als ein bloßes Bindeglied mit der Vergangenheit; sie war eine mögliche Andeutung dessen, was hätte sein können, wenn der Unabhängigkeitskrieg des Südens die Entwicklungslinien des Landes nicht unterbrochen hätte. Barbaras Ururgroßvater, Herbert Haggerwells, war ein Major der Konföderierten Armee aus Nordkarolina gewesen, der, wie es Eroberern zuweilen widerfährt, eine Vorliebe für die liebliche Landschaft Pennsylvaniens gefaßt hatte. Nach dem Krieg hatte er seinen ganzen Besitz – nicht viel für die Verhältnisse des Südens, aber ein Vermögen in der entwerteten, von den meisten Staaten zurückgewiesenen Währung der Vereinigten Staaten – in das Gehöft gesteckt, das die Keimzelle des späteren Haggershaven sein sollte. Dann heiratete er ein einheimisches Mädchen und wandelte sich allmählich zu einem Mann des Nordens.

Bis ich mich so daran gewöhnt hatte, daß ich es nicht mehr bemerkte, pflegte ich sein Porträt an der Wand des Bibliotheksraumes anzustarren und mir in müßigen Gedankenspielereien eine mögliche Begegnung zwischen diesem aristokratischen Herrn mit seinem gelockten Schnurrbart und dem spitz zulaufenden Knebelbart und meinem plebejischen Großvater Hodgins auf dem Schlachtfeld auszumalen. Aber die Chance, daß beider Wege sich einmal gekreuzt hatte, war mehr als zweifelhaft; ich, der ihre Gesichter kannte und ihre Züge studiert hatte, war das einzige Bindeglied zwischen ihnen.

»Ein harter Bursche, was?« bemerkte Ace. »Dabei wurde dieses Porträt gemalt, als er gereift und milde war; stellen Sie sich ihn zwanzig Jahre jünger vor. Die gespannten Pistolen im Gürtel, und Juvenal oder Horaz oder Seneca in den Satteltaschen.«

»Dann war er ein Kavallerieoffizier?«

»Ich weiß nicht. Eigentlich glaube ich es nicht. Das mit den Satteltaschen war nur meine phantasievolle Ausschmückung. Die Leute sollen ihn gefürchtet haben; Disziplin und alles das – das paßt irgendwie zu einem Kavallerieoffizier. Und die alten Römer sind reine Schlußfolgerung: Er war der Typ. In seinen späteren Jahren, als er es zu Wohlstand gebracht hatte, unterstützte er mehrere Schriftsteller und Künstler, lud sie auch ein. ›Kommen Sie und bleiben Sie eine Weile auf meinem Gut‹, und dann blieben sie fünf oder zehn Jahre.«

Aber es war Major Haggerwells' Sohn gewesen, der unter dem Eindruck des Niedergangs der Universitäten des Nordens ein paar unruhige Gelehrte eingeladen hatte, bei ihm zu wohnen. Sie hatten die Freiheit, ihren Studien nachzugehen, wofür sie durch Mitarbeit in der Landwirtschaft zur Selbstversorgung beitrugen.

Thomas Haggerwells' Vater hatte das System weiter ausgebaut und eine größere Zahl von stellungslosen Wissenschaftlern und Gelehrten um sich gesammelt, die erheblich zum materiellen Wohl Haggershavens beitrugen. Sie patentierten Erfindungen, die im Inland keinen Markt fanden, aber regelmäßige Lizenzeinnahmen aus höher industrialisierten Ländern brachten. Agronomen verbesserten die angebauten Getreidesorten und erzielten zusätzliche Einnahmen durch den Verkauf von Saatgut. Chemiker fanden Wege zur Nutzung bisher unverwertbarer Nebenprodukte; auch die Einnahmen aus Büchern und Zeitschriftenbeiträgen vergrößerten das Vermögen. In seinem Testament hinterließ Volney Haggerwells den gesamten Besitz in der Rechtsform einer Stiftung der Gemeinschaft.

Ich glaube, ich erwartete eine gewisse Uniformität, eine Einheitlichkeit des Typs, welche die Mitglieder charakterisierte. Nicht, daß Barbara, Ace oder Hiro Agati mehr als ich selbst hätten einem bestimmten Typ zugeordnet werden können, aber schließlich gehörte ich auch nicht zu den Auserwählten. Selbst nachdem ich die Mehrzahl der Bewohner Haggershavens kennengelernt hatte, hielt sich hartnäckig die Vorstellung, daß es irgendein gemeinsames Merkmal geben müsse, das sie auszeichnete.

Doch als ich umherwanderte, allein oder mit Ace, stellte ich fest, daß die Leute, denen ich begegnete, sehr verschieden waren, sogar bei weitem mehr als in der alltäglichen Welt. Es gab Gesprächige und Lakonische, Überschwengliche und Verdrießliche, Geschäftige und Bedächtige. Manche lebten im Familienverbund, andere führten ein asketisches Einsiedlerleben, fern von den Vergnügen des Fleisches.

Es dauerte seine Zeit, bis mir klar wurde, daß es, wenn nicht eine Ähnlichkeit, so doch starke Bande gab. Die Mitglieder, mochten sie konventionell oder exzentrisch sein, leidenschaftlich oder reserviert, waren alle ernst, zielbewußt und, trotz individueller Unterschiede, beharrlich. Sie waren, obgleich ich zögere, ein so gefühlsbefrachtetes Wort zu verwenden, dem Ideal, dem sie lebten, ergeben. Der andernorts stets gegenwärtige grausame Überlebenskampf, das immer wache Mißtrauen, das Ringen um die Verbesserung der eigenen finanziellen, gesellschaftlichen oder politischen Position durch die Überwindung oder Zerstörung der Konkurrenten, war in Haggershaven entweder unbekannt oder so abgeschwächt, daß man nichts davon wahrnahm. Meinungsverschiedenheiten und Eifersüchteleien existierten freilich, aber sie unterschieden sich in der Art und nicht nur im Ausmaß von jenen, die ich mein Leben lang gewohnt gewesen war. Die Existenzängste der Menschen, die überall sonst Konkurrenzverhalten und rücksichtslosen Egoismus förderten, die gleichen Ängste, die das Lotteriespiel und den Verkauf der eigenen Arbeitskraft in Kontraktknechtschaft zu verzweifelten Mitteln machten, um der Misere des Lebens zu entgehen, konnten in der Sicherheit der Gemeinschaft nicht aufkommen.

Nach der Szene bei meiner Ankunft bekam ich Barbara annähernd zehn Tage nicht zu Gesicht. Und auch dann war es nur ein flüchtiger Blick, den ich von ihr erhaschte, als sie in eine Richtung eilte und ich in eine andere schlenderte. Sie schoß mir einen einzigen frostigen Blick zu und ging weiter. Später sprach ich mit Mr. Haggerwells, der sich zwar nicht als ein kenntnisreicher Amateurhistoriker erwiesen hatte, aber doch über mehr als nur durchschnittliche Kenntnisse auf diesem Gebiet verfügte, als sie ohne anzuklopfen hereingestürmt kam.

»Vater, ich...« Dann erblickte sie mich. »Tut mir leid. Ich wußte nicht, daß du Besuch hast.«

»Komm nur herein, Barbara. Schließlich ist Backmaker so etwas wie dein Schützling«, antwortete Haggerwells im Ton eines Mannes, der sich auf frischer Tat ertappt fühlt.

»Wirklich, Vater!« Sie war königlich. Verletzt, verächtlich, aber majestätisch. »Ich verstehe nicht genug von Leuten, die sich selbst zu Gelehrten machen, um sie zu fördern. Zu dumm, daß sie dir die Zeit stehlen müssen...«

Er errötete. »Bitte, Barbara. Du mußt dich beherrschen, wirklich...«

Ihre Mißbilligung verwandelte sich in offenen Zorn. »Muß ich? Muß ich? Und untätig dabeistehen, während jeder hergelaufene, anmaßende Schwindler deine Aufmerksamkeit usurpiert? Oh, ich verlange keine besonderen Vergünstigungen, weil ich deine Tochter bin; ich weiß nur zu gut, daß ich mit keinen rechnen kann. Aber man sollte meinen, daß die einem Mitglied dieser Gemeinschaft zustehende Beachtung selbst dort wenigstens gewöhnliche Höflichkeit hervorrufen würde, wo keine natürliche Zuneigung besteht!«

»Barbara, bitte... Ach, mein liebes Kind, wie kannst du nur...?«

Aber sie war schon wieder gegangen und ließ ihn in bekümmerter Ratlosigkeit und mich in Verwunderung zurück. Ihr Mangel an Selbstbeherrschung erstaunte mich weniger als ihre Beschuldigung, daß er es an der väterlichen Liebe fehlen lasse. Dabei war nichts deutlicher als sein Stolz auf sie, seine beschützende, unbeholfene Zärtlichkeit. Ich konnte nicht verstehen, daß man bereit schien, ein irrationales Verhalten, wie es sich in diesem gewollten Mißverständnis ausdrückte, wie eine Art Naturereignis hinzunehmen.

»Sie können Barbara nicht mit gewöhnlichen Maßstäben messen«, beharrte Ace unbehaglich, als ich ihm erzählte, was geschehen war.

»Ich messe sie an keinerlei Maßstäben«, erwiderte ich. »Ich verstehe bloß nicht, wie jemand Menschen und Situationen derart willkürlich mißdeuten kann.«

»Sie... Ihre Natur braucht Mitgefühl. Viel Mitgefühl. Sie hatte nie das Verständnis und die Ermutigung, derer sie bedurft hätte.«

»Ich finde, es ist eher umgekehrt. Sie müßte mehr Mitgefühl und Verständnis für andere aufbringen.«

»So denken Sie, weil Sie den Hintergrund nicht kennen. Sie ist immer einsam gewesen. Von Kindheit auf. Ihre Mutter war ungeduldig mit Kindern und fand niemals Zeit für sie.«

»Woher wissen Sie das?« fragte ich ihn.

»Wieso...? Sie sagte es mir, natürlich.«

»Und Sie glaubten ihr. Ohne bestätigende Beweise. Ist es das, was man wissenschaftliche Denkweise nennt?«

Er blieb stocksteif stehen. »Passen Sie auf, Backmaker...« – vor einer Minute hatte er mich noch Hodge genannt –, »passen Sie auf, Backmaker, ich habe alles das, was die Leute über Barbara sagen, von Herzen satt; die höhnischen und spöttischen Bemerkungen und den Klatsch von Leuten, die einfach nicht gut genug sind, um dieselbe Luft mit ihr zu atmen, geschweige denn die leiseste Ahnung von ihrem Geist und Verstand haben...«

»Hören Sie schon auf, Ace«, unterbrach ich ihn. »Ich habe nichts gegen Barbara. Der Schuh ist am anderen Fuß. Sie soll Leute, die ihr nichts getan haben, gefälligst in

Ruhe lassen. Sagen Sie ihr, daß ich in Ordnung bin, vielleicht hilft das. Vergeuden Sie keine Zeit mit dem Versuch, mich zu überzeugen; ich versuche bloß zurechtzukommen.«

Nicht nur aus gelegentlichen unbedachten Äußerungen, die Ace trotz seiner Vorsicht entschlüpften, sondern vor allem aus weniger zurückhaltenden Bemerkungen anderer Mitglieder wurde mir klar, daß Barbaras gequälte Eifersucht eine Anlage ihres Charakters war. Sie hatte Fehden ausgelöst und Mitglieder verleumdet und geschmäht, die sich nichts anderes hatten zuschulden kommen lassen als den Versuch, ihren Vater für dieses oder jenes Projekt zu interessieren, an dem sie selbst nicht beteiligt war. Ich erfuhr noch manches mehr, was Ace mir gern vorenthalten hätte. Aber er war ungeschickt, wenn es darum ging, etwas zu verbergen, und er war ihr hoffnungslos ergeben, wenn auch ohne die gewöhnliche menschenfreundliche Anästhesie der Illusion. Ich vermutete, daß er sich ihrer Gunst erfreut hatte, doch schien sie kein Hehl daraus zu machen, daß dieses Privileg nicht exklusiv war; vielleicht bestand sie sogar darauf, daß er es wußte. Sie benahm sich wie eine fanatische Verfechterin moralischer Polyandrie, die absolute Treue verlangte, ohne als Gegenleistung auch nur die leiseste Hoffnung auf entsprechende Aufrichtigkeit zu bieten.

12

Mehr von Haggershaven

Unter den Mitgliedern der Gemeinschaft war ein Mann namens Oliver Midbin, ein Vertreter dessen, was er die neue und revolutionäre Wissenschaft der Emotionalen Pathologie nannte. Hochgewachsen und ausgemergelt, mit einem absolut unpassenden kleinen Spitzbauch, der an einen vergrößerten und weit hinabgerutschten Adamsapfel gemahnte, stürzte er sich auf mich als einen gebrauchsfertigen und fluchtunfähigen Zuhörer seiner Theorien.

»Betrachten wir diesen Fall von Pseudo-Aphonie...«

»Er meint das taubstumme Mädchen«, warf Ace ein.

»Unsinn. Taubstummheit ist nicht einmal die Feststellung eines Symptoms, sondern eine sehr unvollkommene Beschreibung. Pseudo-Aphonie. Rein emotionaler Natur. Natürlich, wenn Sie das Mädchen zu irgendeinem Quacksalber bringen, wird er sich selbst und Sie und ganz gewiß auch das Mädchen überzeugen, daß eine Schädigung oder Degeneration oder Atrophie der Stimmbänder oder des Kehlkopfes vorliege...«

»Ich bin nicht der Vormund des Mädchens, Mr. Midbin...«

»Doktor. Philosophie, Göttingen. Aber das nur nebenbei.«

»Entschuldigen Sie, Dr. Midbin. Wie dem auch sei, ich bin nicht ihr Vormund und habe auch nicht die Absicht, sie irgendwohin zu bringen. Aber nehmen wir einmal rein theoretisch an, eine Untersuchung würde physiologische Schäden oder Veränderungen ergeben?«

Er rieb sich die Hände und schien erfreut. »Nun, das würde sicherlich der Fall sein. Diese Burschen finden immer, was sie suchen. Wenn Sie griesgrämig veranlagt sind, wird man sicherlich Warzen oder Geschwüre an Ihrem Zwölffingerdarm finden. Bei einer Obduktion, versteht sich. Dagegen befaßt sich die Emotionale Pathologie mit der griesgrämigen Veranlagung und überläßt die Warzen oder Geschwüre, sollten welche da sein, sich selbst. Körperliche Defekte haben geistige Ursachen. Menschen sind stumm oder blind oder taub aus einem bestimmten Grund. Die Frage ist, welchen Grund kann das Mädchen für seine Stummheit haben?«

»Hatte sie keine Gesprächspartner?« fragte ich aufs Geratewohl. Ich zweifelte nicht daran, daß Midbin eine Autorität war, aber die Art und Weise, wie er sich gab, machte die Versuchung zur Keckheit beinahe unwiderstehlich.

»Ich werde es herausbringen«, sagte er entschlossen. »Das muß ein weniger ernster Anpassungsfehler sein, als wir ihn bei Barbara sehen...«

»Aber kommen Sie!« protestierte Ace. »Barbara...«

»Unsinn, Dorn; obskurantistischer Unsinn. Zurückhaltung und Verschwiegenheit sind notwendige Bestandteile jener medizinischen Ethik, hinter der die Quacksalber ihre Unfähigkeit verbergen. Wichtigtuerisches Geschwafel, um den Laien daran zu hindern, unbequeme Fragen zu stellen. Das ist ein priesterlicher, aber kein wissenschaftlicher Zugang. Kunst und Geheimnis des Aderlasses und dergleichen Unfug. Man darf das Wissen nicht zurückhalten; man muß es für die ganze Welt veröffentlichen.«

»Ich denke, Barbara würde ihre persönlichen Gedanken nicht veröffentlicht sehen wollen. Irgendwo muß man eine Grenze ziehen.«

Midbin legte den Kopf auf die Seite und betrachtete Ace mit zusammengekniffenen Augen, als wäre er schwierig zu sehen. »Nun, das ist interessant, Dorn«, sagte er. »Ich frage mich, was einen Erkenntnissucher in einen Zensor verwandelt haben mag.«

»Werden Sie nun mit der Erforschung meiner emotionalen Pathologie beginnen?«

»Nicht interessant genug; nicht annähernd interessant genug. Einstweilige Diagnose: Behandlung in ein paar leichten Raten. Barbara dagegen: da haben wir einen wirklich schönen Fall. Einen hochinteressanten Fall. Jahrelange Behandlung und kaum ein Zeichen von Besserung. Natürlich würde sie nicht wollen, daß ihre Gedanken bekanntwerden. Warum nicht? Weil sie mit ihrem Haß auf ihre tote Mutter glücklich ist. Schockierend für die Eltern, wie sich denken läßt. Übertriebener Besitzinstinkt gegenüber dem eigenen Vater bedrückt sie. Sie teilt sich mit, kann es nicht allein tragen: Scham, Verdammung, Schuldgefühle. Ihre Phantasie...«

»Midbin!«

»Ihre Phantasie von der Rückkehr zur Kindheit – faszinierend: Erwachsene Frau denkt in infantilen Kategorien, verwendet infantile Zeitabfolgen, infantile Magie, infantile Haßgefühle –, um die eigene Mutter zu bestrafen, ist eine krankhafte Vorstellung, die sie genauso hätschelt wie ein Hund, der eine Wunde leckt. Aber ohne analoge Therapie. Nun, der Fall dieses Mädchens ist einfacher. Es ist jünger, und darin liegt immer ein Vorteil. Und hübsche offene Symptome. Bringen Sie es morgen zu mir, und wir werden anfangen.«

»Ich?« fragte ich.

»Wer sonst? Sie sind der einzige, dem sie nicht zu mißtrauen scheint.«

Es verdroß mich, daß jemand die hündchenhafte Ergebenheit des Mädchens beobachtet hatte und kommentierte. Alles deutete daraufhin, daß sie mich als die einzige, wenn auch dürftige Verbindung mit einer normalen Vergangenheit sah. Ich hatte angenommen, daß sie sich nach einigen Tagen naturgemäß den Frauen zuwenden würde, denen es solches Vergnügen bereitete, sie zu bemuttern. Aber sie ließ ihre Aufmerksamkeiten lediglich über sich ergehen; ganz gleich, wie ich sie zu meiden suchte, sie machte mich immer wieder ausfindig und rannte mit unartikulierten Lauten, die das Herz hätten anrühren sollen, aber nur schmerzlich waren, auf mich zu.

Mr. Haggerwells Telegramm an den Sheriff in York hatte die Antwort zur Folge gehabt, daß ein Hilfssheriff Haggershaven aufsuchen werde, ›wenn die dienstlichen Obliegenheiten dies gestatteten‹. Er hatte auch der spanischen Gesandtschaft telegrafiert, die antwortete, daß man außer Don Jaime und seiner Frau keine anderen Escobars kenne. Das Mädchen mochte eine Bedienstete oder eine Fremde sein; die Gesandtschaft Seiner katholischen Majestät fühlte sich für dieses Mädchen nicht zuständig.

Die Schuluniform machte es unwahrscheinlich, daß sie eine Bedienstete gewesen war, aber darüber hinaus gab es wenig zu folgern. Sie reagierte nicht auf Fragen in spanischer oder englischer Sprache, und es war unmöglich, zu erkennen, ob sie die Bedeutung verstand, denn ihr Gesichtsausdruck hilflosen Staunens blieb unverändert. Gab man ihr Bleistift und Papier, so drehte und wendete sie beide neugierig hin und her, um sie schließlich aus den Händen gleiten zu lassen.

Ich fragte mich, ob ihre Intelligenz vielleicht ein wenig unterdurchschnittlich sei, doch begegnete Midbin dieser Vermutung mit entschiedener, sogar ungeduldiger Ablehnung. Seine Diagnose völlig normaler geistiger Entwicklung wurde, wenigstens in meinen Augen, durch ihre anscheinend ausgezeichnete Koordination ebenso bestätigt wie durch ihre persönliche Sauberkeit und Ordnung, die über alles hinausgingen, was ich gewohnt war.

Midbins Behandlungsmethode hatte einen Beigeschmack vom Mystischen. Seine Patienten mußten sich auf einer Couch liegend entspannen und ihm sagen, was ihnen gerade in den Sinn kam. Wenigstens war dies der klarste Teil der Erklärung, die er gab, als ich das Mädchen mit widerstreitenden Gefühlen zu seinem ›Büro‹ eskortierte, einem großen, kahlen Raum, den nur ein alter europäischer Kalender mit Abbildungen von Werken des beliebten akademischen Malers Picasso zierte. Die Couch war ein Feldbett, auf welchem Midbin selbst seine Nächte zu verbringen pflegte.

»Es kann losgehen«, sagte ich. »Wie wollen Sie ihr klarmachen, was sie tun soll?«

»Überzeugen Sie sie, daß alles in Ordnung ist und daß ich ihr nichts zuleide tun werde.«

»Gewiß«, erwiderte ich. »Gern. Nur: wie?«

Er blickte mich über die Schulter an und wandte sich zu dem Mädchen, das apathisch und mit niedergeschlagenem Blick wartete. »Legen Sie sich nieder«, schlug er vor.

»Ich? Ich bin nicht taubstumm.«

»Tun Sie, als ob Sie es wären, in Gottes Namen! Legen Sie sich hin, schließen Sie die Augen und sagen Sie, was Ihnen gerade in den Sinn kommt. Ohne lange darüber nachzudenken.«

»Wie kann ich etwas sagen, wenn ich so tun soll, als wäre ich taubstumm?« Widerwillig folgte ich der Aufforderung und bildete mir ein, einen Ausdruck leiser Verwunderung und Neugierde über das sanfte und allzu stille Gesicht gehen zu sehen. »Niemand steigt zweimal in denselben Fluss«, murmelte ich.

Er ließ mich die Vorstellung mehrere Male wiederholen, worauf er sie durch Pantomime drängte, es mir nachzutun Es war zweifelhaft, ob sie verstand, was wir von ihr wollten; zuletzt halfen wir behutsam nach und rückten sie in die erforderliche Position. An Entspannung war freilich nicht zu denken; sie lag wachsam, angespannt und steif, obwohl sie folgsam die Augen schloß.

Der ganze Versuch war so offensichtlich nutzlos und absurd, um nicht zu sagen unwürdig, daß ich mich am liebsten wieder davongemacht hätte. Nur unfeine Spekulation auf Midbins Stimmabgabe für meine Aufnahme in die Gemeinschaft von Haggershaven hielt mich zurück.

Als ich die so starr und steif ausgestreckte Gestalt betrachtete, konnte ich nicht umhin, ein weiteres Mal zuzugeben, daß das Mädchen schön war. Aber das Eingeständnis war leidenschaftslos, die Schönheit abstrakt und neutral. Ich empfand nur verdrießliche Ungeduld, weil ihr Los mich von den Wundern Haggershavens fernhielt.

»Was soll das nützen?« platzte ich nach zehn fruchtlosen Minuten heraus. »Sie versuchen herauszubringen, warum sie nicht sprechen kann, und sie kann nicht sprechen, um Ihnen zu sagen, warum sie nicht sprechen kann.«

»Die Wissenschaft untersucht alle Zugangsmethoden«, antwortete Midbin von oben herab. »Ich suche nach einer Technik, die sie erreichen kann. Kommen Sie morgen wieder mit ihr hierher.«

Ich schluckte meinen Mißmut hinunter und wandte mich zum Gehen. Das Mädchen sprang auf und kam an meine Seite. Draußen wehte ein kühler, frischer Wind, und ich bemerkte, wie sie einen fröstelnden Schauer unterdrückte. »Nun werde ich dich ins Warme bringen oder etwas zum Überziehen für dich finden müssen«, schalt ich gereizt. »Ich weiß wirklich nicht, warum ich dein Kindermädchen sein muß.«

Sie wimmerte sehr leise, und ich bereute meine Worte. Nichts von alledem war ihre Schuld; meine Härte war unentschuldbar. Gleichwohl wünschte ich mir nichts sehnlicher, als daß sie sich irgendeinem anderen Beschützer anschließen und mich in Ruhe lassen würde...

Wie ein Mensch, der weiß, daß er binnen kurzem vom Ort seines Wohlbefindens in die Verbannung gehen muß, versuchte ich alles in die kurzen Tage hineinzupressen. Mir war bewußt, daß diese Herbstwochen, die ich mit zwanglosen Gesprächen und der Mitarbeit an den vertrauten Vorbereitungen für den ländlichen Winter hinbrachte, tatsächlich eine Periode gründlicher und kritischer Erprobung waren. Über die Schaustellung einer aufrichtigen Bereitwilligkeit hinaus, jede Arbeit zu tun, die getan werden mußte, und bei jeder Gelegenheit zu wiederholen, daß Haggershaven für mich buchstäblich eine Offenbarung sei, eine Insel der Zivilisation inmitten einer chaotischen und wilden See, konnte ich wenig tun, um die Entscheidung zu beeinflussen.

Mein sehr bescheidener Bildungshintergrund, der hauptsächlich auf wahllos Zusammengelesenem beruhte, konnte kaum geeignet sein, die Mitglieder zu überzeugen; ich konnte nur hoffen, daß sie irgendeine vielversprechende Anlage in mir entdeckten. Gegen diese Hoffnung setzte ich Barbara Haggerwells Feindseligkeit, welche sich inzwischen durch ihren Zorn auf Oliver Midbin, der es wagte, die allein ihr zukommende Aufmerksamkeit und therapeutische Bemühung einer anderen zuzuwenden, weiter verschärft hatte. Ich kannte ihre Beharrlichkeit und konnte nicht daran zweifeln, daß sie ihren ganzen Einfluß auf die übrigen Mitglieder der Gemeinschaft aufbieten würde, um meine Zurückweisung zu erreichen.

Die Räuberbande, die die Gegend unsicher gemacht hatte, vermutlich dieselbe, auf die ich unterwegs gestoßen war, war offenbar weitergezogen. Zumindest wurden ihr keine weiteren Verbrechen zugeschrieben. Sobald die Luft rein schien, fand Hilfssheriff Beasley endlich die Zeit, Haggershaven in Beantwortung des Telegramms einen Besuch abzustatten. Er war offenbar schon früher wiederholt dagewesen, ohne daß daraus ein beiderseitiger Respekt entstanden wäre. Ich gewann den entschiedenen Eindruck, daß er eine formelle Untersuchung als jene vorgezogen haben würde, die in Mr. Haggerwells Arbeitszimmer stattfand, während Mitglieder ein und ausgingen und die amtliche Ermittlung mit eigenen Kommentaren oder sachfremden Erörterungen unterbrachen.

Es war ziemlich offensichtlich, daß er an der Stummheit des Mädchens zweifelte. Er blaffte seine Fragen so laut und brüsk, daß sie eine bei weitem selbstsicherere Person in Angst und Schrecken versetzt hätten. Sie bekam prompt hysterische Zustände, worauf er seine Aufmerksamkeit auf mich wandte.

Ich befürchtete, seine Fragen könnten meinem Leben bei Tyss und meiner Verbindung mit der Großen Armee nachgehen, aber anscheinend deutete die bloße Anwesenheit in Haggershaven auf eine Unschuld hin, die ausgesprochenem Schwachsinn nicht unverwandt war. Meine Anwesenheit auf der Straße von York und alle Ereignisse, die ihr vorausgingen, waren außerhalb seines Interesses; er wollte nur einen knappen, aber präzisen Bericht vom Überfall, wobei er mich an den verstorbenen Oberst Tolliburr mit seiner Annahme erinnerte, daß das Auge des Laien normalerweise auch die kleinste Einzelheit fotografisch genau festhalten sollte.

So zeigte er unverhohlene Unzufriedenheit über meine Darstellung und verabschiedete sich mit der mürrischen Bemerkung, daß es sinnvoller wäre, wenn Bücherwürmer lernten, eine Person richtig zu beschreiben, statt sich die Köpfe mit Logarithmen oder Trigonometrie vollzustopfen. Ich vermochte nicht zu sehen, in welcher Weise dies auf mich zutraf, da ich mir auf beiden Gebieten eine lobenswerte Unwissenheit bewahrt hatte.

War Hilfssheriff Beasley enttäuscht, so war Midbin hocherfreut. Natürlich hatte er meine Erzählung schon vordem gehört, aber dies war das erstemal, daß er die möglichen Einwirkungen des Geschehens auf das Mädchen recht zu würdigen verstand.

»Sehen Sie, ihre Pseudo-Aphonie ist weder angeboren noch langdauernd. Alle Logik führt zu der Schlußfolgerung, daß sie das Ergebnis ihres Entsetzens während des schrecklichen Erlebnisses ist. Sie wollte ihr Entsetzen hinausschreien, es muß ihr beinahe unmöglich gewesen sein, nicht zu schreien, aber um ihr Leben zu retten, durfte sie es nicht. Die instinktive, automatische Reaktion war diejenige des Selbstschutzes; sie konnte sich nicht erlauben, ihren Gefühlen Ausdruck zu geben. Sie mußte stumm bleiben, während sie die Bluttat beobachtete.«

Zum erstenmal schien es mir möglich, daß in Midbin neben seiner oft skurrilen Redseligkeit noch andere Qualitäten schlummerten.

»Sie unterdrückte gewaltsam den natürlichen, überwältigenden Impuls«, fuhr er fort. »Sie mußte; ihr Leben hing davon ab. Es war eine ungeheure Anstrengung, und die Wirkung auf sie war entsprechend; sie erreichte ihren Zweck zu gut. Als die Gefahr vorüber war und das arme Kind seinen Gefühlen hätte freien Lauf lassen und sprechen sollen, konnte es das nicht.«

Es hörte sich alles so einleuchtend an, daß einige Zeit verging, ehe mir der Gedanke kam, ihn zu fragen, warum sie nicht zu verstehen schien, was wir sagten, und warum sie nichts aufschrieb, wenn sie Papier und Bleistift bekam.

»Kommunikation«, antwortete er. »Sie mußte die Kommunikation unterbrechen, und ist das einmal geschehen, so scheint es nicht immer leicht zu sein, den vorherigen Zustand wiederherzustellen. Wenigstens ist das ein Aspekt. Ein anderer ist komplizierter. Der Überfall fand vor mehr als einem Monat statt, aber glauben Sie, das betroffene Bewußtsein rechne so präzise nach den Kalendertagen? Die Dauer eines Zeitablaufes mag eine vollkommen subjektive Sache sein. Wir wissen nicht genug darüber, um verallgemeinernd zu sagen, ein Monat sei für alle ein Monat. Und nicht nur das. Was für Sie weit zurückliegt, mag für mich so frisch im Gedächtnis stehen, als sei es gestern gewesen. Wir berücksichtigen dieses Phänomen bis zu einem gewissen Grade, wenn wir davon sprechen, daß Stunden langsam oder schnell vergehen, oder daß dem einen die Zeit wie im Fluge vergeht, während sich die Minuten für den anderen mühsam dahinschleppen. Das Mädchen mag noch immer in der quälenden Phase sein, die ihr gebietet, ihre Schreie zu unterdrücken; der Überfall, die Ermordung der Escobars mögen in ihrem Bewußtsein noch Gegenwart sein, nicht wie für uns Vergangenheit. Sie finden in einem lang hinausgezogenen Augenblick statt, der nie mehr enden mag, solange sie lebt. Wenn es sich so verhält, dann brauchen wir uns nicht zu wundern, warum sie außerstande ist, sich zu entspannen, ihren Schutzmechanismus lange genug abzuschalten, um zu begreifen, daß die Gegenwart gegenwärtig und die Krise vergangen ist.«

Er rieb sich nachdenklich die Stirn. »Nun, wenn es möglich ist, durch einen Reiz von außen statt durch Beschwörung des Geschehenen in ihrem Bewußtsein die Bedingungen wiederherzustellen, die zu dem und durch das Schreckenserlebnis führten, so würde sie eine Gelegenheit haben, den Emotionen freien Lauf zu lassen, die hinunterzuschlucken sie gezwungen war. Sie könnte – wohlgemerkt, ich sage nicht, sie wird – dadurch die Sprache wiederfinden.«

Es war mir klar, daß ein solcher Prozeß notwendigerweise langwierig sein würde, aber als die Zeit verging, sah ich kein Zeichen, daß er sie überhaupt erreichte, geschweige denn irgendein Resultat erzielte. Einer der Spanisch sprechenden Bewohner von Haggershaven, ein Botaniker, der in unregelmäßigen Abständen kam und ging, übersetzte meinen Bericht vom Überfall und las Teile davon dem auf Midbins Feldbett ruhenden Mädchen vor, wobei er Midbins aufgeregten Regieanweisungen und Einschüben folgte. Nichts geschah.

Außer der vergeblichen Pflicht, das Mädchen zur Teilnahme an Midbins therapeutischen Sitzungen zu begleiten, hatte ich keine Verpflichtungen, ausgenommen diejenigen, die ich mir selbst auferlegte oder die auf mich zu übertragen ich andere überreden konnte. Hiro Agati erklärte mich für hoffnungslos unfähig, ihm in dem Brennofen zu helfen, den er aufgebaut hatte, um ›hartes Glas‹ zu machen, eine massive Substanz, die, wie er hoffte, bei der Herstellung von Holzöfen, Flammrohren und dergleichen eines Tages Werkstoffe wie Gußeisen und Keramik ersetzen könnte. Er räumte jedoch ein, daß ich in dem kleinen Garten, der das Häuschen umgab, worin er mit Mrs. Agati - einer Architektin, viel jünger als ihr Mann und ebenso winzig wie zierlich - und ihren drei Kindern lebte, nicht völlig nutzlos sei.

Dr. Agati war nicht nur der erste amerikanische Japaner, den ich je gesehen hatte; seine Familie war die einzige mir bekannte, die das ungeschriebene Gesetz, nur ein Kind zu haben, gebrochen hatte. Er und Kimi Agati schienen sich der strengen Unterlassungsgebote der liberalen und populistischen Regierungen, nach denen eine Katastrophe unabwendbar sein würde, wenn die Bevölkerung des Landes zu rasch zunähme, nicht bewußt zu sein. Die beiden älteren Kinder, Fumio und Eiko, machten sich nichts daraus, während Joschio mit zwei Jahren einfach nicht interessiert war.

Der Gedanke an meine Verbannung aus Haggershaven bekam durch die Agatis einen weiteren schmerzlichen Akzent. Da ich weder von Chemie noch Architektur etwas verstand, hatte unsere Konversation Grenzen, aber dies beeinträchtigte nicht das Vergnügen, das ihre Gesellschaft mir bereitete. Sobald ich Gewißheit hatte, daß ich dort willkommen war, saß ich oft bei ihnen und las oder schaute zu, während Hiro arbeitete, die Kinder ein und aus liefen und Kimi, die konservativ war und keine Stühle mochte, im Schneidersitz am Boden saß und skizzierte oder rechnete.

Allmählich ging ich von dem Stadium, wo ich eine Entscheidung über meinen Aufnahmeantrag am liebsten so lange wie möglich hinausgezögert hätte, in ein anderes über, wo ich eine Entscheidung ungeduldig herbeisehnte, um endlich der Ungewißheit enthoben zu sein. »Warum?«

fragte Hiro. »Spannung ist der Zustand, in dem wir einen großen Teil unseres Lebens verbringen.«

»Mag sein, aber es gibt Abstufungen. Sie wissen, was Sie nächstes Jahr tun werden.«

»Weiß ich das? Welche Garantien habe ich? Die Zukunft ist glücklicherweise verschleiert. Als ich in Ihrem Alter war, verzweifelte ich, weil niemand einen Japaner zur Kontraktarbeit wollte. Man nennt uns noch immer Japaner, obwohl unsere Vorfahren schon um 1868 einwanderten, als der Versuch, das Schogunat zu stürzen und den Mikado wieder einzusetzen, gescheitert war. Damals hätte ich Spannung anstelle von Gewißheit als ein Vergnügen empfunden.«

»Wie dem auch sein mag«, meinte Kimi, die immer praktisch dachte, »bis zur nächsten Versammlung können noch Monate vergehen.«

»Was sagen Sie da? Gibt es für solche Dinge keine feste Zeit?«

Hiro schüttelte den Kopf. »Wozu? Wenn die Mitglieder das nächste Mal zusammenkommen, um über eine Bewilligung oder über ein Projekt zu beschließen, werden wir entscheiden, ob es hier Raum für einen Historiker gibt.«

»Aber – wie Ihre Frau sagt, es können bis dahin noch Monate vergehen.«

»Oder die Versammlung kann schon morgen einberufen werden«, erwiderte Hiro.

»Mach dir keine Sorgen, Hodge«, sagte Fumio. »Papa wird für dich stimmen, und Mutter auch.«

Hiro grunzte nur.

Als die Entscheidung endlich fiel, war es wie ein Antiklimax. Hiro, Midbin und mehrere andere, mit denen ich kaum ein Wort gewechselt hatte, empfahlen mich, und Barbara begnügte sich damit, meine Existenz zu ignorieren. Ich war ein Mitglied der Gemeinschaft von Hagershaven, mit allen Pflichten und Privilegien, die dazu gehörten. Zum erstenmal, seit ich vor mehr als sechs Jahren von Wappinger Falls fortgegangen war, hatte ich wieder ein sicheres Zuhause. Ich wußte, daß in der langen Geschichte von Haggershaven nur wenige sich jemals von der Gemeinschaft losgesagt hatten, und daß die Zahl derer, die ausgeschlossen worden waren, noch niedriger lag.

Am gleichen Abend fand in der großen Küche eine bescheidene Feier statt, und es zeigte sich, daß Haggershaven weitere Talente beherbergte, die bis dahin nicht hervorgetreten waren. Hiro brachte eine Gallone Schnaps zum Vorschein, den er aus Sägemehl destilliert und gebrannt hatte und Cellusaki nannte. Mr. Haggerwells erklärte ihn als geeignet für einen kultivierten Geschmack und ließ einen improvisierten Vortrag über das Trinken im Ablauf der Zeitalter folgen. Midbin kostete genug davon, um Mr. Haggerwells' Vortrag zu imitieren und dann, als nachträglichen Einfall, zu demonstrieren, wie Mr. Haggerwells seine, Midbins, Parodie nachahmen würde. Ace und drei andere sangen Balladen; selbst das taubstumme Mädchen schien, nachdem man es überredet hatte, unter den mißbilligenden Blicken ihrer selbsternannten Wächterinnen ein wenig vom Cellusaki zu schlürfen, ein wenig belebter zu werden. Wenn jemand die Abwesenheit Barbara Haggerwells' bemerkte, blieb sie unerwähnt.

Der Herbst wurde zum Winter. In den zu Haggershaven gehörigen Waldstücken wurde Holz eingeschlagen und das Lignin nach einem Verfahren, das von einem der Mitglieder vervollkommnet worden war, mit Preßluft extrahiert. Lignin war der Brennstoff für unsere Heizung und lieferte außerdem das Gas für die Reflexionslampen, die eine winzige Gasflamme zu großer Helligkeit verstärkten. Alle nahmen an diesen Arbeiten teil, doch ebenso wie ich nicht imstande gewesen war, Hiro zu seiner Zufriedenheit im Laboratorium zu helfen, brachte meine

Ungeschicklichkeit in mechanischen Dingen es mit sich, daß ich bald Aufgaben im Stall angewiesen bekam, die meinen Talenten angemessener waren.

Ich war nicht mißvergnügt darüber; denn obgleich ich Freude an der Gesellschaft der anderen hatte, fand ich es auch angenehm, allein zu sein, meinen Gedanken nachzuhängen, mich dem langsamen Rhythmus der schweren Kaltblutpferde anzupassen oder meinen Spaß an den übermütigen Kapriolen der zwei Fohlen zu haben. Welt und Zeit waren dann ausgesperrt und vergessen, und ich fühlte eine tiefe Zufriedenheit, die stärker war als alle oberflächliche Befriedigung oder aktive Emotion.

Eines Nachmittags striegelte ich einen Apfelschimmel und dachte darüber nach, wie der auf den riesigen Weizenfarmen Kanadas gebräuchliche Dampfpflug die Landwirte nicht nur um den wertvollen Stallmist brachte, sondern auch um die natürliche Kameradschaft mit den treuen vierbeinigen Helfern, als Barbara mit dampfendem Atem aus der Kälte hereinkam und hinter mir stehenblieb. Ich striegelte den Apfelschimmel weiter, als hätte ich sie nicht bemerkt.

»Hallo!« sagte sie.

»Oh... hallo, Miss Haggerwells.«

»Muß das sein, Hodge?«

Ich rauhte das schimmernde Fell der Pferdeflanke mit dem Striegel auf, dann bürstete ich es wieder glatt. »Muß was sein? Ich fürchte, ich verstehe nicht.«

Sie trat näher und kam mir so nahe wie damals im Buchladen. Ich fühlte meinen Atem schneller gehen. »Ich glaube, du verstehst recht gut. Warum gehst du mir aus dem Weg? Und nennst mich in diesem spröden Ton ›Miss Haggerwells‹? Sehe ich so alt und häßlich und abstoßend aus?«

Der arme Ace, dachte ich, das wird ihm wehtun. Der arme Kerl, um den Verstand gebracht von einem jähzornigen, schamlosen Weib; warum kann er sich nicht mit einem netten ruhigen Mädchen zusammentun, das ihn nicht jedesmal, wenn es einer plötzlichen Laune unterworfen ist, in Stücke reißt?

Ich fuhr ein letztes Mal mit dem Striegel über die Pferdekruppe und ließ den Arm sinken.

»Ich finde, Sie sind die aufregendste Frau, die ich je gekannt habe, Barbara«, versicherte ich.

13

Zeit

»Hodge?«

»Ja?«

»Ist es wirklich wahr, daß du deiner Mutter nie geschrieben hast, seit du von zu Hause fortgingst?«

»Warum sollte ich ihr schreiben? Was könnte ich ihr sagen? Vielleicht, wenn aus meinen ursprünglichen Plänen etwas geworden wäre... ja, dann hätte ich ihr vielleicht geschrieben. Aber wenn ich ihr schriebe, daß ich sechs Jahre für nichts gearbeitet habe, würde das nur ihre Meinung bestätigen, daß ich keinen praktischen Verstand und kein Durchsetzungsvermögen habe.«

»Ich frage mich, ob dein Ehrgeiz am Ende nicht auf den Wunsch hinausläuft, sie eines Besseren zu belehren.«

»Jetzt redest du wie Midbin«, sagte ich, aber ich war nicht ärgerlich. Ich zog ihre augenblicklichen Fragen bei weitem jenen vor, die ich von ihr in den vergangenen Wochen bis zum Überdruß gehört hatte: Liebst du mich? Bist du sicher? Ich meine, ist es wirklich Liebe? Liebst du mich mehr als irgendeine andere Frau? Warum?

»Oliver hat gelegentlich erhellende Einsichten.«

»Meinst du nicht in Wahrheit deine eigenen Motive, wenn du über die meinigen redest?«

»Meine Mutter haßte mich«, sagte sie.

»Nun, leider leben wir nicht in einer Welt, wo Liebe im Überfluß zu haben ist. Ersatz ist billig und verfügbar. Aber Haß – das ist ein starkes Wort. Woher weißt du das?«

»Ich weiß es. Was macht es schon aus, woher ich es weiß? Ich bin nicht gefühllos wie du.«

»Ich? Was habe ich getan?«

»Dir ist niemand wirklich wichtig. Ich nicht und auch sonst niemand. Du willst nicht mich; jede andere Frau wäre dir genauso recht.«

Ich dachte darüber nach. »Das glaube ich nicht, Barbara...«

»Siehst du! Du glaubst es nicht. Du bist nicht sicher, und überhaupt würdest du meine Gefühle nicht unnötig verletzen. Warum bist du nicht ehrlich und sagst die Wahrheit? Du wärst genauso zufrieden, wenn es dieses Straßenmädchen aus New York wäre. Vielleicht wäre es dir sogar lieber. Du vermißt sie, nicht wahr?«

»Barbara, ich habe dir ein dutzendmal gesagt, daß ich nie...«

»Und ich habe dir ein dutzendmal gesagt, daß du ein Lügner bist! Aber mir ist es gleich. Mir ist es wirklich gleich.«

»In Ordnung.«

»Wie kannst du so phlegmatisch sein? So gefühllos? Nichts bedeutet dir etwas. Du bist ein richtig sturer Bauer. Und du riechst auch wie einer; immer hast du diesen Stallgeruch an dir.«

»Das tut mir leid«, sagte ich milde. »Ich werde versuchen, häufiger zu baden.«

Ihre Launen und Eifersuchtsanwandlungen, ihre drängenden Fragen brachten mich nicht aus dem Gleichgewicht. Ich war zu sehr erfüllt von den Wundern des Lebens, um beunruhigt zu sein. Alles, was ich mir von Haggershaven erträumt hatte, als ich überzeugt gewesen war, daß ich niemals ein Teil davon würde sein können, hatte sich erfüllt und mehr als erfüllt. Haggershaven und Barbara; der Garten Eden und Lilith.

Anfangs schien es, die Jahre im Buchladen seien verlorene Zeit gewesen, doch bald begriff ich den Wert dieser eifrigen, wenn auch planlosen Selbstbildung durch Lesen als Vorbereitung auf diese Zeit. Ich war vorübergehend ein wenig enttäuscht, daß es in Haggershaven niemanden gab, an den ich mich halten konnte und mit dem ich in ein persönliches Lehrer-Schüler-Verhältnis treten konnte, auf das ich so große Hoffnungen gesetzt hatte, aber wenn es unter den Mitgliedern auch keinen Historiker gab, der mich hätte unterweisen können, so war ich doch von Leuten umgeben, die gelernt hatten, wissenschaftlich zu denken und zu lernen. Es gab niemanden, mit dem ich über die Einzelheiten der industriellen Revolution oder den Fehlschlag der ultramontanen Bewegung im mitteleuropäischen Katholizismus und die Politik der Päpste Adrian VII., VIII. und IX. hätte diskutieren können, aber alle konnten mich in wissenschaftlicher Methode unterweisen. Ich begann zu verstehen, was gründliche Erforschung eines Gegenstandes im Gegensatz zum Halbwissen bedeutete, und ich warf mich mit wütendem Eifer auf meine erwählte Arbeit.

Auch begann ich das zentrale Geheimnis der historischen Theorie zu begreifen. Wann und was und wie und wo, aber das Wann ist das Geringste. Nicht Chronologie ist es, was den Historiker letztlich beschäftigt, sondern Beziehungen, das Aufspüren von Wirkkräften und Querverbindungen Das Element der Zeit hingegen, auf den ersten Blick so wichtig, verliert im Verlauf eingehenderer Studien zunehmend an Bedeutung. Daß die Vergangenheit vergangen ist, wird immer weniger wichtig. Abgesehen von der Perspektive, mag es genausogut die Gegenwart oder die Zukunft sein, oder eine Parallelzeit, wenn man sich das vorstellen kann. Ich erforschte nicht eine Versteinerung, sondern eine in strömender Bewegung begriffene Flüssigkeit. War es möglich, das Wie, Wo und Warum genau zu ergründen, dann kam es auf das Wann nicht mehr an; man konnte es nach Belieben plazieren.

Während dieses Winters las ich über Philosophie, Psychologie, Archäologie und Anthropologie. Meine Energie und mein Lesehunger waren erstaunlich, was sie auch sein mußten. Ich sah, wie das Feld des Wissens – nicht des abstrakten Wissens, sondern der Dinge, die ich wissen wollte und wissen mußte – sich mit schwindelerregender Schnelligkeit vor mir ausdehnte, während ich auf Wegen dahinkroch und -stolperte, die ich schon vor Jahren hätte hinter mich bringen sollen.

Aber ein konventionelles Studium hätte mir – wäre ich überhaupt zugelassen worden – Haggershaven und Barbara vorenthalten. Schriftsteller sprechen leichthin von Sturmböen der Leidenschaft, aber es war nichts Geringeres als eine unwiderstehliche Kraft, die mich immer wieder zu ihr hinzog. Blickte ich mit der Herablassung, die der Vierundzwanzigjährige dem Zwanzigjährigen entgegenbringt, auf meine Gefühle für Tirzah Vame zurück, so konnte ich mein jüngeres Selbst nur als unreif, jungenhaft und ziemlich dumm begreifen. Die Qualen, die ich damals um ihretwillen erlitten hatte, waren mir jetzt eine Quelle von Peinlichkeit.

Mit Barbara lebte ich nur in der Gegenwart, sperrte Vergangenheit und Zukunft aus. Dies lag nur zum Teil an der wilden Intensität unserer Beziehung; vieles rührte von Barbaras beunruhigtem Geist her. Sie selbst war in ihrer Forderung nach Ausschließlichkeit so rigoros, daß Gestern und Morgen für den beharrlichen Augenblick irrelevant waren. Das einzige, was mich vor der Versklavung bewahrte, wie sie dem armen Ace zuteil geworden war, war meine Überzeugung, daß die Aufgabe der letzten Reste von innerer Distanz und Objektivität mich hilflos machen würde, nicht nur vor ihr, sondern auch wenn es galt, mit meinen Studien voranzukommen. Und sie waren mir wichtiger denn je.

Dennoch weiß ich, daß viel von meiner inneren Reserve unnötig war, ein Produkt der Angst, nicht der vorsichtigen Klugheit. Ich verweigerte manches, was ich freizügig und ohne Schaden hätte geben können; meine Wachsamkeit behütete, was im wesentlichen leer war. Mein eingebildeter Vorteil gegenüber Ace, der darauf beruhte, daß ich bei Frauen immer leichten Erfolg hatte, war überhaupt kein Vorteil. Ich wähnte mich in einfältiger Überhebung Herr der Lage, weil ihre Untreue, wenn ein solches Wort gebraucht werden kann, wo Treue ausdrücklich ausgeschlossen ist, mich nicht störte. Ich bildete mir ein, ich sei seit den Tagen, als die Befürchtung, von Tirzah verlassen zu werden, mich in tiefstes Elend gestürzt hatte, ungemein weise geworden. Das war ein Irrtum; meine vermeintliche Überlegenheit war ein Mangel, keine Errungenschaft.

Es erübrigt sich zu sagen, daß Barbara keineswegs ein liederliches Frauenzimmer war, angetrieben von flüchtiger und launenhafter Sinnlichkeit. Der Puritanismus unserer Zeit, der sich in Verdammungen und Leugnungen ausdrückte, formte sie genauso wie unsere Zivilisation. Sie wurde von Triebkräften beherrscht, die tiefer und dunkler waren als bloße Sinnlichkeit; ihre Anwandlungen unsinniger Eifersucht rührten von einem unersättlichen Bedürfnis nach ständiger Bestätigung her. Sie mußte beherrschen, sie mußte von mehr als einem Mann umworben sein; sie mußte unablässig gesagt bekommen, was sie niemals wirklich glauben konnte: daß sie geliebt und begehrt wurde.

Ich wunderte mich, daß sie sich nicht ausbrannte, nicht allein mit ihren widerstreitenden Leidenschaften, sondern mit ihrer Arbeitswut. Schlaf war eine Schwäche, die sie verabscheute, dabei brauchte sie mehr davon als sie sich gönnte; sie rationierte ihre Ruhestunden und trieb sich erbarmungslos an. Ich nahm Aces Lobgesänge über ihre Bedeutung als Physikerin nicht ernst, aber ältere und objektivere Kollegen sprachen mit an Ehrfurcht grenzendem Respekt von ihren mathematischen Konzeptionen.

Mit mir sprach sie nicht über ihre Arbeit; unsere Intimität machte vor solchen Diskussionen halt. Ich gewann den Eindruck, daß sie die Prinzipien des Schwerer-als-

Luft-Fliegens zu ergründen suchte, eine Schimäre, der die Erfinder seit langem nachjagten. Es schien ein sinnloses Unterfangen, denn es lag auf der Hand, daß ein solches Sicherheben unsere sicheren und bequemen lenkbaren Ballons genausowenig ersetzen konnte wie der Dampfwagen das Pferd.

Der Frühling machte uns alle zu Bauern, bis die Felder bestellt waren. Niemand beklagte die harte Arbeit dieser Tage, denn das wirtschaftliche Leben von Haggershaven beruhte in erster Linie auf seinem Land, und wir waren mit der Arbeit selbst glücklich. Erst nachdem der beinahe fieberhafte Wettlauf mit der Zeit gewonnen war, konnten wir zu unseren regelmäßigen Aktivitäten zurückkehren.

Ich sage ›uns alle‹, aber ich muß das taubstumme Mädchen ausnehmen. Sie begrüßte den Frühling mit der deutlichsten Annäherung an Munterkeit, die sie bisher gezeigt hatte; die lähmende Apathie hob sich von ihrem Gemüt. Unerwartet enthüllte sie ein Talent, das den Schock, den sie erlitten, überlebt hatte, wie die Weidenkätzchen und Krokusse von der warmen Sonne wiedererweckt werden. Sie war eine Künstlerin im Umgang mit Nadel und Faden. Schüchtern zuerst, doch allmählich kühner werdend, entwarf und nähte sie als Ersatz für ihre ärmliche, eintönige Schuluniform Kleider in immer freundlicheren und bunteren Farben. Und jedesmal, wenn sie eine neue Kreation vollendet hatte, kam sie damit zu mir, als erbäte sie meine Billigung.

Diese unschuldige, wenn auch peinliche Gewohnheit konnte Barbara nicht lange verborgen bleiben, aber ihr Zorn richtete sich gegen mich, nicht gegen das Mädchen. Meine ›Zuneigung‹ sei nicht nur absurd, sagte sie mir, sie sei auch auffällig und entwürdigend. Mein Geschmack sei unerklärlich, ja krankhaft, da er an unreifen, geistig verwirrten Krüppeln Gefallen finde.

Als das Mädchen die Gewohnheit annahm, an den Rand des Feldes zu kommen, wo ich pflügte oder eggte, und dort in regungslosem Ernst zu warten, bis ich die Furche zu ihr gezogen hatte, erwartete ich weitere Schelte von Barbara. Das Mädchen war von seiner neuen Gewohnheit nicht abzubringen, und ich hatte zum Glück nicht das Herz, sie grob anzufahren, und so stand sie täglich die langen Stunden am Feldrain und sah mir bei der Arbeit zu, brachte mir zur Mittagszeit das Essen und nahm selbst bescheiden mit einer kleinen Portion davon vorlieb.

Nachdem die Felder bestellt waren, begann Midbin eine neue Technik anzuwenden: er zeigte ihr Zeichnungen der aufeinanderfolgenden Phasen des Überfalls, zu welchem Zweck er mich abermals nach Einzelheiten ausfragte, um die Genauigkeit der Zeichnungen zu verbessern. Ihre Reaktionen erfreuten ihn ungemein, denn schon auf die Vorlage der ersten Zeichnungen antwortete sie mit Kopfnikken und kehligen Geräuschen, die wir als Zeichen des Verstehens oder der Zustimmung erkannten. Die Szenen des eigentlichen Überfalls, der Ermordung des Kutschers und ihrer eigenen Flucht ins Dickicht, entlockten ihr Jammerlaute, während die brutale Darstellung der Bluttat an den Escobars bewirkte, daß sie sich krümmte und die Hände vor die Augen schlug.

Ich fürchte, ich bin nicht sonderlich taktvoll; gleichwohl hatte ich sorgsam darauf geachtet, Barbara gegenüber nichts von alledem zu erwähnen. Midbin jedoch, hochbefriedigt und stolz auf seine Erfolge, sagte beiläufig: »Barbara ist lange nicht hier gewesen. Ich wünschte, sie würde sich wieder einmal blicken lassen.«

Als ich ihr seine Worte wiederholte, geriet sie in unvernünftige Wut. »Wie kannst du es wagen, mit diesem lächerlichen Dummkopf über mich zu diskutieren?«

»Du hast es falsch verstanden. Es gab keine Diskussion über dich. Midbin sagte nur...«

»Ich weiß, was Oliver sagte. Ich kenne sein ganzes albernes Vokabular.«

»Er will dir nur helfen.«

»Mir helfen? Mir? Was ist mit mir nicht in Ordnung?«

»Nichts, Barbara. Nichts.«

»Bin ich taubstumm oder blind oder beschränkt?«

»Bitte, Barbara.«

»Bloß unattraktiv. Ich weiß. Ich habe dich mit dieser Kreatur gesehen. Wie sehr mußt du mich hassen, daß du vor allen Leuten mit ihr herumstolzierst!«

»Du weißt, ich begleite sie nur zu Midbin, weil er darauf besteht.«

»Und wie steht es mit euren kleinen Schäferstündchen im Wald, wenn du auf dem Feld arbeiten solltest? Meinst du, ich wüßte nichts davon?«

»Barbara, ich versichere dir, daß solche Begegnungen völlig harmlos waren. Sie...«

»Du bist ein Lügner. Damit nicht genug, du bist ein Heimlichtuer und ein Heuchler. Ja, und ein falscher, kriecherischer Schmeichler. Ich weiß, daß du mich verabscheust, aber du erträgst mich, weil dir das Leben hier gefällt. Ich bin nicht blind, und auch nicht dumm; du hast mich vorsätzlich und berechnend für deine eigennützigen Zwecke benutzt.«

Midbin konnte ihre Ausbrüche durch seine ›emotionale Pathologie‹ erklären und entschuldigen, Ace akzeptierte und erlitt sie als unvermeidlich, ebenso wie ihr Vater, aber ich sah keine Notwendigkeit, immer der Gegenstand ihrer Wutanfälle zu sein. Ich sagte ihr das und fügte nicht allzu erhitzt hinzu: »Vielleicht sollten wir einander von nun an nicht mehr allein sehen«

Sie stand völlig unbeweglich und still, als ob ich immer noch spräche. »Einverstanden«, sagte sie schließlich. »In Ordnung; ja... ja. Lassen wir es.«

Ihre scheinbare Ruhe täuschte mich; ich lächelte erleichtert.

»So ist es richtig, lach nur! Warum solltest du auch nicht? Du hast keine Gefühle, sowenig wie du Intelligenz hast. Du bist ein Lümmel, ein Tölpel, ein ungehobelter Klotz. Wie du dastehst, mit deinem albernen Grinsen! Oh, ich hasse dich! Wie ich dich hasse!«

Sie weinte, sie schrillte, sie stürzte sich auf mich und wandte sich wieder ab, schluchzte, sie habe es nicht so gemeint, kein Wort davon. Sie umschmeichelte mich, bat um Vergebung für alles, was sie gesagt hatte, versprach unter Tränen, sich künftig besser zu beherrschen, jammerte, daß sie mich brauche, und rief endlich, als ich sie nicht zurückstieß, es sei ihre Liebe zu mir, die sie so quäle und zu solchen Szenen verleite. Es waren peinliche, entwürdigende Augenblicke, und nicht die geringste Erbärmlichkeit daran war, daß ich den erotischen Wert ihrer Unterwürfigkeit erkannte. Auf der einen Seite mochte ich Mitleid, Furcht oder Ekel empfinden; gleichzeitig mußte ich zugeben, daß ihre plötzliche Demut etwas Erregendes hatte.

Vielleicht veränderte dieser Sturm unsere Beziehung zum Besseren, oder löste zumindest die Spannung zwischen uns. Jedenfalls begann sie danach von ihrer Arbeit zu sprechen und leitete so auf eine freundlichere, weniger gefährliche Ebene über. Ich erfuhr nun, wie wirr und verdreht meine Vorstellung von ihrer Arbeit gewesen war.

»Flugmaschinen, die schwerer sind als Luft!« rief sie. »Welch ein Unsinn! Wie absurd!«

»Schon recht. Ich wußte es nicht.«

»Meine Arbeit ist theoretisch. Ich bin keine vulgäre Mechanikerin.«

»Gut, in Ordnung.«

»Ich werde beweisen, daß Zeit und Raum Aspekte einer und derselben Einheit sind.«

»Einverstanden«, sagte ich, an etwas anderes denkend.

»Was ist Zeit?«

»Was? – Liebe Barbara, da ich nichts weiß, kann ich mich der Beantwortung dieser Frage elegant entziehen. Ich wüßte nicht, wie ich Zeit definieren sollte.«

»Oh, du könntest es wahrscheinlich ganz gut – in Begriffen der Zeit selbst. Aber ich beschäftige mich nicht mit Definitionen, sondern mit Konzeptionen.«

»In Ordnung. Warum nicht?«

»Hodge, deine Gedankenlosigkeit ist genauso schwerfällig wie bei allen langweiligen Menschen.«

»Entschuldige. Sprich weiter.«

»Zeit ist ein Aspekt.«

»Das erwähntest du bereits. Ich kannte mal einen Mann, der sagte, sie sei überhaupt eine Illusion. Und einen anderen, der behauptete, sie sei wie eine Schlange, die den eigenen Schwanz verschlingt.«

»Mystizismus.« Die Geringschätzung, mit der sie das Wort aussprach, rief mir unvermittelt Roger Tyss ins Gedächtnis zurück, wie er mit fast gleichem Tonfall »Metaphysik« sagte. »Zeit, Materie, Raum und Energie sind allesamt Aspekte der kosmischen Einheit. Auswechselbare Aspekte. Theoretisch müßte es möglich sein, Materie in Begriffen von Energie wiederzugeben, und Raum in Begriffen von Zeit; Materie – Energie in Raum – Zeit.«

»Es hört sich so einfach an, daß ich mich beinahe schäme.«

»So vereinfacht ausgedrückt, ist die Erklärung irreführend: angenommen, Materie wird in ihre Bestandteile aufgelöst.«

»Atome?« fragte ich, da sie nach einem Wort zu suchen schien.

»Nein, Atome sind bereits zu individualisiert, zu separat. Etwas Fundamentaleres als Atome. Wir haben kein Wort dafür, weil wir das Konzept noch nicht ganz begreifen. Essenz, vielleicht, oder der theologische Begriff des ›Geistes‹. Wenn Materie...«

»Du meinst, ein Mensch?«

»Mensch, Rübe oder chemische Verbindung«, antwortete sie ungeduldig, »in ihre Essenz aufgelöst wird, kann sie vermutlich wieder zusammengesetzt werden – was wieder ein falsches Wort ist –, und zwar an einem anderen Punkt des Zeit-Raum-Gewebes.«

»Du meinst... wie gestern?«

»Nein – und ja. Was ist ›gestern‹? Ein Ding? Ein Aspekt? Eine Idee? Oder eine Bezeichnung? Ach, Worte sind unzureichend; selbst mit mathematischen Symbolen kann man kaum... Aber eines Tages werde ich es nachweisen. Oder das Fundament für die Arbeit meiner Nachfolger legen. Oder der Nachfolger meiner Nachfolger.«

Ich nickte. Midbin hatte zumindest halb recht; Barbara war gemütskrank. Denn was war diese ihre ›Theorie‹ anderes als die Rationalisierung eines Tagtraums, der darin gipfelte, einen Prozeß für den Rückgriff durch die Zeit zu entdecken, an ihrer toten Mutter Rache zu nehmen und die ungeteilte Zuneigung ihres Vaters zu gewinnen?

14

Midbins Experiment

Bei der nächsten Versammlung der Mitglieder beantragte Midbin eine Bewilligung für experimentelle Arbeit und die Mithilfe anderer Mitglieder an dem Projekt. Da die beantragten Aufwendungen bescheiden waren, wäre ihre Bewilligung unter gewöhnlichen Umständen eine bloße Formalität gewesen. Aber Barbara stellte die höfliche Frage, ob Dr. Midbin nicht ein wenig näher auf die Zwecke seines Experiments eingehen wolle.

Ich kannte sie mittlerweile gut genug, um in ihrem Verhalten ein Gefahrensignal zu sehen. Nichtsdestoweniger antwortete Midbin gutmütig, daß er eine Theorie erproben wolle, nach der eine psychisch verursachte Behinderung geheilt werden könne, indem man den Schock, der die Behinderung verursacht habe, im Bewußtsein des Patienten neu schaffe.

»Dachte ich es mir doch! Er möchte unser Geld und unsere Zeit für eine kleine Nutte vergeuden, mit der er ein Verhältnis hat, während wichtige Arbeit aus Geldmangel aufgehalten wird.«

Eine der anderen Frauen rief: »O nein, Barbara, nein!« und es gab Mißfallensäußerungen. Ich sah Kimi Agati mit verlegen niedergeschlagenem Blick dasitzen. Nachdem Mr. Haggerwells ohne Erfolg versucht hatte, Barbaras Aufmerksamkeit zu gewinnen, sagte er lahm: »Ich muß mich für meine Tochter entschuldigen...«

»Das ist schon gut«, unterbrach ihn Midbin. »Ich verstehe Barbaras Vorstellungen, und ich bin sicher, daß niemand hier wirklich denkt, zwischen dem Mädchen und mir gäbe es irgend etwas Unschickliches. Abgesehen davon scheint Barbaras ursprüngliche Frage durchaus berechtigt. Und ich bin gern bereit, mein Vorhaben kurz zu erläutern. Wie die meisten von Ihnen wissen, habe ich versucht, das Sprachvermögen einer Patientin wiederherzustellen, die es im Verlauf eines schrecklichen Erlebnisses verloren hatte. Vorläufige Untersuchungen lassen erkennen, daß eine zufriedenstellende Reaktion auf meine vorgeschlagene Methode wahrscheinlich ist. Die Methode besteht einfach in der Anwendung einer kinematischen Kamera wie jener, die Photinugraphien für Unterhaltungszwecke machen.«

»Er möchte Haggershaven in eine Tinugraphieanstalt verwandeln, mit den Mitgliedern als Spielern in einem Mummenschanz?«

»Nur dieses eine Mal, Barbara, nur dieses eine Mal. Nicht regelmäßig; nicht als Routine.«

An diesem Punkt verlangte ihr Vater, daß ohne weitere Diskussion über den Antrag abgestimmt werde. Ich war versucht, mit Barbara zu stimmen, der einzigen Dissidentin, denn ich sah voraus, daß Midbins Tinugraphieprojekt in hohem Maße von meiner Mitarbeit abhängen würde, aber ich hatte nicht den Mut. Statt dessen enthielt ich mich der Stimme, ebenso wie Midbin selbst und Ace.

Die erste Auswirkung von Midbins Programm war die, daß ich von Verpflichtungen befreit wurde, denn er entschied, daß es keinen Sinn habe, die Therapiesitzungen mit dem taubstummen Mädchen wie bisher weiterzuführen. Seine Zeit war nun ohnedies vollauf von Problemen der Photinugraphie in Anspruch genommen – kinematischer Theorie, der Kunst der Pantomime und den relativen Vorzügen bzw. Nachteilen verschiedener Kameratypen, die alle im Ausland hergestellt wurden.

Das Mädchen, das niemals seine Anspannung und Ängstlichkeit während der Therapiestunden verloren hatte, hing nichtsdestoweniger an der Gewohnheit, zu Midbins Arbeitsraum geleitet zu werden. Da ihr unmöglich klarzumachen war, daß die Sitzungen vorübergehend eingestellt waren, erschien sie regelmäßig bei mir, stets in einem Kleid, dem man die Mühe und die Sorgfalt der Näharbeiten ansah, und ich konnte nicht viel mehr tun, als mit ihr zu Midbin und zurück zu gehen. Der Lächerlichkeit dieser Paraden war ich mir voll bewußt, und sie waren mir eine um so verdrießlichere Pflicht, als ich gewärtigen mußte, hinterher von Barbara mit Vorwürfen überschüttet zu werden. So war ich bis zu einem gewissen Grade erleichtert, als Midbin endlich eine Entscheidung traf und Kamera und Film beschaffte.

Nun mußte ich die genaue Szene des Überfalls nachstellen, keine einfache Aufgabe, denn im späten Dämmerlicht ist ein Höhenrücken wie der andere, aber bei Tag sehen alle verschieden aus. Dann mußte ich die Bedingungen am Tatort so wirklichkeitsgetreu wie möglich rekonstruieren. Hier litten Midbins Pläne teilweise unter den Begrenzungen seines Mediums, da er gezwungen war, die Kamera in vollem Sonnenschein zu gebrauchen, statt in der Abenddämmerung.

Ich kleidete die Schauspieler ein und instruierte sie in ihren Rollen, übte die Szenen ein und führte die gesamte Regie. Die einzige Abweichung von der Realität bestand darin, daß ich meine eigene Rolle nicht zu spielen brauchte, da ich in meiner ursprünglichen Funktion als Beobachter ohnehin verborgen sein würde, und die Hilfeleistung, die ich später gewährte, als für den therapeutischen Zweck irrelevant weggelassen wurde. Midbin selbst beschränkte sich auf die Bedienung der Kamera.

Jede Tinugraphieanstalt hätte über unser Endprodukt die Nase gerümpft, und niemand, der in dieser Branche einen professionellen Ruf zu verlieren hatte, würde sich bereitgefunden haben, es vorzuführen. Nach einigem Zögern hatte Midbin entschieden, kein Phonoton zu machen, weil er meinte, die Vertonung würde der Produktion bei erheblichen Kosten keinen Wert hinzufügen, weshalb der Film nicht einmal dieses Merkmal zu seiner

Empfehlung anführen konnte. Vielleicht war es ein Glück für jeden etwaigen unfreiwilligen Berufsstolz, daß bei der ersten Vorführung außer Ace, der den Projektionsapparat bediente, nur Midbin, das Mädchen und ich zugegen waren.

In dem abgedunkelten Raum vermittelten die Bilder auf der Leinwand - nach den ersten Minuten - eine solch erstaunliche Illusion, daß, als einer der Reiter auf die Kamera zutrabte, wir alle unwillkürlich zurückschreckten. Trotz aller Amateurhaftigkeit schien uns diese Tinugraphie ein künstlerischer Erfolg zu sein, doch war sie, soweit es die Rechtfertigung ihrer Existenz betraf, kein Triumph. Das Mädchen reagierte nicht anders als auf die Zeichnungen; wenn überhaupt ein Unterschied festzustellen war, so war ihre Reaktion noch weniger zufriedenstellend als sonst. Die unartikulierten Geräusche umfaßten dieselbe Skala von Bestürzung zu Entsetzen; nichts Neues wurde hinzugefügt. Dessen ungeachtet schlug Midbin, dessen Adamsapfel fröhlich auf und nieder hüpfte, Ace und mich auf die Rücken und prophezeite, ehe das Jahr um sei, werde sie reden wie ein Politiker.

Ich nehme an, der Prozeß war unmerklich; ganz gewiß gab es zwischen einer Vorführung und der nächsten keinen erkennbaren Unterschied. Die langweilige Routine nahm von Tag zu Tag ihren Fortgang, und so absolut war Midbins Zuversicht, daß wir nicht allzu überrascht waren, als sie nach einigen Wochen in dem Augenblick, da ›Don Jaime‹ in stimuliertem Tod zusammenbrach, ohnmächtig wurde und für einige Zeit bewußtlos blieb.

Nach diesem Vorfall erwarteten wir - zumindest Ace und ich, denn Midbin rieb sich nur die Hände –, daß die Lähmung unvermittelt und gänzlich weichen und ihre Zunge lösen werde. So kam es nicht, doch einige Vorführungen später schrie sie im gleichen entscheidenden Augenblick laut auf. Es war ein echter Schrei, klar und durchdringend, und er hatte wenig Ähnlichkeit mit den würgenden, halb erstickten Geräuschen, die wir gewohnt waren. Midbin hatte recht gehabt; keine stumme Person hätte diesen vollen, hellen Schrei hervorbringen können.

Im Verfolg einer anderen von seinen Theorien gab er bald die Idee auf, ihr zu helfen, die in ihr zur Äußerung drängenden Worte auf Spanisch auszudrücken. Statt dessen konzentrierte er sich darauf, ihr Englisch beizubringen. Seine Methode war primitiv und bestand im Grunde daraus, daß er mit feierlicher Miene auf Gegenstände zeigte und ihre Namen mit monotoner Stimme wiederholte.

»Sie wird eine eigentümliche Art zu sprechen haben«, bemerkte Ace. »Lauter Substantive, noch dazu alle im Singular und ausgesprochen wie mit einem Mund voller Kieselsteine. Ich kann mir den großen Tag gut vorstellen: ›Mann Stuhl Wand Mädchen Boden‹; und Sie blubbern zurück: ›Teppich Decke Erde Gras‹.«

»Ich werde die Verben nach Bedarf bereitstellen«, verteidigte sich Midbin. »Das Wichtigste zuerst.«

Sie mußte unserem Gespräch wenigstens soviel Aufmerksamkeit geschenkt haben wie seinem Unterricht, denn eines Tages zeigte sie unerwartet auf mich und sagte ganz deutlich: »Hodge... Hodge...«

Das brachte mich aus der Fassung, aber ich verspürte nicht die gleiche Verärgerung, mit der ich auf ihre Gewohnheit reagiert hatte, mich ausfindig zu machen und mir zu folgen. Statt dessen empfand ich eine verlegene Genugtuung und sogar Dankbarkeit für soviel Beständigkeit.

Sie mußte einige englische Vorkenntnisse gehabt haben, denn beim Aussprechen der Substantive, die Midbin sie gelehrt hatte, fügte sie schon bald versuchsweise und fragend hier und dort ein Verb oder ein Adjektiv an. »Ich... gehe...?« Aces Besorgnis, daß sie Midbins monotone Modulation übernehmen könnte, erwies sich als grundlos; ihre Stimme war leise, aber wohlklingend und angenehm; wir waren bezaubert, als wir ihren elementaren Versuchen lauschten, sich verständlich zu machen.

Gespräche oder Befragungen waren noch unmöglich. Midbins Frage: »Wie heißt du? Welches ist dein Name?« brachte statt einer Antwort einen verwirrten Blick und einen momentanen Rückfall in stumpfe Teilnahmslosigkeit zustande. Aber mehrere Tage später zeigte sie auf ihre Brust und sagte schüchtern: »Catalina.«

Ihr Erinnerungsvermögen hatte also keinen Schaden gelitten, zumindest keinen totalen. Noch gab es keine Möglichkeit zu beurteilen, was sie erinnerte und welcher Selbstschutz sie zum Vergessen gezwungen hatten, denn direkte Fragen erbrachten in diesem Stadium selten zufriedenstellende Antworten. Tatsachen, die sie selbst betrafen, teilte sie sporadisch und ohne Beziehung zu unserer Neugierde mit.

Ihr Name war Catalina Garcia; sie war die viel jüngere Schwester von Doña Maria Escobar, bei der sie gelebt hatte. Soweit ihr bekannt war, hatte sie keinen anderen Angehörigen. Sie wollte nicht zur Schule zurückkehren; man hatte sie dort Nähen gelehrt, man war freundlich gewesen, aber sie hatte sich dort nicht wohlgefühlt. Inständig bat sie uns, wir möchten sie nicht von Haggershaven fortschicken.

Midbin verhielt sich jetzt wie ein zärtlicher Vater, der sowohl stolz auf die Leistungen seines Kindes war als auch Befürchtungen hegte, daß sie zu früh seiner fürsorglichen Obhut entzogen werden könnte. Daß er ihr geholfen hatte, die Sprache wiederzufinden, genügte ihm nicht; er ließ nichts unversucht, um in Erfahrung zu bringen, was sie während der langen Monate ihrer Stummheit gedacht und empfunden hatte.

»Ich weiß es nicht, ich weiß es wirklich nicht«, sagte sie am Ende einer dieser Befragungen. »Ich würde sagen, ja; manchmal wußte ich, daß Sie zu mir sprachen, oder Hodge.« Hier blickte sie mich für einen Moment ruhig an, was mich zugleich reuig und stolz machte. »Aber es war, als spräche jemand in weiter Entfernung, so daß ich niemals ganz verstand, was gesagt wurde, und auch nicht sicher war, daß zu mir gesprochen wurde. Oft – jedenfalls schien es mir oft, vielleicht war es aber nicht so – versuchte ich zu sprechen und wollte Sie bitten, mir zu sagen, ob Sie wirkliche Menschen seien, die zu mir redeten, oder nur Gestalten eines Traumes. Das war sehr schlimm, denn als keine Worte kamen, fürchtete ich mich mehr denn je, und wenn ich mich fürchtete, wurde der Traum dunkler und dunkler.«

Danach kam sie kühl und frisch und sonderbar selbstsicher zu mir, als ich in einem jungen Maisfeld jätete. Noch vor wenigen Wochen hätte ich gewußt, daß sie mich gesucht hatte; jetzt mochte sie zufällig des Weges gekommen sein.

»Wenn du es warst, der etwas sagte, Hodge, wußte ich es mit mehr Gewißheit«, sagte sie unvermittelt. »In meinem Traum hattest du am meisten Wirklichkeit.« Darauf ging sie ruhig fort.

Barbara, die weitere Bemerkungen über Midbins Experiment geflissentlich vermieden hatte, sagte eines Tages, scheinbar ohne Groll: »Also scheint Oliver eine Theorie bewiesen zu haben. Wie hübsch für dich.«

»Was meinst du damit?« fragte ich sie zurückhaltend. »Wieso ist es hübsch für mich?«

»Nun, weil du das alberne Mädchen nicht mehr wie eine Glucke das Küken überall herumführen mußt. Sie kann sich jetzt selbst den Weg erfragen.«

»Ach ja; das stimmt«, murmelte ich.

»Und wir brauchen ihretwegen nicht mehr zu streiten«, schloß sie.

»So ist es«, sagte ich.

Mr. Haggerwells setzte sich ein weiteres Mal mit der spanischen Gesandtschaft in Verbindung, erinnerte an sein ursprüngliches Telegramm und erwähnte die hochmütige Antwort. Statt einer Antwort kam ein Beamter zu uns, der sich benahm, als habe er damals selbst die abweisende Antwort verfaßt. Vielleicht hatte er es wirklich, denn er ließ keinen Zweifel daran, daß ihn nur seine strenge Pflichtauffassung hatte veranlassen können, die Mühsal der Reise auf schlechten Straßen in diese hinterwäldlerische Gegend auf sich zu nehmen.

Er bestätigte die Existenz einer Catalina Garcia und konsultierte ein sorgfältig in seiner Hand abgeschirmtes Lichtbild, um es mit den Zügen unserer Catalina zu vergleichen. Nachdem er sich zu seiner Zufriedenheit vergewissert und diese Formalität abgeschlossen hatte, richtete er das Wort an Catalina und sprach in schnellem Spanisch auf sie ein. Sie schüttelte den Kopf und schaute verwirrt drein. »Sag ihm, daß ich ihn kaum verstehen kann, Hodge; sag ihm, er möge bitte Englisch sprechen!«

Der Gesandtschaftsbeamte blickte mit zornigem Stirnrunzeln von mir zu Mr. Haggerwells. Midbin erläuterte hastig, daß der Schock, der ihre Stummheit verursacht habe, noch nicht völlig überwunden sei. Fraglos werde sie mit der Zeit ihr volles Erinnerungsvermögen wiedergewinnen, doch zum gegenwärtigen Zeitpunkt gebe es noch immer ganze Bereiche, die der Vergessenheit anheimgefallen seien. Ihre Muttersprache sei Teil der Vergangenheit, fuhr er fort, froh über den neuen Zuhörer, und die Vergangenheit sei etwas, das verdrängt werden müsse, weil sie den furchtbaren Augenblick enthalte. Englisch hingegen...

»Ich verstehe«, sagte der Beamte steif, ohne sich an einen von uns im besonderen zu wenden. »Es ist klar. Sehr gut. Die Señorita Garcia ist Erbin eines Besitzes. Keines sehr großen Besitzes, bedaure ich sagen zu müssen. Eines mittleren Besitzes.«

»Sie meinen Land und Gebäude?« fragte ich neugierig.

»Eines mittleren Besitzes«, wiederholte er mit einem prüfenden Blick auf seine behandschuhte Rechte. »Darüber hinaus einiger Wertpapiere und einer gewissen Summe baren Geldes. Die Einzelheiten werden der Señorita zugänglich sein.«

»Es macht nichts«, sagte Catalina schüchtern.

Nachdem er uns allen, und vor allem mir, zu verstehen gegeben hatte, daß wir ungebildete und neugierige Barbaren waren, fuhr er in freundlicherem Ton fort: »Nach den Unterlagen der Gesandtschaft ist die Señorita noch nicht achtzehn. Infolgedessen ist sie als eine im Ausland lebende Waise ein Mündel der spanischen Krone. Die Señorita wird mit mir nach Philadelphia zurückkehren, wo sie angemessen untergebracht werden wird, bis die Repatriierung erfolgen kann. Ich bin überzeugt, daß sie in der passenden Umgebung, wo sie ihre Muttersprache hört, bald auch ihren Gebrauch wiedergewinnen wird. Die Gesandtschaft ist bereit, die Kosten für Unterkunft und Verpflegung während ihres Aufenthalts hier zu übernehmen. Das... ah... Institut mag eine entsprechende Rechnung aufmachen und einreichen.«

»Will er mich von hier fortbringen? Für immer!« Catalina benahm sich auf einmal wie ein verängstigtes Kind.

»Er möchte nur, daß Sie es gut haben und wieder unter Ihren eigenen Landsleuten leben«, sagte Mr. Haggerwells. »Vielleicht ist es ein wenig überraschend gekommen...«

»Ich kann nicht. Laß nicht zu, daß er mich fortbringt, Hodge! Hörst du – laß nicht zu, daß er das tut!«

»Señorita, Sie verstehen nicht...«

»Nein, nein, ich will nicht! Hodge, Mr. Haggerwells, lassen Sie es nicht zu!«

»Aber mein liebes Kind...«

»Ich kann keine Gewähr übernehmen, daß es nicht zu einem Rückfall kommen wird«, unterbrach Midbin den wohlmeinenden Mr. Haggerwells. »Selbst eine Rückkehr zum Zustand der Pseudo-Aphonie ist nicht auszuschließen, wenn diese emotionale Spannung aufrechterhalten wird. Ich muß darauf bestehen, daß Catalina das Gespräch nicht fortsetzt.«

Nun, da Midbin für Catalina in die Bresche gesprungen war, fand auch ich endlich meinen Mut wieder. »Niemand wird dich gewaltsam fortbringen«, versicherte ich ihr.

Der Abgesandte brachte es fertig, mit einem Achselzucken seine Meinung zu verstehen zu geben, daß die Bewohner von Haggershaven in der Tat eine Gesellschaft von höchst zwielichtigem Charakter seien, der man ohne weiteres zutrauen könne, daß sie den Überfall selbst inszeniert hatte.

»Wenn die Señorita wirklich den aufrichtigen Wunsch hat, einstweilen zu bleiben, wo sie ist…« - eine hochgezogene Augenbraue befrachtete die Wörter ›wirklich‹ und ›aufrichtigen‹ mit Bedeutung –, »will ich mich im Moment mit der bloßen Auskunft begnügen, ohne den Einflüssen nachzugehen, die sie zur Äußerung dieses Wunsches bewogen haben. Ich habe nicht die Absicht, sie durch… ah… ich werde nicht darauf bestehen, daß sie mit mir kommt. Nein.«

»Das ist sehr verständnisvoll von Ihnen, Sir«, sagte Mr. Haggerwells. »Ich bin überzeugt, daß die Angelegenheit bald zu jedermanns Zufriedenheit geregelt werden kann.«

Der Beamte machte eine steife Verbeugung. »Natürlich wird das… ah… Institut verstehen, daß von nun an entstehende Ausgaben für Verpflegung und Unterkunft der Señorita von uns nicht vergütet werden können.«

»Es ist bisher eine Vergütung weder verlangt noch gewährt worden, und dabei wird es bleiben«, sagte Mr. Haggerwells in einem für seine Verhältnisse scharfen Ton.

Der Herr von der Gesandtschaft verbeugte sich wieder. »Die Señorita wird in unregelmäßigen Abständen von Beauftragten der Gesandtschaft besucht werden.

Ohne vorherige Verständigung. Da sie unter behördlicher Vormundschaft steht, kann sie abgeholt werden, wann immer die zuständige Behörde es für zweckmäßig erachtet. Und natürlich wird nichts von ihrem Besitz vor dem achtzehnten Geburtstag freigegeben werden. Die ganze Angelegenheit ist in höchstem Maße regelwidrig.«

Nach seiner Abreise machte ich mir Vorwürfe, daß ich nicht gefragt hatte, auf welcher Mission Don Jaime sich an jenem verhängnisvollen Abend befunden, oder zumindest in Erfahrung gebracht hatte, welches seine Funktion bei der spanischen Gesandtschaft gewesen war. Wahrscheinlich konnte er in keiner Weise mit der Banknotenfälschung in Verbindung gebracht werden. Indem ich keinen Versuch unternahm, Tatsachen zu erfahren, die das alte Gefühl schuldiger Verantwortung hätten vermindern können, erhielt ich es am unbehaglichen Leben.

Diese Selbstvorwürfe wurden in den Hintergrund gedrängt, als Catalina, schluchzend vor Erleichterung, den Kopf an mein Schlüsselbein legte.

»Nun ist es ja gut«, murmelte ich in ihr weiches Haar. »Sei ruhig, alles ist gut.«

»Entschädigung«, sagte Mr. Haggerwells kopfschüttelnd. »Entschädigung, in der Tat!«

»Der Umgang mit Eingeborenen«, sagte Midbin. »Zu Franzosen oder Afrikanern wird er höflich genug sein.«

Ich tätschelte Catalinas bebende Schultern. Kind oder nicht, nun, da sie sprechen konnte, mußte ich mir eingestehen, daß ich ihre Ergebenheit nicht länger so lästig fand. Dennoch erregte der Gedanke, daß Barbara uns in dieser Haltung überraschen könnte, ein entschiedenes Unbehagen in mir.

15

Gute Jahre

Und nun komme ich zu dem Abschnitt meines Lebens, der in einem so krassen Gegensatz zu dem steht, was ich früher erlebt hatte. Waren es wirklich acht Jahre, die ich in Haggershaven verbrachte? Die Arithmetik ist unbestreitbar: ich traf 1944 im Alter von dreiundzwanzig Jahren dort ein; ich verließ den Ort 1952 im Alter von Einunddreißig. Unbestreitbar, aber trotzdem unglaublich. Wie es bei den sagenhaften glücklichen Ländern der Südsee, die keine Geschichte kennen, der Fall sein soll, finde ich es schwierig, über diese acht Jahre zurückzugehen und sie durch bemerkenswerte Ereignisse einzuteilen. Sie gingen zu glatt, zu zufrieden ineinander über.

Die Ernten wurden eingebracht, gelagert oder auf dem Markt verkauft; die Felder wurden im Herbst gepflügt und im Frühjahr vor der Aussaat noch einmal. Drei von den älteren Mitgliedern starben, ein vierter wurde bettlägerig. Fünf neue Mitglieder wurden aufgenommen: zwei Biologen, ein Chemiker, ein Dichter, ein Philologe. Für den letzteren spielte ich die gleiche Rolle, die Ace Dorn für mich gespielt hatte; ich führte ihn in das Leben und Arbeiten der Gemeinschaft ein und lernte dabei selbst die Sicherheit und Geborgenheit mit neuen Augen sehen und tiefe Dankbarkeit für das gütige Geschick empfinden, das mich hierher geführt hatte.

Der Erfolg in meinem erwählten Beruf stand außer Frage; es gab nicht einmal den erwarteten Wechsel von Anerkennung und Enttäuschung. Einmal auf dem Weg, ging ich ihn in gleichmäßigem, stetigem Schritt vorwärts. Anstelle dessen, was anderswo meine Doktorarbeit gewesen wäre, schrieb ich einen Aufsatz über den Zeitfaktor in General Stuarts Strategie während des Augusts 1863 in Pennsylvanien. Dieser Aufsatz bekam schmeichelhafte Kritiken von Gelehrten an so entfernten Universitäten wie Cambridge und Lima; durch ihn erhielt ich Angebote über Lehraufträge an höchst respektablen Hochschulen.

Nicht einmal im Traum wäre mir eingefallen, Haggershaven zu verlassen. Die Welt, in die ich geboren worden war, hatte mir ihre wahre Natur erst in vollem Umfang enthüllt, als ich ihr entkommen war. Heimlichkeit und Häßlichkeit; Gier, Angst und Gefühllosigkeit; Niedertracht, Geiz, Verschlagenheit, Täuschung und Überheblichkeit waren so nahe um einen, wie es zu den nächsten Gehöften war. Die Vorstellung, in jene Welt zurückzukehren und in einen täglichen Wettbewerb mit anderen unterbezahlten, überlasteten Lehrern zu treten, die sich fruchtlos bemühten, der unempfänglichen Oberfläche unwilliger Studenten einen verdünnten Firnis von Kultur aufzutragen, hatte wenig Reiz.

Während ich mein Wissen in diesen acht Jahren verbreiterte, verengte ich mein Fachgebiet. Es war ohne Zweifel anmaßend, den Unabhängigkeitskrieg des Südens als Spezialität zu wählen, wenn es bereits so viele Arbeiten über das Thema gab und so viele gefeierte Historiker sich mit den Ereignissen dieses Feldzuges befaßt hatten. Ich traf meine Wahl jedoch nicht aus Überheblichkeit, sondern aus Faszination, und sicherlich war es die Nähe des Schauplatzes, der die Wahl meines engeren Arbeitsgebietes beeinflußte: die letzten dreizehn Monate des Krieges, von General Lees Invasion in Pennsylvanien bis zu der Kapitulation von Reading. Ich übersah den ganzen, weitgesteckten Plan: Gettysburg, Lancaster, die Belagerung von Philadelphia, den verhängnisvollen Gegenstoß der Union in Tennessee, die Evakuierung Washingtons, und zuletzt die verzweifelte Anstrengung, aus Lees Falle auszubrechen, eine Anstrengung, die bei Reading endete. Ich konnte produktive und gewinnbringende Jahre mit dem Ausarbeiten der Einzelheiten verbringen.

Meine Monographien wurden in konföderierten und britischen Fachzeitschriften veröffentlicht - in den Vereinigten Staaten gab es keine -, und ich war beglückt, als sie die Aufmerksamkeit der Fachwelt nicht so sehr auf mich als vielmehr auf Haggershaven lenkten. Ich konnte nur dies und meine körperliche Arbeit beitragen; auf der anderen Seite verlangte ich wenig außer Nahrung, Kleidung und Wohnung - nur Bücher. Meine Felduntersuchungen unternahm ich zu Fuß, oft indem ich meinen Unterhalt als Gelegenheitsarbeiter bei Bauern verdiente und für den Zugang zu privaten Brief- oder Dokumentensammlungen bezahlte, indem ich sie ordnete und registrierte.

Nicht allein die der Gelehrsamkeit gewidmete Zeit zeichnete diese acht Jahre aus, nicht einmal die Geborgenheit von Haggershaven. Ich habe von der einfachen, zwanglosen Art und Weise gesprochen, in der die Agatis mich als Freund in ihre Familie aufnahmen, aber sie waren nicht die einzigen, zu denen ich Bande der Zuneigung und des Verstehens knüpfte. Mit sehr wenigen Ausnahmen lernten die Mitglieder der Gemeinschaft sehr bald, alles Mißtrauen und alle Verschlossenheit, die anderswo ein so notwendiger Schutz waren, abzulegen und durch Zuwendung und Offenheit zu ersetzen. Das Ergebnis war eine heitere Ausgeglichenheit und Ruhe, die ich niemals zuvor erfahren hatte, so daß ich von diesen Jahren als einer herausragenden, goldenen Periode denke, einer Zeit immerwährenden warmen Sonnenscheins.

Zwischen Barbara und mir schwang das Pendel der turbulenten, zwiespältigen Leidenschaft hin und her, und die Zeiten der Entfremdung schienen nur neue

Kräfte zu erzeugen, die uns wieder zusammenbrachten. Haß und Liebe, Bewunderung und Abscheu, Ungeduld und Mitleid waren auf beiden Seiten gegenwärtig. Nur auf ihrer Seite gab es außerdem noch Eifersucht; wenn ich nicht gleichgültig geblieben wäre, wann immer sie sich einem anderen Mann zuwandte, hätte sie vielleicht weniger unter dieser unseligen Empfindung gelitten. Vielleicht auch nicht; hinter ihrem Verhalten gab es auch moralische Triebkräfte. Sie spottete über Frauen, die den Versuchungen des Fleisches erlagen, denn für sie waren es nicht Versuchungen, sondern gerechte Belohnungen; sie erlag ihnen nicht, sie nahm sie, weil sie ihr zukamen.

Zuweilen fragte ich mich, ob ihre Neurose nicht an Geisteskrankheit grenze; andererseits bin ich mir bewußt, daß sie mich in kritischer Betrachtung oft als einen Fehler einschätzte. Ich weiß, daß es viele Gelegenheiten gab, da ich wünschte, es würde zwischen uns zu keiner Versöhnung mehr kommen.

Doch kein Nachdenken und keine bessere Einsicht vermochte die jähe Anziehung, die ihre Gegenwart auf mich ausübte, oder die tiefe beiderseitige Befriedigung der körperlichen Vereinigung auszulöschen. Häufig waren wir bis zu einem Monat lang Liebende, bevor es zum unausweichlichen Streit kam, dem kürzere oder längere Perioden der Abkühlung folgten. Während der Wochen unserer Entfremdung erinnerte ich mich, wie zärtlich und anmutig und leidenschaftlich sie sein konnte, genauso wie ich mich während der Wochen unserer Intimität ihrer Rücksichtslosigkeit und Herrschsucht erinnerte.

Es waren nicht nur ihre Temperamentsausbrüche und nicht einmal ihr unstillbares Verlangen nach Liebe und Zärtlichkeit, die einen Keil zwischen uns trieben. Hindernisse, die am Anfang bedeutungslos erschienen waren, gewannen im Laufe der Zeit mehr und mehr Wichtigkeit.

Es fiel ihr zunehmend schwer, ihre Arbeit auch nur für wenige Augenblicke hinter sich zu lassen. Sei es durch ihren eigenen unstillbaren Ehrgeiz und Arbeitsdrang oder durch Anerkennung von außen, niemals war es ihr vergönnt, zu vergessen, daß sie bereits eine der führenden Persönlichkeiten in der Physik war. Man hatte ihr so viele Ehrentitel und Doktorhüte verliehen, daß sie nicht länger reiste, um sie in Empfang zu nehmen; Auslandsangebote, die von Universitätslehrstühlen bis zu gutbezahlten Positionen in den Forschungsabteilungen von Unternehmen der Rüstungsindustrie reichten, waren gang und gäbe. Über ihre Gleichung von Materie, Energie, Raum und Zeit wurden Artikel geschrieben, die sie als eine revolutionäre Denkerin feierten; obgleich sie alles das als Einschätzung elementarer Arbeit abtat, vermehrte es ihre Isolation und beschnitt ihre Freiheit.

Midbin stand in seiner Weise genauso in ihrem Bann wie Ace oder ich. Seinen Triumph über Catalinas Stummheit nahm er nun, da er zustandegebracht war, auf die leichte Schulter; die Stabilisierung von Barbaras Emotionen war der Sieg, den er wollte. Sie hatte ihrerseits allen Respekt verloren, den sie ihm in den Tagen, da sie sich seiner Behandlung unterzog, entgegengebracht hatte. Bei den sehr seltenen Gelegenheiten, wenn die Laune sie bewegte, auf seine – gewöhnlich durch Ace oder mich übermittelte – Bitten zu hören und ihm Zeit zu gewähren, schien es allein um der Gelegenheit willen zu geschehen, sich über seine Bemühungen lustig zu machen. Geduldig erprobte er neue Techniken der Untersuchung und des Ausdrucks.

»Aber es hat nicht viel Sinn«, sagte er einmal bekümmert. »Sie will sich nicht helfen lassen.«

»Das Wollen schien keine große Bedeutung zu haben, als Sie Catty zum Sprechen brachten«, bemerkte ich. »Könnten Sie nicht...?«

»Eine Tinugraphie von Barbaras traumatischem Erlebnis machen? Wenn ich das Material dazu hätte, bestünde keine Notwendigkeit, so etwas zu tun.«

Vielleicht war jetzt, nachdem Catty nicht länger im Brennpunkt seiner Theorien über emotionale Pathologie stand, weniger Bosheit in ihrem Spott; vielleicht vergab sie ihm, daß vorübergehend eine andere im Mittelpunkt seiner Aufmerksamkeit gestanden hatte, aber sie hielt mit ihrer Geringschätzung nicht zurück. »Oliver, Sie hätten eine Frau sein sollen«, sagte sie ihm. »Als Mutter wären Sie unmöglich gewesen, aber was für eine Großmutter hätten Sie abgegeben!«

Daß Catty in ihrer eigenen Art genauso willensstark war wie Barbara, zeigte sich in ihrer Entschlossenheit, ein Teil von Haggershaven zu werden. Ihre Reaktion auf den Besuch des spanischen Gesandtschaftsbeamten wurde in ein unnachgiebiges Programm umgesetzt. Schon wenige Tage später war sie resolut zu Thomas Haggerwells gegangen und hatte ihm gesagt, sie wisse recht gut, daß sie weder die Fähigkeiten noch die Qualifikation für die Aufnahme in die Gemeinschaft habe und daß sie auch nicht darum bitte. Sie wolle nichts als in Haggershaven leben, das sie als ihre einzige Heimat betrachte. Dafür sei sie gern bereit, jede Arbeit zu tun, vom Geschirrspülen bis zum Kleidernähen – alles, was man von ihr verlange. Wenn sie volljährig sei, würde sie alles Geld, was ihr als Erbschaft zufallen mochte, ohne Bedingungen der Gemeinschaft übergeben.

Er hatte geduldig zu erklären versucht, daß ein spanischer Untertan Bürger einer weitaus wohlhabenderen und mächtigeren Nation sei als der Vereinigten Staaten; und daß sie als Erbin eines Vermögens den Luxus und die Zerstreuung von Madrid oder Havanna genießen und eines Tages eine standesgemäße Ehe eingehen könne. Wie einfältig würde es angesichts solcher Aussichten sein, alle diese Vorteile aufzugeben, um eine unbemerkte, mittellose Magd für eine Gruppe von

Außenseitern in der Nähe von York, Pennsylvanien, zu werden.

»Er hatte völlig recht, weißt du, Catty«, sagte ich, als sie mir von dem Gespräch erzählte.

Sie schüttelte energisch den Kopf, daß die schwarzen Locken flogen. »Das denkst du, Hodge, weil du ein tüchtiger, umsichtiger Yankee bist.«

Ich sperrte die Augen auf; das war ganz gewiß nicht die Beschreibung, die ich auf mich angewendet haben würde.

»Und auch, weil du von angelsächsischer Kavalierstugend erfüllt bist und immer Mädchen aus Bedrängnissen rettest und denkst, sie müßten dann auf einem Polster sitzen und eine feine Naht nähen. Nun, ich kann eine feine Naht nähen, aber das Herumsitzen auf Polstern würde mich langweilen. Frauen sind nicht so empfindlich und schwach, wie du meinst, Hodge. Auch nicht so erschreckend.«

War diese letztere Bemerkung auf Barbara gemünzt? Hatte Catty auch Krallen?

»Es ist ein Unterschied«, sagte ich, »zwischen dem Sitzen auf Polstern und dem Leben an einem Ort, wo Bücher und Bilder und Musik nicht mit Mißtrauen betrachtet werden.«

»Da hast du recht«, pflichtete sie mir bei. »Haggershaven.«

»Nein, Haggershaven ist eine Anomalie in den Vereinigten Staaten, und trotz allem kann es nicht verhindern, daß es vom Rest des Landes infiziert wird. Ich meinte die großen, erfolgreichen Nationen, die sich Freiräume für Kultur leisten können.«

»Aber du gehst nicht hin.«

»Nein. Dies ist mein Vaterland.«

»Und es wird auch das meine sein. Schließlich wurde es von Leuten gegründet, die bereit waren, auf Luxus und bequemes Leben zu verzichten. Übrigens widersprichst du dir selbst: Wenn Haggershaven nicht verhindern kann, daß es von der Außenwelt infiziert wird, dann gilt das auch für jeden anderen Ort. Ein Teil der Welt kann nicht wirklich zivilisiert sein, wenn ein anderer Teil rückständig ist.«

Es war nicht daran zu zweifeln, daß ihr ernster Gesichtsausdruck strenge Entschlossenheit verbarg. Was er sonst noch verbarg, war nicht so gewiß. Mr. Haggerwells erkannte offenbar die Qualität ihrer Entschlossenheit, denn bald darauf schlug er den Mitgliedern vor, daß sie die Erlaubnis erhalten solle, in Haggershaven zu bleiben, ihr Geldangebot jedoch abzulehnen sei. Dem Vorschlag wurde stattgegeben, und nur Barbara, die sich lange und erbittert dagegen aussprach, stimmte mit Nein.

Indem sie Catty aus Nächstenliebe und Güte in ihre Gemeinschaft aufnahmen, machten die Mitglieder unerwartet ein vorteilhaftes Geschäft. Nicht nur, weil sie immer bereit war, zu helfen und Hand anzulegen, sondern vor allem durch ihren besonderen Beitrag zur wirtschaftlichen Situation von Haggershaven. Bis dahin war die Beschaffung von Kleidungsstücken eine mehr oder weniger zufällige Sache gewesen; Anzüge oder Kleider wurden je nach Bedarf mit Geld gekauft, das dem allgemeinen Fundus entnommen wurde, es sei denn, das bedürftige Mitglied verfügte über Einnahmen in der Außenwelt, die ihm die eigene Finanzierung erlaubten. Cattys Geschicklichkeit mit Nadel und Faden bewirkte eine Revolution. Sie flickte und wendete und änderte, sie entwarf, schnitt und nähte Kleidungsstücke aller Art und teilte den anderen Frauen etwas von ihrer Begeisterung mit. Die Bewohner Haggershavens waren besser und ansehnlicher gekleidet als zuvor, und gleichzeitig wurde viel Geld gespart. Nur Barbara weigerte sich, ihre Garderobe aus seidenen Jacken und Hosen zu Hause machen zu lassen.

Es war nicht ganz einfach, sich auf die neue Catty einzustellen, die eine geschäftige, tüchtige und selbstsichere Person war. Ihre ausdrucksvolle Stimme konnte bezaubernd sein, selbst wenn sie Unsinn redete - und Catty redete selten Unsinn. Ich will nicht sagen, sie sei dünkelhaft oder feierlich gewesen, ganz im Gegenteil: Ihr spontanes Lachen war häufig und kam prompt, wenn der Anlaß es rechtfertigte. Aber sie war ihrem Wesen nach nicht leichtfertig; sie empfand tief, und ihre Loyalitäten waren stark und dauerhaft.

Ich vermißte ihre frühere, allzu offene Verehrung. Hatte sie mir, solange sie währte, vor allem Verlegenheit, Ungeduld, Verdruß und Peinlichkeit verursacht, so fühlte ich mich jetzt beraubt und sogar gekränkt. Nicht daß ich als Gegenleistung etwas zu bieten gehabt hätte oder auch nur erwog, daß auch von mir Gefühlsregungen erwartet wurden. Obwohl ich meine Empfindungen zu der Zeit nicht so genau analysierte, daß ich es mir hätte eingestehen müssen, war es vor allem die für mich schmeichelhafte Folgsamkeit eines hübschen jungen Mädchens, deren Nachlassen ich jetzt bedauerte. Natürlich gab es hier eine Verwirrung: Ich bedauerte, was nie gewesen war, denn Catty und das namenlose stumme Mädchen waren verschiedene Individuen. Selbst ihre von Anfang an unleugbare Schönheit war verändert und erhöht; was ich in Wirklichkeit wollte, war vermutlich, daß die jetzige Catty sich wie die frühere benehmen sollte. Und das ohne eine entsprechende Geste von mir.

Die neue Catty war so wenig kokett oder unaufrichtig wie die alte. Sie war einfach reifer, selbstbewußter und vielleicht ein wenig zurückhaltender. Außerdem war sie sehr beschäftigt. Sie zeigte kein Interesse an anderen Männern, zugleich aber war sie ihrer kindischen Abhängigkeit von mir entwachsen. Sie dachte nicht daran, mit Barbara in Wettbewerb zu treten. Wenn ich sie aufsuchte, war sie da, doch unternahm sie keinen Versuch, mich zu sich zu rufen.

Ich war nicht so unerfahren, daß ich nicht gelegentlich argwöhnte, dies möchte eine kalkulierte Taktik sein. Aber wenn ich mich dann an die völlige Unschuld ihres Blickes erinnerte, sagte ich mir, daß es schon eines überdurchschnittlichen Maßes von Eingebildetheit bedürfe, um zu glauben, daß die beiden anziehendsten Frauen von Haggershaven sich um mich bewarben.

Ich weiß nicht, wann genau ich anfing, Catty mit dem Raubtierauge des Mannes zu sehen. Zweifellos war es in einer jener Zeiten gewesen, als Barbara mit mir gestritten und mich beschuldigt hatte, mit Catty zu liebäugeln. Ich war meinem Wesen nach so polygam wie Barbara polyandrisch und Catty monogam war; sobald dieser bequeme Gedanke Fuß gefaßt hatte, unternahm ich keinen Versuch, ihn zurückzuweisen.

Es sollte jedoch noch viel Zeit vergehen, ehe ich praktische Konsequenzen aus meiner neuen Einsicht zog. Auch in Tantalusqualen liegt ein sinnlicher Reiz, und wenn dieser Reiz pervers ist, so kann ich nur sagen, daß ich noch immer in vielerlei Hinsicht unreif war. Außerdem mußte ein Element von Furcht vor Catty mitgespielt haben, der gleichen Furcht, die mich bewogen hatte, gegenüber Barbara eine Reserve aufrechtzuerhalten. Einstweilen schien es jedenfalls viel angenehmer, leichthin und absichtslos mit ihr zu sprechen; zu lachen und mit meinen Fortschritten zu prahlen, Haggershaven und die Welt zu diskutieren, statt mich der Frage nach unserer grundlegenden Beziehung zu stellen.

Der vierte Winter, den ich in Haggershaven verbrachte, war ungewöhnlich mild gewesen; der Frühling kam eher als sonst und brachte viel Regen. Kimi Agati, die zusammen mit ihren Kindern alljährlich in die Wälder zog, um Pilze zu sammeln, behauptete, in diesem Jahr gebe es so viele, daß sie Hilfe brauche, und verpflichtete Catty und mich. Catty wendete ein, daß sie einen eßbaren Pilz nicht von einem giftigen unterscheiden könne, worauf Kimi ihr sofort eine kurze, aber gründliche Unterweisung in Pilzkunde gab. »Und Hodge wird Ihnen helfen; er ist auf dem Land aufgewachsen.«

»Mir soll's recht sein«, sagte ich. »Aber ich kann für nichts garantieren; es ist viele Jahre her, daß ich zuletzt Pilze sammelte.«

»Sie werden sich rasch wieder daran gewöhnen, Hodge«, sagte Kimi. »Nehmen Sie mit Catty das kleinere Waldstück im Südosten; Fumio kann die große Weide nach Champignons absuchen, Eiko die kleine; Joschio und ich werden im größeren westlichen Wald sammeln.«

Wir beluden uns mit Proviant und großen, ineinandergesteckten Körben, die an den Waldrändern abgestellt werden sollten, sobald sie voll wären; es war vorgesehen, daß sie am Spätnachmittag von einem Fuhrwerk abgeholt und zum Trocknen eingebracht werden sollten. Die Luft war warm, die Sonne schien durch die noch unbelaubten Zweige; der feuchte Boden dampfte.

»Kimi hatte wirklich recht«, bemerkte ich. »Es ist alles voll davon.«

»Ich sehe nichts...« Sie bückte sich anmutig und bog die mit dem braunen Vorjahrslaub bedeckten Gräser auseinander. »Oh, ist das einer?«

»Ja«, sagte ich. »Der ist eßbar. Und hier, und da. Aber nicht den Weißen dort drüben.«

Wir füllten unseren ersten Korb, ohne weiter als zehn Schritte gegangen zu sein. »Wenn es so weitergeht, werden wir bis zum Mittag alle Körbe gefüllt haben.«

»Gehen wir dann zurück, um leere Körbe zu holen?«

»Vielleicht. Oder wir wandern einfach ein wenig herum.«

»Oh... Sieh mal, Hodge – was ist das?«

»Was?«

»Dieser hier.« Sie zeigte mir den großen Bovist, den sie gefunden hatte, und blickte fragend auf.

Ich sah flüchtig hin; und plötzlich war nichts Beiläufiges mehr zwischen uns. Ich sah in die Augen einer Frau, die ich verzweifelt begehrte, fieberhaft, augenblicklich. Der Schock des Verlangens beengte meine Brust wie ein eiserner Reifen und preßte mir die Luft aus den Lungen.

»Meine Güte – ist es eine seltene Art oder was?«

»Bovist«, stieß ich undeutlich hervor. »Nicht eßbar.«

Ich konnte kaum sprechen, als wir den zweiten Korb füllten. Ich bildete mir ein, mein Herzklopfen müsse durch das Hemd zu sehen sein, und mehrere Male glaubte ich zu bemerken, daß sie mich neugierig ansah. »Laß uns was essen«, sagte ich schließlich mit heiserer Stimme.

Ich fand eine Fichte mit tief herabhängenden Zweigen und riß genug davon ab, daß wir eine weiche, trockene Sitzunterlage hatten. Catty packte unterdessen den Proviant aus. »Hier ist ein Ei«, sagte sie. »Ich bin ganz ausgehungert.«

Wir aßen; das heißt, sie aß und ich tat so. Ich war halb benommen, halb entsetzt. Ich beobachtete ihre raschen Bewegungen, die Art, wie sie den Kopf wandte, und in ihr Butterbrot biß, und jedesmal, wenn ihr Blick den meinigen kreuzte, wich ich ihm aus.

»Also«, murmelte sie schließlich, »es wird Zeit. Ich fürchte, wir haben schon zu lange untätig herumgesessen. Komm, Faulpelz: an die Arbeit.«

»Catty«, flüsterte ich. »Catty.«

»Was ist, Hodge?«

»Warte.«

Sie hielt inne. Ich beugte mich zu ihr hinüber und nahm sie in die Arme. Sie schaute mich an, nicht erschrocken, aber fragend. Gerade als mein Mund den ihrigen erreichte, wendete sie ein wenig den Kopf, so daß ich ihre Wange küßte, statt der Lippen. Sie wehrte sich nicht, sondern verhielt sich ganz passiv, und in ihren Augen war noch immer derselbe fragende Ausdruck.

Ich drückte sie rücklings auf die Nadelzweige und fand ihren Mund. Ich küßte ihre Augen und ihren Hals und wieder den Mund. Ihre Augen blieben offen, und sie reagierte nicht. Ich knöpfte ihr das Kleid auf und drückte mein Gesicht zwischen ihre Brüste.

»Hodge.«

Ich achtete nicht darauf.

»Hodge, warte. Hör mich an. Wenn es das ist, was du willst, du weißt, ich werde dich nicht daran hindern. Aber überleg es dir gut. Du mußt wirklich wissen, was du willst.«

»Ich will dich, Catty.«

»Bist du sicher? Ich meine, willst du wirklich mich?«

»Ich weiß nicht, was du meinst. Ich will dich.«

Aber es war schon zu spät; ich hatte den fatalen Fehler begangen, innezuhalten und zuzuhören. Ärgerlich richtete ich mich auf, krabbelte auf die Füße, nahm den Korb und begann verdrießlich nach Pilzen Ausschau zu halten. Die Hände zitterten mir noch, und in meinen Beinen war ein Schwächegefühl. Wie um meine Stimmung zu illustrieren, zog eine Wolke vor die Sonne, und im warmen, lichten Wald wurde es sofort kühl.

»Hodge.«

»Ja?«

»Bitte sei nicht böse. Du brauchst dich auch nicht zu schämen. Wenn du es wärst, sollte es mir leid tun.«

»Ich verstehe nicht.«

Sie lachte. »Ach, mein lieber Hodge. Das sagen die Männer immer, nicht? Und immer ist es die Wahrheit.«

Auf einmal war der Tag nicht mehr verdorben. Die Spannung löste sich, und wir fuhren mit erneuter und frischer Unschuld in unserer Arbeit fort.

Nach diesem Tag konnte ich die Gedanken an Catty nicht länger ganz aus der Intimität mit Barbara heraushalten; nun war ihre Eifersucht zum erstenmal begründet. Ich aber fühlte mich beiden gegenüber schuldig, nicht, weil ich beide begehrte, sondern weil ich keine von ihnen total und ausschließlich begehrte.

Jetzt, Jahre später, trauere ich den ungenutzten Gelegenheiten nach; damals zögerte und zauderte ich, als hätte ich eine Ewigkeit für meine Entscheidungen. Ich war, wie Tyss gesagt hatte, der Typ des Zuschauers, der immer wartete, daß etwas geschehe und die Ereignisse ihn stießen, wohin der blinde Zufall es wollte.

16

Von verschiedenen Themen

»Ich kann mir nichts Vergeblicheres vorstellen«, sagte Kimi Agati, »als in dieser Zeit Architekt in den Vereinigten Staaten zu sein.«

Ihr Mann lächelte. »Du hast vergessen, hinzuzufügen: ›von japanischer Abstammung‹.«

»Ich habe das nie verstanden«, sagte Catty. »Natürlich kann ich mich nicht allzu gut an Einzelheiten erinnern, aber mir scheint, daß die Spanier nicht den gleichen Rassenfanatismus haben. Die Portugiesen, Franzosen und Holländer haben ihn ganz gewiß nicht. Selbst die Engländer sind sich der angelsächsischen Überlegenheit nicht ganz so sicher. Nur die Amerikaner, in den Vereinigten Staaten und auch in den Konföderierten Staaten, beurteilen jeden nach der Hautfarbe.«

»Im Fall der Konföderation ist es ziemlich einfach«, sagte ich. »Es gibt ungefähr fünfzig Millionen Bürger der Konföderation und zweihundertfünfzig Millionen Untertanen. Wäre die weiße Vorherrschaft nicht der Eckstein der staatlichen Politik, hätte ein Besucher beim Bereisen des Landes Schwierigkeiten, die herrschende Klasse von den beherrschten zu unterscheiden. Viele Einwanderer aus den lateinamerikanischen Ländern haben es im Laufe der Generationen zu Wohlstand und Einfluß gebracht. Ihre Nachkommen sind heute Vollbürger, obwohl ihre Hautfarbe zuweilen dunkler ist als diejenige von hellen Negermischlingen. Hier ist es noch viel komplizierter. Vergessen wir nicht, daß wir einen Krieg verloren haben, den wichtigsten Krieg in unserer Geschichte, der in einem ursächlichen Zusammenhang mit der Hautfarbe stand.«

»In Japan«, sagte Hiro, »pflegte man auf die hellhäutigere Urbevölkerung der Ainu herabzusehen. Und wie die Christen einst verfolgt und in den Untergrund getrieben wurden, so verfolgten sie später in Spanien und Portugal die Juden und trieben sie aus dem Land.«

»Die Juden«, murmelte Catty sinnend. »Gibt es immer noch welche?«

»O ja«, sagte ich. »Einige Millionen in Uganda, wohin sie 1933 von der britischen Regierung umgesiedelt wurden. Und kleinere Gruppen gibt es in den meisten Ländern, außer in der Deutschen Union, wo sie im Verlauf der Pogrome von 1905 bis 1913 ausgerottet wurden.«

»Diese Pogrome müssen um einiges gründlicher gewesen sein als die Massaker unter den Japanern und Chinesen hier in den Vereinigten Staaten«, sagte Hiro.

»Das kann man sagen«, stimmte ich ihm zu. »Schließlich überlebten hier ein paar Handvoll Asiaten, über das ganze Land verstreut.«

»Unter ihnen meine Eltern und Kimis Großeltern. Die noch von Glück sagen konnten, daß sie amerikanische Japaner waren, und keine europäischen Juden.«

»Auch in den Vereinigten Staaten gibt es Juden«, verkündete Kimi. »Ich lernte mal eine Jüdin kennen. Aber sie war vom Glauben ihrer Väter abgefallen, eine Theosophin. Sie empfahl mir die Beschäftigung mit den Weisheiten des Ostens.«

»Es können nur wenige Juden im Lande leben. Am Ende des Unabhängigkeitskrieges des Südens gab es auf beiden Seiten der Grenze ungefähr zweihunderttausend. Nach den Wahlen von 1872 wurde General Grants Befehl Nummer zehn, mit dem alle Juden aus dem Bundesstaat Missouri ausgewiesen wurden und der von Präsident Lincoln sofort ausgesetzt worden war, von Präsident Butler rückwirkend wieder in Kraft gesetzt, ungeachtet des Umstandes, daß die Vereinigten Staaten dieses Territorium an den Süden verloren hatten. Von da an wurden

Juden wie alle anderen Farbigen behandelt: Neger, Orientalen, Inder und Südseeinsulaner. Wie diese wurden sie unerwünschte Personen, die man mit allen möglichen Schikanen zum Verlassen des Landes drängte oder sie kurzerhand vertrieb.«

»Ich weiß nicht, warum wir uns über diese langweiligen Geschichten unterhalten«, sagte Hiro. »Ich könnte etwas über eine Wasserstoffreaktion erzählen, das…«

»Nein, bitte«, unterbrach ihn Catty. »Ich finde es interessant. Lassen Sie mich Hodge zuhören.«

»Lieber Himmel«, rief Kimi aus, »tun Sie je etwas anderes? Man sollte meinen, Sie müßten seiner historischen Erörterungen längst überdrüssig sein.«

»Eines Tages wird sie ihn heiraten«, prophezeite Hiro »Dann wird es dem armen Kerl nicht mehr gelingen, eine Vorlesung als Konversation zu tarnen.«

Catty errötete tief. Ich lachte, um meine Verlegenheit zu überdecken.

Kimi sagte: »Kuppler sind aus der Mode; du hinkst um ein Jahrhundert hinter der Zeit her, Hiro. Wahrscheinlich denkst du, eine Frau müsse respektvoll zwei Schritte hinter ihrem Ehemann gehen. Dabei sind die Vereinigten Staaten das einzige Land der Welt, wo die Frauen kein Stimmrecht haben und nicht als Geschworene dienen können.«

»Außer im Staat Deserets«, erinnerte ich sie.

Sie winkte ab. »Das ist bloß ein Köder; die Mormonen gaben uns die formale Gleichberechtigung, weil sie nicht genug Frauen hatten.«

»Ich hörte es anders. Die Heiligen der Letzten Tage sind die einzige Bevölkerungsgruppe im Land, die es zu einer gewissen wirtschaftlichen Blüte gebracht hat. Seit Jahren ziehen Frauen dorthin, weil es so einfach ist, unter die Haube zu kommen. Das ganze Nörgeln über die Polygamie kommt doch nur von Leuten, die den Wettbewerb nicht ertragen können.«

Catty warf mir einen schnellen Blick zu, dann schaute sie weg.

Hatte sie daran gedacht, so fragte ich mich hinterher, wie zornig Barbara meine Bemerkung zurückgewiesen haben würde? Oder war ihr jener Frühlingstag wieder in den Sinn gekommen? Oder Hiros vorausgegangene Bemerkung? Auch mir gab es Stoff zum Nachdenken.

Es war mir des öfteren aufgefallen, wie zwanglos Catty sich in jede Gesprächsrunde einfügte, sei es bei den Agatis oder anderswo, und ich konnte nicht umhin, diese gelöste Atmosphäre mit der Spannung zu vergleichen, die für jeden spürbar über allem gelegen hätte, wäre Barbara dagewesen. Man konnte Barbara lieben oder hassen, man konnte eine Abneigung gegen sie hegen oder vielleicht sogar Gleichgültigkeit empfinden; aber es war unmöglich, in ihrer Gegenwart gemütliches Behagen zu empfinden.

Die endgültige Entscheidung (war sie wirklich endgültig? Ich weiß es nicht und werde es nie erfahren) bereitete sich vor, als ich seit annähernd sechs Jahren in Haggershaven lebte. Mein Verhältnis mit Barbara war intakt, und das schon so lange wie nie zuvor, so daß ich angefangen hatte, mich zu fragen, ob am Ende irgendein paradoxes Gleichgewicht hergestellt sei, das es mir erlauben würde, ohne Verdruß ihr Liebhaber zu sein und mich zur gleichen Zeit unschuldig einer Verbindung mit Catty zu erfreuen.

Wie immer, wenn die Feindseligkeit zwischen uns nachließ, sprach Barbara von ihrer Arbeit. Trotz solcher gelegentlichen Vertrauensbeweise wurden ihr derartige Gespräche niemals zur Gewohnheit, wenn sie mit mir zusammen war. Diese Art von Intimität blieb offensichtlich Ace vorbehalten, und ich neidete sie ihm nicht, denn schließlich verstand er, worum es bei alledem ging, während ich keine Ahnung hatte. Diesmal aber erfüllte das Thema sie so, daß sie nicht damit zurückhalten konnte, nicht einmal gegenüber einem Partner, der kaum zwischen Thermodynamik und Kinästhetik unterscheiden konnte.

»Hodge«, sagte sie, die grauen Augen grünlich vor Erregung. »Ich werde doch kein Buch schreiben.«

»Das ist vernünftig«, antwortete ich müßig. »Mal was anderes. Spart Zeit, Papier, Tinte. Setzt neue Maßstäbe. Von nun an wird man anders als bisher von Wissenschaftlern sprechen: ›Jones, der *Die Theorie der Gezeiten* nicht schrieb‹, ›Smith, Nichtautor von *Gas und seine Eigenschaften*‹, oder ›Backmaker, Nichtverfasser von *Gettysburg und die Folgen*‹.«

»Dummkopf. Ich meinte nur, daß es zur Gewohnheit geworden ist, das Leben mit der Formulierung von Prinzipien zuzubringen; dann kommt jemand anders daher und setzt die Prinzipien in die Praxis um. Es scheint mir vernünftiger, meine Schlußfolgerungen selbst zu demonstrieren, statt über sie zu schreiben.«

»Ja, klar. Und was willst du demonstrieren?«

»Die kosmische Einheit, natürlich. Worüber, meinst du, habe ich die ganze Zeit geredet?«

Ich versuchte mich zu erinnern, was sie über kosmische Einheit gesagt hatte. »Du meinst, du willst versuchen, Materie in Raum zu verwandeln, oder etwas dergleichen?«

»Etwas dergleichen, ja. Ich habe die Absicht, Materie-Energie in die Form von Raum-Zeit zu übertragen.«

»Ach so«, sagte ich. »Gleichungen und Symbole und alles das.«

»Ich sagte gerade, daß ich kein Buch schreiben werde.«

»Aber wie...?« fing ich an, als mir ein Licht aufging. »Dann willst du...« Ich suchte nach Worten. »Du willst eine – eine Maschine bauen, die sich durch die Zeit bewegt?«

»Das ist etwas unklar ausgedrückt, aber für einen Laien treffend genug.«

»Du sagtest mir einmal, deine Arbeit sei theoretisch. Du seist keine vulgäre Mechanikerin.«

»Ich werde eine.«

»Barbara, du bist verrückt! Als philosophische Abstraktion mag deine Theorie interessant sein, aber...«

»Danke. Es ist immer gut zu wissen, daß man die Hinterwäldler unterhalten hat.«

»Barbara, hör zu. Midbin...«

»Olivers unverdauliche Phantasien interessieren mich nicht im mindesten.«

»Aber er interessiert sich für deine Phantasien, und ich auch. Siehst du nicht, daß dein ganzes Projekt auf der Phantasie beruht, durch die Zeit zurückzugehen und... äh... es deiner Mutter heimzuzahlen?«

»Oliver Midbin ist ein ungehobelter, dummer, gefühlloser Lümmel. Er hat die Stumme wieder zum Sprechen gebracht, aber er ist viel zu dumm, um jemanden von normaler Intelligenz zu verstehen. Er hat eine Anzahl von idiotischen Theorien über krankhafte Emotionen, und in diese stopft er alle Fakten hinein, selbst wenn er sie zu diesem Zweck zurechtstutzen oder gar neue zur Ergänzung erfinden muß. Es meiner Mutter heimzahlen – in der Tat! Sie interessiert mich nicht mehr, als ich sie interessierte.«

»Ah, Barbara...«

»›Ah, Barbara‹«, äffte sie mich nach. »Lauf hin zu deinem aufgeblasenen Windbeutel von einem Midbin, oder zu deinem so willigen, kuhäugigen spanischen Flittchen...«

»Barbara, ich spreche als ein Freund. Laß Midbin und Catty und alles Persönliche heraus und sieh die Dinge einmal so. Erkennst du nicht den Unterschied zwischen der Verbreitung einer Theorie und dem Versuch einer praktischen Demonstration, welche der Welt mit Sicherheit als das Überschreiten der Grenzlinie zur Scharlatanerie erscheinen wird? Wie ein spiritistisches Medium oder...«

»Das genügt! ›Scharlatanerie‹! Du beschränkter Gassenjunge! Was verstehst du von allem, außer der Verführung von Schwachsinnigen? Geh zurück zu deinem Gewerbe, du Laufbursche!«

Ich glaubte mich zu erinnern, daß schon einmal eine Diskussion genauso geendet hatte. »Barbara...«

Ihre Hand brachte mich mit einem schmerzhaften Schlag über den Mund zum Schweigen. Dann machte sie auf dem Absatz kehrt und eilte hinaus.

Die Mitglieder der Gemeinschaft waren von ihrem Projekt nicht begeistert. Selbst als sie es der Versammlung in bemerkenswert sachlicher Form erläuterte, hörte es sich noch immer fremdartig und seltsam an, wie die immer wiederkehrende Idee eines drahtlosen Telegrafen oder einer Rakete zum Mond. Außerdem war 1950 ein schlechtes Jahr. Der Krieg rückte näher; was von der Unabhängigkeit der Vereinigten Staaten übriggeblieben war, drohte ausgelöscht zu werden. Unsere Energien mußten auf das Überleben gerichtet werden, statt auf neue und kostspielige Unternehmungen. Gleichwohl war Barbara Haggerwells eine berühmte Persönlichkeit, die in der ganzen Fachwelt großen Respekt genoß, und über Papier und Bleistifte hinaus hatte sie die Gemeinschaft bisher wenig gekostet. Widerwillig stimmten die Mitglieder für eine Bewilligung der erforderlichen Mittel.

Eine alte Scheune, seit Jahren leerstehend, aber noch immer in gutem Zustand, wurde Barbara für das Projekt zur Verfügung gestellt, und Kimi hatte die Freude, die notwendigen Veränderungen planen, entwerfen und überwachen zu können. Ace und eine Gruppe von Mitgliedern machten sich mit Energie an die Arbeit, sägten und hämmerten, nieteten Eisenträger zusammen und legten eine Gasleitung für die Beleuchtung, damit auch des Nachts gearbeitet werden konnte.

Ich glaube, ich interessierte mich für das ganze Unternehmen gerade soviel, wie für ein Mitglied von Haggershaven unvermeidlich war. Ich zweifelte keinen Augenblick daran, daß das Geld und die Mühe vergeudet wurden, und sah eine schreckliche Enttäuschung für Barbara voraus, wenn sie die Unmöglichkeit ihres Vorhabens begriffe. Was mich anging, so fand ich mich nach und nach mit dem Gedanken ab, daß sie in meinem Leben keine bedeutsame Rolle mehr spielen würde.

Wir hatten seit unserem Streit nicht miteinander gesprochen, noch gab es auf ihrer oder meiner Seite eine starke Neigung, wieder zusammenzufinden. Barbaras Gefühle blieben mir verborgen; ich vermute, daß sie von der Planung und Ausführung ihres Vorhabens derart in Anspruch genommen war, daß für mich einfach kein Platz in ihren Gedanken blieb. Meine Gefühle waren solche der Erleichterung, in die sich kaum Bedauern mischte. Ich hätte von mir aus nicht ausgelöscht, was zwischen uns gewesen war, gab mich aber nun, da es geschehen war, damit zufrieden, es als ein Ding der Vergangenheit zu betrachten. Das rasende Verlangen verschwand und wurde durch eine Art von Zuneigung ersetzt; ich wollte nicht mehr von dieser stürmischen Leidenschaft, war froh, von ihr befreit zu sein.

Denn nun war ich endlich ganz von Catty in Anspruch genommen. Das rohe, animalische Verlangen des Augenblicks, als mir zuerst klar geworden war, daß ich sie begehrte, kehrte mit erneuerter Kraft zurück, doch nun waren andere, diffusere Gefühle ebenso Teil meiner Empfindung. Ich wußte, daß sie mich eifersüchtig machen konnte, wie Barbara es nie vermochte; gleichzeitig sah ich eine Ruhe jenseits der turbulenten Begierde, eine Ausgeglichenheit, die bei Barbara niemals möglich gewesen war.

Aber meine verspätete Erkenntnis dessen, was Catty mir bedeutete, war keine unmittelbare Reaktion auf Barbara oder mit dem Auseinanderbrechen dieses Verhältnisses verbunden. Das Bedürfnis nach Catty war von ihr allein hervorgerufen und unterschied sich von allem, was ich je für andere empfunden hatte. Es war in mancher Weise ein völlig neues Verlangen, umfassender als das frühere. Ich verstand jetzt, was ihre Frage im Wald bedeutet hatte, und endlich konnte ich sie wahrheitsgemäß beantworten.

»Ich liebe dich, Hodge«, sagte sie, nachdem ich ihr mein Herz ausgeschüttet hatte. »Ich liebte dich sogar während des schlimmen Traums, als ich nicht sprechen konnte.«

»Als ich so gefühllos war.«

»Ich liebte dich sogar, als du ungeduldig warst; ich versuchte mich für dich hübsch zu machen. Weißt du, du hast nie gesagt, daß ich hübsch sei.«

»Das bist du auch nicht, Catty. Du bist schön.«

»Ich glaube, ich wäre lieber hübsch. Schönheit klingt abschreckend. Ach, Hodge, wenn ich dich nicht so geliebt hätte, dann hätte ich dich an dem Tag nicht aufgehalten.«

»Ich weiß nicht, ob ich das verstehe.«

»Nein? Nun, es ist jetzt nicht nötig. Manchmal fragte ich mich, ob ich recht getan hatte, oder ob du denken würdest, es sei wegen Barbara geschehen.«

»War es denn nicht so?«

»Nein. Ich war nie eifersüchtig auf sie. Ich sah sie immer als jemanden, der hoch über mir steht. Um eifersüchtig zu sein, muß man sich wohl für ebenbürtig halten.«

»Du hast keinen Grund zu Minderwertigkeitsgefühlen. Jeder Mensch hat seine besonderen Talente, und die deinigen sind nicht geringer als diejenigen irgendeines anderen. Catty, ich möchte, daß du meine Frau wirst.«

»Das hast du schön gesagt. Du bringst es noch zu Umgangsformen, Hodge. Aber das war ein Heiratsantrag, nicht wahr?«

»Ja«, antwortete ich grimmig. »Wenn du einen von mir in Betracht ziehen willst. Ich weiß allerdings keinen guten Grund, warum du es solltest.«

Sie legte mir beide Hände auf die Schultern und schaute mir in die Augen. »Ich weiß nicht, welcher Grund damit zu tun hat. Aber es ist, was ich immer wollte; deshalb errötete ich so, als Hiro Agati mit dem herausplatzte, was jeder sehen konnte.«

Später sagte ich: »Catty, kannst du mir jemals die verlorenen Jahre vergeben? Du sagst, du seist nicht eifersüchtig auf Barbara gewesen, aber sicherlich, wenn sie und ich – das heißt... jedenfalls, vergib mir.«

»Lieber Hodge, da gibt es nichts zu vergeben. Liebe ist keine geschäftliche Transaktion, und auch nicht ein Rechtsfall, in dem nach Gerechtigkeit gesucht wird, noch eine Belohnung für den Besitz guter Eigenschaften. Ich verstehe dich, Hodge; besser, glaube ich, als du dich selbst verstehst. Du bist mit dem leicht Erreichbaren nicht zufriedenzustellen, andernfalls hätte es dir nichts ausgemacht, zu Hause in – wie war noch der Name? – Wappinger Falls zu bleiben. Ich habe das schon lange gewußt, und ich hätte, so denke ich – du mußt meine Eitelkeit entschuldigen – dich jederzeit interessieren können, indem ich Unbeständigkeit vorgetäuscht hätte. Genauso wie ich dich hätte halten können, hätte ich damals nachgegeben. Aber ich glaube, du wirst einen besseren Ehemann abgeben, wenn du begreifst, daß du mit Barbara nicht zurechtkommen konntest.«

Ich kann nicht sagen, daß mir diese Ansprache Freude bereitete. Ich fühlte mich gedemütigt oder jedenfalls auf gesunde Art zurechtgestutzt. Was ohne Zweifel in ihrer Absicht lag und auch berechtigt war. Ich hatte nie den Eindruck, daß sie schwächlich oder fade sei.

Zu meiner Überraschung trat im Verhältnis zwischen Catty und Barbara rasch ein Wandel zum Besseren ein, nachdem unsere Verlobung bekanntgemacht worden war. Daß Barbara sich einer erfolgreichen Rivalin gegenüber so sanft und verständigungsbereit zeigen sollte, war für mich unbegreiflich und auch beunruhigend.

Da beide vollbeschäftigt waren, verbrachten sie nicht viel Zeit zusammen, aber Catty besuchte des öfteren die Werkstatt, wie die im Innern ausgebaute alte Scheune nun genannt wurde, und ihre Bewunderung für Barbara wuchs so, daß sie für meinen Geschmack allzuoft von ihrem Genie, ihrer Kühnheit und Fantasie redete. Ich konnte Catty schwerlich ersuchen, eine Gesellschaft zu meiden, die ich selbst noch vor kurzer Zeit durchaus anziehend gefunden hatte, noch konnte ich die Erwähnung eines Namens, den ich vor nicht langer Zeit mit Inbrunst geflüstert hatte, mit einem Tabu belegen. Gleichwohl kam ich mir in dieser Situation ein wenig albern vor, und nicht ganz so wichtig, wie ich mich andernfalls genommen hätte.

Nicht daß Catty es meiner Arbeit gegenüber an Respekt und Interesse hätte fehlen lassen. Ich hatte meine Unterlagen für das Buch *Von Chancellorsville bis zum Ende* vollständig beisammen – das heißt, ich hatte eine Masse von Notizen, Hinweisen, Zeitungsausschnitten, Brief- und Dokumentenkopien und Ideen, die das Skelett für eine Arbeit abgeben sollten, die zu schreiben Jahre in Anspruch nehmen mochte. Catty war die Prüfungsinstanz, der ich das Material zeigte und erklärte und die als ein Prototyp der Leser fungierte, die ich erreichen wollte. So wurde der erste Band in großen Umrissen skizziert, und wir wollten heiraten, sobald er abgeschlossen wäre, kurze Zeit nach meinem dreißigsten und Cattys vierundzwanzigsten Geburtstag. Ich zweifelte kaum daran, daß das Buch mir einen Ruf an eine der großen Universitäten des Südens einbringen würde, aber Catty hatte sich ein Häuschen wie dasjenige der Agatis in den Kopf gesetzt, und ich konnte mir nicht vorstellen, daß ich jemals dumm genug sein würde, Haggershaven zu verlassen.

Von Cattys Berichten wußte ich, daß Barbara nun, da die Werkstatt fertig eingerichtet war und die Konstruktion dessen beginnen konnte, was, wie ich fand, mit unnötiger Geheimnistuerei als ›HX 1‹ bezeichnet wurde, zunehmende Schwierigkeiten hatte. Der bevorstehende oder jedenfalls von vielen erwartete Krieg hatte zu Spekulationskäufen geführt, und dadurch war eine Verknappung wichtiger Rohstoffe eingetreten, namentlich von Metallen wie Edelstahl und Kupfer, und von letzterem schien HX 1 ungewöhnlich viel zu benötigen. Ich war nicht überrascht, als die Mitglieder der Gemeinschaft Barbara die Bewilligung zusätzlicher Mittel versagten.

Am nächsten Tag kam Catty zu mir. »Hodge, du weißt, daß die Gemeinschaft mein Geld nicht nehmen will.«

»Und das ist recht so. Laß uns andere in die Gemeinschaftskasse tun, was wir verdienen; wir sind es Haggershaven sowieso schuldig. Aber in deinem Fall ist das Schuldverhältnis umgekehrt, und du solltest deine Unabhängigkeit behalten.«

»Hodge, ich werde es Barbara für ihr HX 1 geben.«

»Was? Bist du verrückt?« Ich war verblüfft. »Das wäre unsinnig!«

»Wieso? Ist es wirklich unsinniger von mir, Geld, das mir ohne eigene Arbeit zugefallen ist, in das Projekt zu stecken, als es für sie und Ace unsinnig ist, ihre Zeit und Arbeitskraft darauf zu verwenden?«

»Ja, weil sie eine verrückte Idee hat, aus der nichts werden kann, und weil Ace noch nie ganz bei Verstand war, soweit es Barbara betraf. Wenn du das tust, wirst du dein Geld für ein Hirngespinst verpulvern und genauso verrückt sein wie die beiden.«

Als Catty lachte, erinnerte ich mich mit einem schmerzlichen Stich der langen Monate, in denen dieser liebliche Klang vom Schrecken in ihr stranguliert gewesen war. Auch gedachte ich beschämt meines eigenen Versagens; hätte ich mich mehr um sie gekümmert, als ihre

Not am größten war, so wäre ihr der lange und mühsame Weg zur Wiedergewinnung ihrer Stimme vielleicht kürzer geworden.

»Vielleicht bin ich verrückt. Meinst du, die Gemeinschaft würde mich auf dieser Basis als Mitglied aufnehmen? Jedenfalls glaube ich an Barbara, selbst wenn ihr anderen es nicht tut. Nicht daß ich kritisieren will; du hattest recht, vorsichtig zu sein. Du hast mehr zu überlegen als die Demonstration einer Theorie, die kaum einen materiellen Wert haben kann. Ich aber brauche solche Erwägungen nicht anzustellen, und außerdem glaube ich an sie. Oder vielleicht spüre ich, daß ich ihr etwas schuldig bin. Mit meinem Geld kann sie ihr Projekt vollenden. Ich sage dir das nur, weil du mich unter den Umständen vielleicht nicht heiraten magst.«

»Du denkst, ich heirate dich deines Geldes wegen?«

Sie lächelte. »Guter Hodge. In mancher Hinsicht bist du so jung; ich höre den verletzten Stolz in deiner Stimme. Nein, ich weiß sehr gut, daß du mich nicht des Geldes wegen heiratest, daß dir nie der Gedanke kam, es könnte eine gute Idee sein. Das wäre allzu praktisch gedacht, zu erwachsen, zu wenig hodgegemäß. Ich denke, du wirst eine Frau, die ihr ganzes Geld weggibt, vielleicht nicht heiraten wollen. Besonders dann nicht, wenn sie es Barbara Haggerwells gibt.«

»Catty, hast du diesen absurden Plan gefaßt, um mich loszuwerden? Oder um mich auf die Probe zu stellen?«

Wieder lachte sie hell auf. »Jetzt bin ich überzeugt, daß du mich schließlich doch heiraten und dich als ein verwunderter, aber lenksamer Ehemann erweisen wirst. Du bist mein wahrer Hodge, der einen Krieg studiert, weil er nichts Einfacheres oder Subtileres verstehen kann.«

Sie war von der weltfremd-schwärmerischen Geste nicht abzubringen. Ich mochte mich nicht auf Subtilitäten verstehen, aber ich war überzeugt, daß ich Barbara gut genug verstand. In der Voraussicht, daß ihr Antrag auf

Bewilligung weiterer Mittel der Ablehnung verfallen würde, mußte sie Cattys Freundschaft vorsätzlich kultiviert haben, um sie auszunutzen. Nun bekam sie, was sie wollte, und ich erwartete zuversichtlich, daß sie Catty fallenlassen oder zu ihrer gewohnten Giftigkeit zurückkehren würde.

Sie tat weder das eine noch das andere. Die Freundschaft wurde womöglich noch enger. Cattys Vokabular erweiterte sich um Wörter wie ›Magnet‹, ›Spule‹, ›Induktion‹, ›Partikel‹, ›Kontinuum‹ und viele andere, die mir entweder unverständlich waren oder uninteressant schienen. Atemlos beschrieb sie das seltsame, asymmetrische Gebilde, das in der Werkstatt Gestalt annahm, während meine Gedanken mit Ewells Korps und Revolvergeschützen und den Wetterverhältnissen des Juli 1863 im südlichen Pennsylvanien beschäftigt waren.

Das große Verlagshaus Ticknor, Harcourt & Knopf nahm mich für mein Buch unter Vertrag – in den Vereinigten Staaten gab es keinen Verleger, der imstande gewesen wäre, das finanzielle Risiko eines solchen Buches zu tragen – und überwies mir einen ansehnlichen Vorschuß in konföderierten Dollars, der, umgewechselt in unsere Währung, noch ansehnlicher wurde. Ich las die Korrekturfahnen des ersten Bandes in einem Zustand von Halbbewußtsein, fügte die unvermeidlichen Ergänzungen und Veränderungen ein und schickte sie zurück. Dann wartete ich auf die Fertigstellung und meine Belegexemplare. Einen Tag, nachdem sie eintrafen (mit einem schrecklichen Druckfehler mitten auf Seite 12), heirateten Catty und ich.

Liebe Catty. Liebe, liebe Catty.

Mit der Billigung der Mitglieder verwendeten wir einen Teil des Vorschusses für eine Hochzeitsreise, die wir damit verbrachten, die nahen Schlachtfelder aus dem letzten Jahr des Unabhängigkeitskrieges des Südens zu besuchen.

Für Catty war es der erste Ausflug von Haggershaven seit ihrer Ankunft. Indem ich die Außenwelt betrachtete, wie sie sich in Cattys durch ihren neuen Status zugleich isolierter und sensibilisierter Wahrnehmung spiegelte, war ich von neuem schockiert über die rauhe Gleichgültigkeit, die abgestumpfte Armut und den brutalen Zynismus, diese Ausdrucksformen der resignierenden Schicksalsergebenheit, die unsere Zivilisation charakterisierte. Es war nicht eine Denkart, die sich in Sprüchen äußerte wie: Eßt, trinkt und seid fröhlich, denn morgen müssen wir sterben, sondern eher nach der Devise handelte: Suche deinen Vorteil, und vertraue auf niemanden als auf dein Glück, denn es kann nur schlechter kommen.

Im Herbst 1951 bezogen wir ein Häuschen, das Kimi Agati entworfen und die Mitglieder während unserer Abwesenheit erbaut hatten. Es war vom Haus der Agatis nur durch ihren geliebten Garten getrennt, und wir waren beide gerührt von diesem Beweis mitmenschlicher Zuneigung, besonders nach alldem, was wir auf unserer Reise gesehen und gehört hatten. Mr. Haggerwells hielt eine Ansprache, die mit klassischen Anspielungen gespickt war, und hieß uns willkommen, als ob wir jahrelang fortgewesen wären; Midbin blickte besorgt in Cattys Gesicht, als wollte er sich vergewissern, daß ich sie in meiner neuen Rolle als Ehemann nicht mißhandelte und damit neue emotionale Katastrophen heraufbeschwor; und die anderen Mitglieder machten die passenden Bemerkungen und Scherze. Selbst Barbara fand sich ein und blieb lange genug, um das Haus zu besichtigen und zu bemerken, daß es lächerlich klein sei, durch Kimis verstellbare Trennwände jedoch geräumiger wirke.

Ich begann sofort mit der Arbeit am zweiten Band, und Catty nahm wieder ihre Näharbeit auf. Auch die Besuche in Barbaras Werkstatt nahmen ihren Fortgang, und wieder hörte ich detaillierte Berichte über die Fortschritte meiner vormaligen Geliebten. HX 1 sollte im späten Frühling oder im Frühsommer fertiggestellt sein. Ich war nicht überrascht, daß Barbaras Glaube die tatsächliche Konstruktion des Apparats überlebte, aber daß sonst so vernünftige Leute wie Ace und Catty in atemloser Spannung der Wunder harrten, die da kommen sollten, wollte mir nicht in den Kopf. Ace war nach all den Jahren noch immer benebelt, soweit es Barbara betraf, aber Catty...?

Kurz vor der Jahreswende erhielt ich den folgenden Brief:

LEE & WASHINGTON-UNIVERSITÄT
Institut für Geschichte

Leesburg, CSA
19. Dezember 1951

Mr.
Hodgins M. Backmaker
›Haggershaven‹
York, Pennsylvanien, USA

Sehr geehrter Herr:

Auf Seite 407 Ihres kürzlich erschienenen Buches *Von Chancellorsville bis zum Ende*, Band 1, schreiben Sie: ›Chronologie und Topographie – Zeitplanung und Nutzung der Vorteile des Geländes – sollten sich als die entscheidenden Faktoren erweisen, nicht Bevölkerungszahl und Industriepotential. Die Entsendung von Stuarts Abteilung, die leicht hätte verhängnisvoll ausgehen können, zeigte sich als ein außerordentlicher Glücksfall für Lee, wie wir im nächsten Band sehen werden. Freilich hätte sich das Fehlen von Kavallerie entscheidend ausgewirkt, wären die Hügelkuppen der Round Tops am 1. Juli nicht von den Konföderierten besetzt worden...‹

In Ihrer bevorstehenden Analyse von Gettysburg werden Sie vermutlich – wie es die meisten Yankees tun – an der Theorie von der Zufälligkeit des Erfolgs festhalten. Wir Südstaatler schreiben den Sieg naturgemäß dem Genius und der überlegenen Feldherrnkunst von General Lee zu und betrachten die mit Raum und Zeit zusammenhängenden Faktoren nicht als entscheidende Kräfte an sich, sondern vielmehr als Gelegenheiten, die ihm die Entfaltung seiner Talente ermöglichten.

Es erübrigt sich zu sagen, daß ich von Ihnen kaum eine Meinungsänderung erwarte, ist doch anzunehmen, daß Ihre Ansicht im Nationalstolz verwurzelt ist. Ich bitte nur, daß Sie, ehe Sie diese Ansichten und die danach geformten Schlußfolgerungen in Druck gehen lassen, sich als Historiker ihrer Gültigkeit in diesem besonderen Fall vergewissern Mit anderen Worten, als einer Ihrer Leser (und ich möchte hinzufügen, als einer, der an Ihrer Arbeit Gefallen fand), möchte ich gern versichert sein, daß Sie diese klassische Schlacht so sorgfältig studiert haben wie die in Band 1 beschriebenen Ereignisse. Mit aufrichtigen Wünschen für Ihren Erfolg verbleibe ich
in Verbundenheit
Ihr
Jefferson Davis Polk

Dieser Brief von Dr. Polk, dem führenden Historiker unserer Tage, Autor der monumentalen Biographie über General Robert E. Lee, führte eine Krise in meinem Leben herbei. Hätte der Professor mich auf Fehler in meiner Arbeit hingewiesen oder mich gar getadelt, weil ich sie ohne hinreichende wissenschaftliche Vorbildung überhaupt in Angriff genommen hatte, so wäre ich wahrscheinlich in mich gegangen, hätte den Tadel akzeptiert und mit aller Sorgfalt und Gewissenhaftigkeit, die mir zu Gebote stand, weitergearbeitet. Aber dieser Brief kam einem Ritterschlag gleich. Ohne Herablassung nahm Dr. Polk mich in den Kreis der ernsthaften Historiker auf und bat mich nur, die Richtigkeit meiner Einschätzung zu überprüfen.

Tatsache ist, daß ich nicht ohne eigene, zunehmende

Zweifel war. Zweifel, die ich nicht hatte an die Oberfläche meines Bewußtseins steigen lassen, weil sie meine Pläne gestört hätten. Polks Brief brachte sie ans Tageslicht.

Ich hatte alles verfügbare Material gelesen. Ich hatte das Gebiet zwischen der Grenze von Maryland, dem South Mountain, Carlisle und Haggershaven durchstreift und so gründlich studiert, daß ich aus dem Gedächtnis eine detaillierte Karte davon zeichnen konnte. Ich hatte Tagebücher, Briefe und Berichte aufgestöbert, die nicht nur bis zu diesem Tag unveröffentlicht geblieben waren, sondern von deren Existenz niemand gewußt hatte, bis ich sie zutage gebracht hatte. Ich hatte mich dergestalt in die Periode vertieft, über die ich schrieb, daß die beiden Welten zuweilen austauschbar schienen und ich teils in der einen, teils in der anderen leben konnte.

Doch war ich bei alledem nicht sicher, ob ich das Material vollständig beisammen hatte, selbst in dem Sinne von Vollständigkeit, den Historiker in der Erkenntnis akzeptieren, daß sie niemals jedes Detail rekonstruieren können. Ich war nicht sicher, ob ich die große Szene in der vollkommen richtigen Perspektive sah. Ich mußte mir die Möglichkeit eingestehen, daß ich vielleicht zu voreilig, zu überstürzt daran gegangen war, mein Buch zu schreiben. Ich wußte, daß jenes ungreifbare Gefühl, das einem sagt: Du bist fertig, sich nicht eingestellt hatte. Meine Zuversicht war ins Wanken geraten.

Lag der Fehler in mir, in meinem Temperament, meinem Charakter, statt in der Vorbereitung und dem Gebrauch des gesammelten Materials? Versuchte ich mich aus der selbstauferlegten Verpflichtung zu lösen? Daß ich den ersten Band geschrieben hatte, war keine positive Antwort, denn er war nur ein Bruchstück vom Ganzen; wenn ich mich jetzt zurückzöge, könnte ich noch immer meine Position als ein Beobachter bewahren.

Aber die Weigerung zu handeln war auch eine Handlung und weder eine Antwort auf Dr. Polk noch auf mich selbst. Außerdem, was konnte ich tun? Das ganze Werk war vertraglich zugesichert. Der zweite Band sollte in achtzehn Monaten als Manuskript vorliegen. Meine Notizen und Voraufzeichnungen für die Rohfassung waren vollständig; dies war keine Frage einer nochmaligen Durchsicht, sondern es ging um eine vollständige Überprüfung, Neueinschätzung und vielleicht eine völlige Aufgabe zugunsten eines Neuanfangs. Es war eine Arbeit, die soviel größer und umfangreicher war als die ursprüngliche, so entmutigend, daß ich mich ihr nicht gewachsen fühlte. Aber es wäre verwerflich und ganz und gar unerträglich, wenn ich eine Arbeit hervorbrächte, die nicht meine absolute Überzeugung widerspiegelte; und feige wäre es, überhaupt nichts zu schreiben.

Catty reagierte auf meine unbeholfene Rekapitulation in einer zugleich ermutigenden und seltsamen Art und Weise. »Hodge«, sagte sie, »du veränderst und entwikkelst dich, und zu deinem Vorteil, obwohl ich dich liebe, wie du warst. Hab keine Angst, das Buch für ein Jahr beiseitezulegen – für zehn Jahre, wenn es sein muß. Du mußt es so schreiben, daß es dich selbst zufriedenstellt; kümmere dich nicht darum, was der Verleger sagt, oder die Öffentlichkeit. Aber du darfst in deiner Sorge oder deiner einfältigen Furcht vor Passivität keine Abkürzungen suchen, Hodge. Versprich mir das.«

»Ich weiß nicht, wovon du redest, Catty. In der Geschichtsschreibung gibt es keine Wegabkürzungen.«

Sie schaute mich eindringlich an. »Vergiß das nicht, Hodge. Vergiß das nicht.«

17

HX 1

Ich brachte es nicht über mich, den Anregungen meines Gewissens und Cattys Rat zu folgen, noch konnte ich von meinen Unterlagen Gebrauch machen, als hätte Dr. Polks Brief nie etwas verändert und meine Selbstzufriedenheit erschüttert. Die unmittelbare Folge war, daß ich - ohne den Vorsatz zu fassen, die Arbeit an meinem Buche aufzugeben - zunächst überhaupt nicht daran arbeitete, was freilich meine Schuldgefühle und den Eindruck meiner Wertlosigkeit verstärkte. Die praktische Arbeit zum Wohl der Gemeinschaft, die mir von den Mitgliedern auf mein Verlangen hin zugewiesen wurde, reichte nicht aus, um meine Zeit ganz auszufüllen, und wenn ich auch keine körperliche Mühe scheute und in Ställen und Scheunen für allerlei Unruhe sorgte, so blieb mir doch genug Zeit, um unruhig und reizbar umherzustreifen, Catty von ihrer Arbeit abzuhalten, die Agatis und Midbin in ihren Beschäftigungen zu unterbrechen - ich brachte es nicht über mich, meine Probleme mit ihnen zu besprechen - und ganz allgemein mir und anderen zur Last zu fallen. So war es fast unvermeidlich, daß ich mich auch in Barbaras Werkstatt verirrte.

Sie und Ace hatten das Innere der alten Scheune gründlich umgestaltet. In strukturellen Veränderungen wie den geschickt eingezogenen Balkenverstärkungen und den Reihen der niedrigen, durchlaufenden Dachfenster, die wie Lüftungsöffnungen bei Getreide- und Tabakspeichern in das hohe alte Walmdach der Scheune eingebaut worden waren, ohne ihren Charakter zu verändern, und die das Licht einließen, direkte Sonneneinstrahlung jedoch verhinderten, glaubte ich Kimi Agatis

Handschrift wiederzuerkennen, aber der Rest mußte nach Barbaras Notwendigkeiten gestaltet worden sein.

Eisenständer trugen einen Laufgang, der in etwa drei Metern Höhe einen Kreis bildete. Auf diesen Laufgang waren in Abständen Apparate montiert, die wie Batterien von Teleskopen aussahen und alle einwärts und abwärts auf den Boden im Mittelpunkt des Kreises gerichtet waren. Innerhalb der Ständer verlief ein Glasring von ungefähr zehn Zentimetern Durchmesser, der mit gläsernen Manschetten an den Ständern befestigt war. Bei genauerer Betrachtung zeigte sich, daß der Ring nicht aus einem Stück bestand, sondern aus Sektionen, die durch gläserne Streckverbindungen aneinander befestigt waren. Außerhalb dieses Kreises standen verschiedene Maschinen und Geräte an den Wänden, alle verkleidet bis auf Skalenscheiben und Regulatoren, und allesamt überragt von einem schwarzlackierten Koloß in der Ecke. Vom Dach hing ein großer, polierter Reflektor herab.

Niemand war in der Scheune, und ich wanderte umher, sorgfältig darauf bedacht, die mysteriösen Apparate nicht zu berühren. Ich dachte, niederträchtig vielleicht, darüber nach, daß alles dies mit dem Geld meiner Frau bezahlt worden war; dann schalt ich mich, weil Catty genau wie ich alles der Gemeinschaft schuldete. Vielleicht hätte das Geld einer besseren Verwendung zugeführt werden können, aber es gab keine Garantie, daß es für Astronomie oder Zoologie nutzbringender verwendet worden wäre. Während meiner acht Jahre in Haggershaven hatte ich viele erfolgversprechende Pläne zuschanden werden sehen.

»Gefällt es dir, Hodge?«

Barbara war unbemerkt von rückwärts herangekommen. Dies war das erstemal seit unserem Bruch vor zwei Jahren, daß wir unter vier Augen zusammenkamen.

»Sieht nach einer Menge Arbeit aus«, sagte ich ausweichend.

»Es war eine Menge Arbeit.« Ich sah, daß ihre Wangen gerötet waren. Sie hatte abgenommen, und ihre Augen waren eingefallen. »Diese Konstruktion war das wenigste davon. Nun ist es geschafft. Oder hat begonnen. Je nachdem, wie man es betrachtet.«

»Alles fertig?«

Sie nickte. Das triumphierende Lächeln hob den überanstrengten Zug in ihrem Gesicht noch mehr hervor. »Heute erster Versuch.«

»Ah, ich verstehe... In diesem Fall...«

»Du kannst ruhig bleiben, Hodge. Ja, wirklich. Ich wollte dich und Catty zum offiziellen Versuchslauf einladen, aber da du nun schon hier bist, darfst du der ersten inoffiziellen Erprobung beiwohnen. Ace und Vater und Oliver werden gleich hier sein.«

»Midbin?«

In ihren Augen blitzte für einen Moment die vertraute Arroganz auf. »Ich wollte es so. Es wird hübsch sein, ihm zu zeigen, daß der Verstand außer Phantasien und hysterischen Halluzinationen noch anderes hervorbringen kann.«

Ich wollte etwas sagen, ließ es aber nach kurzer Überlegung sein. Die absolute Zuversicht, die abnorme Selbstgewißheit, mit der sie Einladungen zu einem Versuch aussprach, der nur die Unmöglichkeit der praktischen Anwendung ihrer Theorie beweisen konnte, setzte mich in Erstaunen. Ein überwältigendes Gefühl von Mitleid überkam mich. »Sicherlich«, sagte ich schließlich, bemüht, sie auf die unvermeidliche Desillusionierung ein wenig vorzubereiten, »sicherlich erwartest du nicht, daß es schon beim erstenmal klappen wird?«

»Warum nicht? Natürlich werden einige Einstellungen justiert werden müssen, um chronologische Abweichungen zu berücksichtigen, die von Phänomenen wie Unregelmäßigkeiten in der Erdumlaufbahn verursacht werden. Es mögen sogar umfangreichere Veränderungen notwendig sein, obwohl ich es bezweifle. Und es mag einige

Zeit dauern, ehe Ace mich auf die Minute genau an irgendeinem vereinbarten Zeitpunkt absetzen kann. Aber die Tatsache der Raum/Zeit-Energie/Materie-Korrespondenz kann genausogut heute nachmittag wie nächstes Jahr nachgewiesen werden.«

Für jemanden, dessen Lebenswerk innerhalb der nächsten Stunde auf die über Erfolg oder Mißerfolg entscheidende Probe gestellt werden sollte, war sie unglaublich gelassen.

Als ich einmal mit dem Ehrenvorsitzenden einer lokalen historischen Gesellschaft über ein strittiges Datum diskutiert hatte, war ich nervöser gewesen.

»Setz dich«, sagte sie. »Bis Ace kommt, gibt es nichts zu tun oder zu sehen. Ich habe dich vermißt, Hodge.«

Das war eine gefährliche Bemerkung, und ich wünschte, ich wäre der Werkstatt ferngeblieben. Ich ließ mich mit einer Gesäßhälfte auf einen Hocker nieder – Stühle gab es nicht – und hüstelte in die hohle Hand, um zu verbergen, daß ich fürchtete zu antworten: Auch ich habe dich vermißt.

»Erzähl mir von deiner Arbeit, Hodge. Catty sagt, du hättest Schwierigkeiten.«

Ich war ein wenig ärgerlich über Catty, hatte jedoch keine Zeit, darüber nachzudenken, ob es mich verdroß, weil sie es Barbara überhaupt anvertraut hatte, oder weil sie ihr etwas Unheroisches über mich mitgeteilt hatte. Jedenfalls löste sich in dieser Verärgerung mein schuldbewußtes Gefühl von Untreue wegen dieses Gesprächs mit Barbara gänzlich auf. Vielleicht reaktivierte ihre Nähe auch die alten, dauerhaften Bindungen – beinahe hätte ich geschrieben, von Sympathie, aber es war so sehr viel komplizierter, als dieses Wort deutlich machen kann – und brachten mich in die Stimmung, ihr meine Probleme anzuvertrauen. Es ist sogar möglich, daß ich den altruistischen Zweck verfolgte, Barbara gegen die unausweichliche Enttäuschung zu stärken, indem ich ihr vor Augen führte, daß andere auch ihre Schwierigkeiten hatten, und geteiltes Leid halbes Leid ist. Wie dem auch sein mochte, ehe ich mich versah, schüttete ich ihr mein Herz aus.

Sie sprang auf und ergriff meine Hände. Ihre Augen waren grau und warm. »Hodge! Das ist wunderbar – verstehst du nicht?«

»Ich...?« Ich war völlig verwirrt. »Ich... ah...«

»Die Lösung. Die Antwort. Das Mittel. Sieh mal: jetzt kannst du in deiner eigenen Person in die Vergangenheit zurückgehen. Du kannst alles mit eigenen Augen sehen, statt dich auf Berichte von ungewisser Glaubwürdigkeit zu verlassen.«

»Aber... aber...«

»Du kannst jedes Ereignis verifizieren, jedes Detail studieren, jede historische Figur belauschen. Du kannst Geschichte schreiben, wie es noch nie ein Mensch vermochte, denn du wirst als Augenzeuge schreiben, zugleich aber aus der Perspektive eines späteren Zeitalters. Du kannst den Verstand der Gegenwart mit seinem Urteilsvermögen und seiner Kenntnis der Zusammenhänge mitnehmen und den Eindrücken der Vergangenheit aussetzen. Es hat beinahe den Anschein, als wäre HX 1 eigens dafür entwickelt worden.«

Sie glaubte offensichtlich fest daran, und sie war wirklich und uneigennützig froh, daß ihre Arbeit der meinen helfen konnte. Von neuem strömte Mitleid in mein Unbehagen ein, aber ich sah keinen Weg, wie ich die Desillusionierung lindern könnte, die unweigerlich kommen mußte. Zugleich verspürte ich eine irrationale Aufwallung von Haß gegen das Ding, das sie gebaut hatte, und das nun im Begriff war, sie zu zerstören.

Die Ankunft ihres Vaters, der von Ace Dorn und Midbin begleitet wurde, enthob mich der zunehmenden Mühe, meine Empfindungen vor ihr zu verbergen. Thomas Haggerwells räusperte sich und sagte mit gepreßter Stimme: »Barbara, Ace sagt mir, du hättest die Absicht, dieses... diese Maschine an dir selbst auszuprobieren. Ich kann nicht glauben, daß du so leichtsinnig sein würdest.«

Midbin wartete ihre Erwiderung nicht ab. Ich bemerkte mit einem leisen Schreck, daß er alt geworden war; es war mir nie aufgefallen. »Hören Sie mich an, Barbara! Es hat jetzt keinen Sinn, zu sagen, daß ein Teil Ihres Bewußtseins die Unmöglichkeit dieser Demonstration erkenne und bereit sei, sich selbst in dem Versuch auszulöschen und so einem Konflikt zu entfliehen, der keine Lösung hat. Obwohl das ein Gedankengang ist, dessen Sie sich wenigstens zu einem Teil bewußt sein müssen. Aber bedenken Sie die objektiven Gefahren, die das Herumprobieren mit unbekannten Naturgesetzen bergen mag...«

Ace Dorn, der im Gegensatz zu Barbaras Gelassenheit so nervös und angespannt aussah, wie die beiden anderen, knurrte: »Fangen wir an!«

Sie lächelte uns aufmunternd zu. »Bitte, Vater, sei unbesorgt; es besteht keine Gefahr. Und Oliver...«

Ihr Lächeln war beinahe schalkhaft und ganz unähnlich der Barbara, die ich gekannt hatte. »Oliver, HX 1 schuldet Ihnen mehr, als Sie jemals begreifen werden.«

Sie bückte sich unter den transparenten Ring und ging in die Mitte des Kreises, wo sie stehenblieb und zum Reflektor aufblickte. Sie justierte ihre Position auf den Zentimeter genau und blickte zu uns herüber.

»Die Anlage ist bereits auf Minus zweiundfünfzig Jahre und hundertdreiundfünfzig Tage eingestellt«, informierte sie uns beiläufig. »Ein rein willkürliches Datum, denn eines ist so gut wie jedes andere. Aber der erste Januar 1900 ist ein Fixpunkt, der sich natürlich anbietet. Ich werde sechzig Sekunden ausbleiben. Fertig, Ace?«

»Fertig!« Er hatte einen langsamen Rundgang bei den Apparaten gemacht und die Anzeigeinstrumente abgelesen. Nun blieb er vor dem metallenen Monster in der Ecke stehen und hielt eine Taschenuhr in der Hand. »Dreidreiundvierzig und zehn«, verkündete er.

Barbara verglich mit ihrer Uhr. »Dreidreiundvierzig und zehn«, bestätigte sie. »Du kannst auf dreidreiundvierzig und zwanzig stoppen.«

»In Ordnung. Viel Glück!«

»Zumindest sollten Sie es erst einmal mit einem Tier ausprobieren«, platzte Midbin heraus, während Ace sich umwandte und an der großen Maschine zu hantieren begann Der transparente Ring glühte hellstrahlend auf, und der Reflektor warf blendendes Licht zurück. Ich zwinkerte geblendet. Als ich wieder sehen konnte, war das Licht ausgegangen und der Kreis innerhalb des Ringes leer.

Niemand bewegte sich. Ace starrte stirnrunzelnd auf seine Uhr. Ich starrte auf die Stelle, wo Barbara gestanden hatte. Ich glaube nicht, daß mein Verstand arbeitete; ich hatte keine Ahnung, ob mein Herz und meine Lunge arbeiteten. Ich war ein wahrer Zuschauer, denn bis auf Sehvermögen und Gehör schienen alle meine Fähigkeiten vorübergehend außer Kraft gesetzt.

»...zuerst mit einem Tier versuchen sollen«, hörte ich Midbins aufgeregt quäkende Stimme.

»Mein Gott...« stieß Thomas Haggerwells hervor.

»Die Rückkehr ist automatisch«, sagte Ace beiläufig – allzu beiläufig. »Vorher eingestellt. Noch dreißig Sekunden.«

Midbin sagte: »Sie ist... dies ist...« Er sank auf einen Hocker und beugte den Kopf fast bis zu den Knien.

Mr. Haggerwells ächzte. »Ace, Sie hätten Barbara daran hindern sollen...«

»Zehn Sekunden«, sagte Ace ruhig.

Ich konnte noch immer nicht klar denken. Sie hatte dort in der Mitte des Kreises gestanden; dann war sie verschwunden. Was war geschehen? Midbin hatte recht: Wir hatten ihre Selbstzerstörung zugelassen. Gewiß war inzwischen mehr als eine Minute vergangen.

Der Ring leuchtete plötzlich wieder auf, und das blendende Licht wurde von oben reflektiert. »Es hat funktioniert, ja, es hat funktioniert!« rief Barbara. »Es hat funktioniert!«

Sie stand unbeweglich, überwältigt. Dann verließ sie den Kreis und küßte Ace, der die Arme um sie legte und ihr den Rücken tätschelte. Ich bemerkte plötzlich den Schmerz meines angehaltenen Atems und stieß ihn mit einem schnaufenden Seufzer aus. Barbara küßte ihren Vater und Midbin, der noch immer den Kopf schüttelte, und dann, nach einem winzigen Augenblick des Zögerns, mich. Ihre Lippen waren eiskalt.

Die Erregung des Triumphes löste ihr die Zunge. Sie ging auf und ab und sprach mit ungewöhnlicher Schnelligkeit, ohne Pause, beinahe ein wenig trunken. Ihre Zunge kam nicht nach, und so versprach sie sich immer wieder und mußte Wendungen oder ganze Sätze wiederholen, um sie verständlich zu machen.

Als das Licht aufschien, so erzählte sie, habe sie unwillkürlich die Augen geschlossen. Im selben Moment habe sie eine seltsame, erschreckende Schwerelosigkeit verspürt, eine furchterregende Entkörperlichung, auf die sie nicht vorbereitet gewesen sei. Sie meinte, sie sei nicht wirklich bewußtlos gewesen, nicht einmal für einen Augenblick, obwohl sie den Eindruck gehabt habe, sie hätte als ein einzigartiges Bewußtsein, eine einmalige Sammlung von Erinnerungen aufgehört zu existieren und werde irgendwie aufgelöst. Dann habe sie die Augen wieder geöffnet.

Zuerst sei sie erschrocken gewesen, das Scheuneninnere genauso vorzufinden, wie es ihr Leben lang gewesen war, verlassen und staubig. Erst mit einiger Verspätung sei ihr klar geworden, daß sie sich in der Tat durch die Zeit bewegt hatte; das Verschwinden der Apparate und des Reflektors bewiesen, daß sie in eine Zeit zurückgekehrt sein mußte, in der die Scheune noch nicht zur Werkstatt umgewandelt worden war.

Dann aber habe sie gesehen, daß die Scheune doch ein wenig anders war, als sie sie aus ihrer Kindheit in Erinnerung hatte, denn während der Bau offensichtlich leergestanden habe, müsse er vor noch relativ kurzer Zeit in Benutzung gewesen sein. Der Staub habe weniger dick auf den Balken gelegen, und die Spinnweben hätten nicht in langen Fahnen von den Dachsparren gehangen. Reste von Heu und Stroh hätten noch verstreut am Boden gelegen, noch nicht fortgetragen von Mäusen und Nestmaterial suchenden Vögeln. Neben dem Scheunentor hätten Teile eines zerrissenen Zuggeschirrs und Ketten gehangen, und nahebei ein verblaßter Kalender, auf dem die Jahreszahl 1897 gleichwohl deutlich genug zu lesen gewesen sei.

Die Minute, auf die sie die Dauer dieser ersten Reise begrenzt hatte, erschien ihr zugleich überraschend kurz und unglaublich lang. Alle Paradoxien, die sie als nicht von unmittelbarem Belang verdrängt hatte, kehrten jetzt zurück und konfrontierten sie. Da sie in einer Zeit angelangt war, die vor ihrer Geburt lag, mußte sie als eine Besucherin vor ihrer eigenen Empfängnis existiert haben; geradesogut konnte sie während ihrer eigenen Kindheit und Jugendzeit anwesend sein und sich durch eine zweite und dritte Besuchsreise selbst multiplizieren, als wäre sie zwischen zwei einander gegenüberstehende Spiegel getreten, so daß eine unendliche Zahl von Barbara Haggerwells einen einzigen Zeitabschnitt besetzen konnten.

Hundert andere parallele Spekulationen schossen ihr durch den Kopf, ohne die überprüfende Beobachtung der vertrauten Merkmale des Scheuneninneren zu beeinträchtigen, Merkmale, die sie jetzt nicht wichtig genug nehmen konnte, weil sie so großartig die Richtigkeit aller ihrer Spekulationen bewiesen.

Auf einmal, so erzählte sie, sei sie sich der bitteren Kälte bewußt geworden und in ein zähneklapperndes Lachen ausgebrochen. Sie hatte alles mit größter Sorgfalt vorbereitet, daß ihr Besuch auf den ersten Januar fiele, aber nie daran gedacht, einen warmen Mantel mitzunehmen.

Nun habe sie auf die Uhr gesehen und festgestellt, daß erst zwanzig Sekunden vergangen waren. Die Verlockung, schon in diesem ersten Experiment ihre Abmachung mit Ace zu vergessen, nach der sie den kleinen Kreis des Operationsfeldes der HX 1 nicht verlassen durfte, sei beinahe unwiderstehlich gewesen. Sie habe ein ungemein starkes Verlangen gespürt, den Stoff der Vergangenheit zu berühren, die Balken und Bretter der Scheune zu befühlen. Und wieder seien ihre Gedanken in Spekulationen abgeschweift, während die bescheidene Zeitspanne der einen Minute sich gedehnt und zugleich zusammengezogen habe, so daß sie Ewigkeit und Gleichzeitigkeit in einem erlebte.

Angenommen... Aber sie hatte tausend Annahmen und Fragen. War sie wirklich in ihrer fleischlichen Gestalt gegenwärtig, oder nur in einer geistigen Projektion? Ein Zwicken würde wenig helfen; auch das mochte Teil der Projektion sein. Würde sie den Menschen der Zeit sichtbar erscheinen, oder bliebe sie ein gestaltloser Geist aus der Zukunft?

Es gab soviel zu lernen, soviel zu erfahren!

Als der Augenblick der Rückkehr gekommen sei, habe sie wieder das Gefühl von Auflösung erlebt, unmittelbar gefolgt von der Lichterscheinung, und als sie die Augen geöffnet habe, sei sie wieder unter uns gewesen.

Midbin rieb sich den Magen und fuhr sich durch das schüttere Haar. »Halluzination«, erklärte er schließlich. »Eine logische, folgerichtige Halluzination. Antwort auf einen überstarken Wunsch.«

»Sie meinen, Barbara war niemals fort?« fragte Ace. »War sie Ihnen – oder Mr. Haggerwells oder Hodge – während dieser Minute sichtbar? Für mich war sie verschwunden.«

»Illusion«, erwiderte Midbin. »Nichts als eine Illusion, hervorgerufen durch Suggestion und Besorgnis.«

»Unsinn!« rief Barbara. »Wenn Sie Ace und mich nicht des Schwindels beschuldigen wollen, dann müssen Sie in Rechnung stellen, was Sie eben die logische Folgerichtigkeit genannt haben. Ihre Illusion und meine individuelle Halluzination sollen sich so nahtlos ineinandergefügt haben?«

Midbin gewann seine Fassung wieder. »Die beiden Phänomene sind separat, verbunden nur durch eine Art von emotionaler Hypnose. Ihr Tagtraum, in das Jahr 1900 zurückversetzt zu sein, ist ohne Zweifel eine emotional erzeugte Abirrung.«

»Und Ihr Tagtraum, daß ich eine Minute lang nicht hier war?«

»Der Augenschein wird von den Gefühlen leicht beeinflußt. Man denke nur an Tränen, ›rot sehen‹ und so weiter.«

»Sehr gut, Oliver. Dann gibt es nur eins: Sie selbst müssen HX 1 ausprobieren.«

»He, zuerst bin ich an der Reihe«, protestierte Ace.

»Selbstverständlich. Aber für heute wollen wir es genug sein lassen. Morgen früh kann der nächste Versuch unternommen werden. Bring Catty mit, Hodge, wenn sie kommen will, aber bitte sag niemandem sonst etwas davon, bis wir weitere Versuche gemacht haben. Andernfalls würden wir von Mitgliedern belagert, die alle kurze Stippvisiten in irgendwelche populären Jahre unternehmen möchten.«

Ich verspürte wenig Neigung, mit irgendwem über das zu sprechen, was geschehen war, nicht einmal mit Catty. Nicht, daß ich Midbins Theorie teilte, nach der überhaupt nichts Materielles stattgefunden hatte; ich wußte sehr gut, daß ich Barbara sechzig Sekunden lang nicht gesehen hatte, und war überzeugt, daß ihr Bericht zutreffend und wahrheitsgemäß war. Was mich verwirrte, war der Schock, den meine vorgefaßten Meinungen durch ihren Beweis erlitten hatten. Wenn Zeit und Raum, Materie und Energie das gleiche waren, ebenso wie Nebel und Eis und Wasser das gleiche sind, dann mußten wir – Catty und ich oder zumindest unser physikalisches Selbst, die Welt und das Universum bloße Illusion sein, wie Enfandin behauptet hatte. In diesem Sinne hatte Midbin recht.

Am nächsten Tag ging ich verstohlen zur Werkstatt, ohne Catty etwas zu sagen, als wären wir alle in eine finstere Geisterbeschwörung verstrickt, in ein gotteslästerliches Ritual. Anscheinend war ich der einzige, der eine unruhige, sorgenvolle Nacht verbracht hatte. Mr. Haggerwells blickte stolz, Barbara zufrieden, Ace beinahe übermütig, und selbst Midbin gab sich – aus keinem erkennbaren Grund – wohlwollend und väterlich.

»Alle da?« fragte Ace. »Ich bin zappelig wie ein Fuchs im Hühnerstall. Drei Minuten im Jahre 1885. Warum 1885? Ich weiß es nicht; ich nehme an, es war ein Jahr, in dem nicht viel passierte. Fertig, Barbara?«

Bei seiner Rückkehr erzählte er, er habe die Scheune zu ebener Erde als Stall für Pferde, Vieh und Geflügel ausgebaut und voller Tiere angetroffen. Der Heuboden darüber sei mit Heu und Stroh bis unter das Dach angefüllt gewesen. Er habe sich fast zu Tode geängstigt, als Hunde draußen auf dem Hof ein wütendes Gebell anstimmten und ihm Entdeckung durch den Bauern drohte.

»Damit sollte die Frage der körperlichen Gegenwart ziemlich überzeugend beantwortet sein«, bemerkte ich.

»Ganz und gar nicht«, widersprach Mr. Haggerwells unerwartet. »Hunde sind bekannt für ihre Begabung, psychische Phänomene wahrzunehmen.«

»Ha!« rief Ace und brachte die Hände zum Vorschein, die er hinter dem Rücken gehalten hatte. »Sehen Sie sich das an. Mit psychischen Fühlern hätte ich es kaum aufheben können.«

›Dies‹ war ein frisch gelegtes Hühnerei, siebenundsechzig Jahre alt. Oder war es nicht so alt? Reisen in die Zeit sind verwirrend, wenn man sie so betrachtet.

Barbara geriet in helle Aufregung, mehr als ich für gerechtfertigt hielt. »Ach, Ace, wie konntest du so einfältig sein! Wir dürfen nichts als Beobachter sein, so unbemerkt wie möglich.«

»Warum? Ich hätte Spaß daran, meiner Großmutter den Hof zu machen und mein eigener Großvater zu werden.«

»Sei nicht albern. Die leiseste Andeutung unserer Gegenwart, die geringfügigste Einflußnahme auf die Vergangenheit, jede Handlung, mag sie uns noch so unbedeutend erscheinen, kann den gesamten Gang der Ereignisse verändern. Wir können nicht wissen, welche Handlungen folgenlos bleiben – wenn es folgenlose Handlungen überhaupt gibt. Der Himmel weiß, was deine Idiotie mit dem Ei angerichtet hat. Es ist absolut notwendig, daß wir uns in keiner Weise verraten. Bitte denk in Zukunft daran.«

»Du meinst: ›Bitte denk in Vergangenheit daran‹, nicht wahr?«

»Ace, das ist kein Scherz!«

»Es ist auch keine Katastrophe. Ich sehe keinen Schaden darin, einen greifbaren Beweis mitzubringen. Der Verlust eines Hühnereis wird die Preise des Jahres 1885 nicht beeinflussen und zu keiner inflationären Entwicklung führen. Du machst einen Berg aus einem Maulwurfshaufen – oder ein Omelett aus einem einzigen Ei.«

Sie zuckte hilflos die Achseln. »Oliver, ich hoffe, Sie werden nicht so einfältig sein.«

»Da ich nicht erwarte, im Jahre, sagen wir mal, 1820 anzukommen, kann ich unbesorgt versprechen, daß ich weder Eier stehlen noch Aces weibliche Vorfahren verführen werde.«

Er blieb fünf Minuten aus. Im Jahre 1820 war die Scheune offenbar noch nicht erbaut. Er befand sich auf einer leichten Anhöhe auf einer Wiese. Der leise zischende Schlag von Sensen und Stimmen in einiger Entfernung deuteten auf Mäher bei der Heumahd hin. Er warf sich ins hohe Gras. Sein Ausblick in die Vergangenheit war auf Gräser, blühenden Klee, Ackerwinden und andere Feldblumen sowie auf beharrliche Ameisen begrenzt, die sein Gesicht und seine Hände erforschten, bis die Zeit um war und er mit Halmen und Spelzen von reifen Grasrispen an den Kleidern zurückkehrte.

»Wenigstens ist es das, was zu sehen ich mir einbildete«, schloß er seinen Bericht.

»Haben Sie sich die auch eingebildet?« fragte Ace und zeigte auf die an Midbins Anzug haftenden Spelze und Halme.

»Das ist gut möglich. Mindestens so wahrscheinlich wie Zeitreisen.«

»Aber was sagen Sie zur Bestätigung? Ihre, Barbaras und Aces Erfahrungen bestätigen einander. Hat das nichts zu bedeuten?«

»Gewiß. Nur vermag ich zu diesem Zeitpunkt noch nicht zu sagen, was. Der menschliche Geist kann alles mögliche bewirken; was Sie sich denken können. Er kann Magengeschwüre und Krebserkrankungen hervorrufen, Furunkel und Kreislaufstörungen. Warum nicht Ameisen und Gras? Ich weiß nicht. Ich weiß nicht...«

Nach weiterem fruchtlosen Hin und Her verließen er und ich die Werkstatt. Ich fühlte mich wieder an Enfandin erinnert: warum sollte ich dem Augenschein Glauben schenken? Ich hatte jedoch den Eindruck, daß Midbin mit seinem Skeptizismus zu weit ging; er ließ dabei die Grenzen der Vernunft hinter sich. Barbara hatte die Richtigkeit ihrer Theorie bewiesen.

»Ja, ja«, antwortete er, als ich das sagte. »Warum nicht?« Ich zerbrach mir den Kopf über seine Antwort. Dann fügte er unvermittelt hinzu: »Jetzt kann ihr keiner mehr helfen.«

18

Die Versuchung

Mit sanfter Stimme sagte Catty: »Ich habe nie verstanden, warum du dich so von der Vergangenheit abschneidest, wie du es bisher getan hast, Hodge.«

»Ja? Wieso?«

»Nun, seit du vor vierzehn Jahren dein Elternhaus verließest, hast du deinem Vater und deiner Mutter niemals auch nur ein Lebenszeichen gegeben. Du sagst, du hättest einen guten Freund in dem Mann aus Haiti gehabt, doch hast du niemals versucht, in Erfahrung zu bringen, ob er gestorben ist oder ob er lebt, und wo er sich im letzteren Fall aufhält.«

»Ach, das meinst du. Ich dachte, du hättest... etwas anderes gemeint.« Indem ich von Barbaras Angebot keinen Gebrauch machte, schnitt ich mich ganz gewiß von der Vergangenheit ab.

»Ja?«

»Nun, ich glaube, nahezu alle Mitglieder unserer Gemeinschaft hier haben die gleiche Erfahrung gemacht. Die Bindungen an die Außenwelt lockern sich, man verliert aus den Augen, was vorher war. Bei dir ist es nicht anders, nicht wahr?«

»Aber ich habe anderswo keine Eltern und keine Freunde. Mein ganzes Leben ist hier.«

»Nun, meins auch.«

»Aber, lieber Hodge: Es ist nicht deine Art, so gleichgültig zu sein.«

»Catty, Liebling, du bist behaglich in einer Atmosphäre aufgewachsen, wo man nichts von Kontraktknechtschaft und vom Kleinpächtersystem wußte und sich nicht in die Gedankenwelt von Leuten versetzen konnte, die in der

Hoffnung auf ein Wunder den einzigen Ausweg aus der Misere sehen – ein Wunder, das gewöhnlich als ein Hauptgewinn in der Lotterie verdinglicht wird. Ich kann dir nicht klarmachen, was eine völlig lieblose Umgebung bedeutet; ich kann nur sagen, daß Zuwendung und Zärtlichkeit ein Luxus ist, den meine Eltern sich nicht leisten konnten.«

»Vielleicht nicht. Aber du kannst ihn dir leisten. Jetzt. Und nichts von dem, was du gesagt hast, ist auf Enfandin anwendbar.«

Ich wand mich errötend. Meine Undankbarkeit und Gefühllosigkeit mußten jedermann offensichtlich sein; ich erinnerte mich, daß sogar Barbara mir einmal fast die gleichen Fragen vorgelegt hatte, die Catty jetzt stellte. Wie konnte ich erklären – selbst zu meiner eigenen Zufriedenheit –, wie Saumseligkeit und Schuldgefühl es mir unmöglich machten, die einfachen Schritte zu unternehmen, die notwendig waren, um in Erfahrung zu bringen, was aus meinem Freund geworden war? Durch eine gewaltige Anstrengung hätte ich die Trägheit vor Jahren durchbrechen können, kurz nachdem Enfandin verwundet worden war, aber jeder Tag und jeder Monat, der seither vergangen war, hatte die Unmöglichkeit weiter bekräftigt und zementiert. »Laß Vergangenes ruhen«, murmelte ich.

»Aber Hodge! Wie kannst du als Historiker so etwas sagen?«

»Catty, ich kann nicht.«

Das Thema machte mich nervös und unruhig. Es weckte außerdem Erinnerungen, die ich viel lieber verblassen ließ: Die Große Armee, Sprovis, die gefälschten Peseten... all das Schlechte, das ich, ohne es zu wollen, unterstützt hatte. Wenn man sein Leben lang nichts tat, buchstäblich nichts, dann mochte man frei von Schuld bleiben. Manichäismus, hatte Enfandin gesagt. Keine Absolution.

Ich wußte sehr gut, daß mein Müßiggang all diese Zweifel und selbstquälerischen Gedanken verstärkte. Wäre ich imstande gewesen, in der glücklichen, unbekümmerten Art und Weise fortzufahren, in der ich mein Material gesammelt und den ersten Band geschrieben hatte, so hätte ich weder Zeit noch die Empfänglichkeit für diese quälende Unruhe gehabt. Wie die Dinge standen, schien ich nur noch fähig, als Zuschauer der Vorgänge in der Werkstatt zu fungieren.

Während der nächsten zwei Monate erforschten Barbara und Ace mit beinahe kindisch anmutendem Eifer die Möglichkeiten der HX 1. Bald lernten sie, daß ihr Wirkungsbereich auf etwas mehr als ein Jahrhundert begrenzt war, wenngleich diese Grenze geringfügigen Variationen unterlag. Versuchten sie jenseits dieses Bereichs zu operieren, so fand die Verpflanzung einfach nicht statt, obwohl sich das gleiche Gefühl von Auflösung einstellte. Wenn das Licht verblaßte, waren sie noch immer in der Gegenwart. Midbins Ausflug in die Heuwiese war ein Ausbrecher gewesen, ein abnormer Zufall, vielleicht möglich geworden durch besondere Wetterbedingungen an beiden Enden der Reise. Sie setzten das Jahr 1850 als Sicherheitsgrenze fest, mit einer unbestimmten Grenzzone weiter zurück, die nicht bereist werden sollte, da mit der Möglichkeit gerechnet werden mußte, daß die Bedingungen sich während der Reisedauer veränderten und der Reisende verlorenging.

Warum diese Grenze überhaupt existierte, wurde zum Gegenstand eines Disputes, von dem ich zugegebenermaßen wenig verstand. Barbara sprach von subjektiven Faktoren, die zu bedeuten schienen, daß HX 1 im Falle jeder transportierten Person ein wenig anders arbeitete; Ace hingegen von Magnetfeldern und Kraftübertragungen, die mir überhaupt nichts sagten. Der einzige Punkt, in dem sie übereinstimmten, war der, daß die Barriere nicht unverrückbar sei; HX 2 oder 3 oder 20, sollten sie jemals gebaut werden, würden sie unzweifelhaft überwinden.

Noch arbeitete HX 1 in umgekehrter Richtung; die Zukunft blieb verschlossen, wahrscheinlich aus ähnlichen Gründen, von welcher Art sie auch sein mochten. Auch hier gab es Meinungsverschiedenheiten. Ace meinte, ein HX könne eigens für diesen Zweck gebaut werden; Barbara bestand darauf, daß neue Gleichungen ausgearbeitet werden müßten, ehe man an einen solchen Bau denken könne. Die Praxis bestätigte ihre vorläufige Theorie, daß in der Vergangenheit verbrachte Zeit einen gleichen Zeitraum in der Gegenwart beanspruchte; sie konnten nicht zu einem Zeitpunkt eine Minute nach der Abreise zurückkehren, wenn sie eine Stunde in der Vergangenheit gewesen waren. Soweit ich verstehen konnte, war dies so, weil die Dauer in der Gegenwart eingestellt wurde. Um zu einem Zeitpunkt zurückzukehren, der nicht dem tatsächlich verbrachten Zeitraum entsprach, wäre es nötig gewesen, eine weitere HX-Anlage - oder wenigstens einen weiteren Satz von Steuerungsinstrumenten - in die Vergangenheit zu bringen. Und dort würde sie nach aller Wahrscheinlichkeit nicht funktionieren, da HX 1 die Zukunft nicht durchdringen konnte.

Die unbequemste Einschränkung war, daß eine Person denselben Augenblick der Vergangenheit nicht zweimal besuchen konnte. Wurde der Versuch unternommen, so stellte sich das Gefühl von Auflösung nicht ein, das Licht ging an und aus und blieb ohne Wirkung auf den im Kreis stehenden Reisenden. Hier triumphierte Barbaras ›subjektiver Faktor‹, aber warum und wie er sich so auswirkte, vermochten sie nicht zu sagen. Auch wußten sie nicht, was einem Reisenden geschehen würde, der einen überlappenden Aufenthalt in der Vergangenheit zu bewerkstelligen suchte, indem er sich kurz vor dem Zeitpunkt eines früheren Besuches an Ort und Stelle einfand; der Versuch erschien ihnen zu gefährlich.

Innerhalb dieser Begrenzungen bewegten sie sich beinahe nach Belieben. Ace verbrachte eine volle Woche im Oktober 1896, wanderte bis Philadelphia und beobachtete die Begeisterung und die Erbitterung des Wahlkampfes um die Präsidentschaft. Da er wußte, daß Präsident Bryan nicht nur gewählt, sondern drei Amtszeiten hintereinander ableisten würde, fiel es ihm schwer, Barbaras strikter Anweisung zu folgen und keine Wetten zuversichtlicher Liberalen auf Bürgermeister McKinley anzunehmen.

Obwohl beide Kostproben der Kriegsjahre nahmen, brachten sie nichts mit, was mir nützlich gewesen wäre, keine Informationen oder Gesichtspunkte, die ich nicht hätte aus der einschlägigen Literatur gewinnen können. Da ihnen das Interesse und die Ausbildung eines Historikers fehlten, waren ihre Kostproben lediglich Beobachtungen neugieriger Zuschauer und nicht diejenigen forschender Chronisten. Für mich war es quälend, zu hören, daß Barbara auf dem Bahnhof von York den Minister Stanton gesehen hatte, oder daß Ace einen Farmer im Gespräch hatte sagen hören, daß am Tag zuvor Kundschafter der konföderierten Armee bei seinem Hof haltgemacht hätten, und daß sie keinen der beiden Vorfälle weiterer Nachforschungen würdig befunden hatten.

Ich wurde immer mißmutiger. Oft führte ich lange Selbstgespräche, die stets in Unschlüssigkeit endeten. Warum nicht? fragte ich. Sicherlich ist dies eine einzigartige Gelegenheit. Nie zuvor bot sich einem Historiker die Chance, nach Bedarf Überprüfungen an Ort und Stelle und in der originalen Wirklichkeit seiner Forschungsperiode vorzunehmen, einen bestimmten Augenblick für die persönliche Inaugenscheinnahme auszuwählen und mit dem distanzierten Überblick des Nachgeborenen und der Genauigkeit des Augenzeugen über die Vergangenheit zu schreiben. Warum machst du nicht von HX 1 Gebrauch und siehst dich selbst um?

Welche Einwände setzte ich dagegen? Furcht? Unbehagen? Den ›subjektiven Faktor‹ in HX 1? Die abergläubische Idee, daß ich mit einem Tabu spielen würde, mit Angelegenheiten, die menschlicher Unzulänglichkeit verschlossen bleiben sollten? Du darfst keine Abkürzungen versuchen, hatte Catty gesagt. Versprich mir das, Hodge. Nun, Catty war mein ein und alles, meine geliebte Frau, aber sie war weder gelehrt noch ein Orakel. Mit welcher Begründung protestierte sie? Aus weiblicher Intuition? Das hörte sich respektabel an, aber was bedeutete es? Und hatte Barbara, die als erste vorgeschlagen hatte, daß ich HX 1 für meine Zwecke nutzen sollte, nicht auch weibliche Intuition?

Ein halbes Dutzend Male versuchte ich unser Gespräch in die Richtung meiner Gedanken zu lenken; jedesmal ließ ich es zu, daß wir zu einem anderen Gegenstand abschweiften. Welchen Sinn hätte es, sie in Aufregung zu versetzen? Versprich mir das, Hodge. Aber ich hatte nichts versprochen. Dies war eine Sache, die ich allein und für mich selbst regeln mußte.

Wovor fürchtete ich mich? Weil ich nie etwas begriffen hatte, was mit der Physik und den verwandten Naturwissenschaften zu tun hatte, legte ich ihren Manifestationen vielleicht irgendwelche Anthropomorphismen bei und fürchtete wie ein unzivilisierter Wilder den Geist, der in einem Ding steckte, das ich nicht verstand. (Aber HX 1 hatte subjektive Faktoren.) Ich hatte mich selbst nie als engherzig gesehen, aber ich benahm mich wie ein neunzigjähriger Professor, der aufgefordert wird, statt der Gänsefeder die Schreibmaschine zu benutzen. Die Worte meines Brotgebers und Lehrmeisters Tyss kamen mir wieder in den Sinn: »Du bist der Beobachtertyp, Hodgins.« Und sobald ich ihn erst aus der Erinnerung wachgerufen hatte, glaubte ich wieder seine vertraute sardonische Stimme zu hören: Warum erregst du dich und machst ein Aufhebens, Hodgins? Was ist der Sinn dieses inneren Widerstreites? Weißt du nicht, daß deine Wahl bereits getroffen ist? Und daß du unendlich viele Male danach gehandelt hast und in Zukunft unendlich viele Male danach handeln wirst? Beruhige dich, Hodgins; du hast keine Ursache, dich zu sorgen. Freier Wille ist eine Illusion; du kannst nicht ändern, was du unter dem Eindruck, daß du entschieden hättest, zu entscheiden im Begriff bist.

Meine Reaktion auf diesen eingebildeten Einwurf war unüberlegt und unvernünftig. Ich verwünschte Tyss und seine verdammenswerte Philosophie. Ich verfluchte die Heimtücke seines Argumentierens, mit dem er eine Saat in mein Gehirn gelegt hatte, die ausgerechnet in einem Augenblick wie diesem aufgehen mußte.

Trotz der Heftigkeit meiner Ablehnung aber akzeptierte ich einen Rat dieser eingebildeten Gardinenpredigt meines vormaligen Lehrherrn:

Ich beruhigte mich. Die Entscheidung war getroffen. Nicht durch mechanistische Kräfte, noch durch blinde Reaktion auf einen äußeren Reiz, sondern durch meinen eigenen Wunsch.

Und nun kam mir das Vorstellungsbild von Tyssens Gegenstück, René Enfandin, zu Hilfe: Sei ein Skeptiker, Hodge; sei immer der Skeptiker. Suche für alles den Beweis, halte fest an dem, was wahr ist. Pilatus, der scherzend die Frage stellte, was Wahrheit sei, war blind. Aber du kannst mehr Aspekte der absoluten Wahrheit sehen, als bisher irgendein Mensch zu sehen Gelegenheit hatte. Kannst du die Gelegenheit gut nützen, Hodge? Das ist die einzige Frage.

Sobald ich sie zustimmend beantworten und so den Entschluß zu gehen befestigen konnte, sah ich mich dem Problem gegenüber, was ich Catty sagen sollte. Ich konnte sie über einen so bedeutsamen Schritt nicht in Unkenntnis lassen Andererseits sagte ich mir, daß ich den Gedanken an ihre Ängste nicht ertragen könne; daß sie sich ungeachtet der Tatsache, daß andere mit HX 1 häufig in die Vergangenheit gegangen waren, schrecklich um mich sorgen würde, denn mein Vorhaben konnte keine Angelegenheit von Minuten oder Stunden sein. Ich war überzeugt, daß sie während der Tage meiner Abwesenheit krank vor banger Sorge sein würde. Dies alles war ohne Zweifel wahr, aber ich erinnerte mich auch ihrer Worte: Versprich mir das, Hodge...

Zuletzt schlug ich den feigen Weg ein, den Weg des geringsten Widerstandes. Ich sagte, ich sei zu dem Schluß gekommen, daß es nur eine Möglichkeit zur Lösung meines Problems gebe, und die bestehe darin, daß ich nach Gettysburg gehen und drei oder vier Tage damit verbringen müsse, das Schlachtfeld und die örtlichen Gegebenheiten zu studieren. Dort, so erläuterte ich wenig überzeugend, hoffe ich endlich zu der Entscheidung zu gelangen, ob ich meine ganze bisherige Arbeit wegwerfen und von vorn anfangen müsse, oder nicht.

Ihre dunklen, leicht schrägstehenden Augen waren unergründlich. Sie gab vor, mir zu glauben, und bat, daß ich sie mitnehmen solle. Schließlich hätten wir auch unsere Hochzeitsreise auf Schlachtfeldern verbracht.

Würde es möglich sein? Zwei Personen hatten niemals gemeinsam unter dem Reflektor gestanden, aber eigentlich sprach nichts gegen die Möglichkeit. Ich war versucht, konnte Catty aber dem Risiko nicht aussetzen, mochte es auch noch so gering sein. Außerdem, wie sollte ich es ihr erklären?

»Aber Catty, wenn du dabei wärst, würde ich an dich denken, statt an das Problem.«

»Ach, Hodge, sind wir schon so lange verheiratet, daß du von mir fortkommen mußt, um nachdenken zu können?«

»Egal wie lang, diese Zeit wird nie kommen. Vielleicht täusche ich mich, Catty. Es ist nur ein Gefühl, das ich habe.«

Ihr Blick war voll tragischen Verstehens. »Du mußt tun, was du für richtig hältst. Aber... aber bleib nicht zu lange aus, mein Lieber.«

Ich legte Kleider an, die ich häufig für Wanderungen gebrauchte, Kleider, die keine Kennzeichen irgendeiner Mode trugen und in jedem Zeitabschnitt der letzten hundert Jahre unter den ärmeren Klassen des Landes als übliche Tracht gelten mochte. Ich steckte ein Stück getrockneten Rindfleisches in die Tasche und machte mich auf den Weg zur Werkstatt.

Kaum hatte ich das Häuschen verlassen, da mußte ich über meine übertriebene Empfindsamkeit lachen, über mein ganzes Getue, weil ich Catty die Wahrheit verschwiegen hatte. Dies sollte nur der erste Ausflug sein; für die Monate nach Gettysburg plante ich weitere. Vielleicht könnte sie mich dann begleiten. Ja, warum nicht? Bei solchen späteren Besuchen in der Vergangenheit ginge es nur noch um die Bestätigung oder Berichtigung von Details. Die Hauptarbeit aber konnte ich jetzt leisten – ungestört. Ich wurde wohlgemut, als mein Gewissen erleichtert war, und ich beglückwünschte mich sogar zu meiner Geschicklichkeit, Catty keine direkte Lüge erzählt zu haben.

Ich begann zu pfeifen, was nie meine Gewohnheit gewesen war, als ich auf dem Weg zur Werkstatt dahinwanderte.

Barbara war allein. Ihr kastanienbraunes Haar schimmerte im Licht einer Gaslampe; ihre Augen waren grünlich, wie immer, wenn sie triumphierte.

»Nun, Hodge?«

»Also, Barbara, die Sache ist die...«

»Hast du Catty davon erzählt?«

»Ah – nicht genau. Woher weißt du, was ich vorhabe?«

»Ich wußte es schon, ehe du es wußtest, Hodge. Schließlich sind wir keine Fremden. Nun gut. Wie lange willst du ausbleiben?«

»Vier Tage.«

»Für einen ersten Ausflug ist das lang. Meinst du nicht, du solltest es erst einmal für ein paar Minuten versuchen?«

»Warum? Ich habe dich und Ace oft kommen und gehen sehen und eure Berichte gehört. Ich werde schon auf mich achtgeben. Ist die Einstellmöglichkeit fein genug, daß man die Stunde der Ankunft mit Gewißheit bestimmen kann?«

»Stunde und Minute«, antwortete sie zuversichtlich. »Was soll es sein?«

»Der 30. Juni 1863, etwa um Mitternacht«, sagte ich. »Ich möchte in der Nacht zum 4. Juli zurückkommen.«

»Du wirst dich schon genauer festlegen müssen. Was die Rückkehr betrifft, meine ich. Die Skalen sind auf Sekunden eingestellt.«

»Gut, dann machen wir es so, daß ich um Mitternacht gehe und komme.«

»Hast du eine Uhr, die genau geht?«

»Ich weiß nicht, ob sie ganz genau...«

»Dann nimm diese. Sie ist mit der Kontrolluhr synchronisiert.« Sie reichte mir eine große, ziemlich ungefüge Taschenuhr, die zwei unabhängige Zifferblätter nebeneinander hatte. »Wir haben mehrere davon machen lassen; die Duplikatzifferblätter waren nützlich, bevor es uns gelang, HX 1 so genau einzustellen. Das eine zeigt unsere heutige Zeit hier in Haggershaven.«

»Zehn Uhr dreiunddreißig und vierzehn Sekunden«, sagte ich.

»Ja. Das andere Zifferblatt wird die Zeit um 1863 zeigen. Du wirst die Zeiger des ersten Zifferblattes nicht mit der Hand verstellen können, und das ist gut so; aber achte um Himmels willen darauf, daß du sie regelmäßig einmal am Tag aufziehst. Die Uhrzeiger des zweiten Zifferblattes stellst du auf... genau elf Uhr vierundfünfzig. Das bedeutet, daß du in sechs Minuten abreisen wirst, um genau um Mitternacht einzutreffen. Vergiß auch nicht, dieses Uhrwerk aufzuziehen, denn nach ihm wirst du dich richten, gleichgültig, welche Unterschiede die örtlichen Uhren der Zeit zeigen. Und merk dir die Stelle, wo du bei der Ankunft stehst. Was immer sonst noch geschehen mag, finde dich um Mitternacht wieder an dieser Stelle ein. Und sei zeitig da, damit dir nicht irgendein Zufall die Rückkehr verdirbt. Ich habe keine Lust, im Jahr 1863 herumzuwandern und dich zu suchen.«

»Das wirst du nicht müssen. Ich werde mich pünktlich einfinden, verlaß dich darauf.«

»Gut. Also um Mitternacht auf den 4. Juli. Wir haben noch fünf Minuten Zeit. Wie steht es mit Proviant?«

»Ich habe etwas dabei«, antwortete ich und klopfte auf meine Jackentasche.

»Nicht genug. Nimm diese konzentrierte Schokolade mit. Ich nehme an, es wird nicht schaden, das Wasser zu trinken, wenn du unbeobachtet bist, aber meide die Lebensmittel der Leute dort. Man kann nie wissen, welche Kette von Ereignissen der Diebstahl - oder der Kauf, wenn du genug alte Münzen hättest - eines Laibs Brot auslösen mag. Die Möglichkeiten sind unbegrenzt und beängstigend. Hör zu: Wie kann ich dir deutlich machen, von welch enormer Bedeutung es ist, daß du nichts tust, was möglicherweise die Zukunft - das heißt, unsere Gegenwart - verändern könnte? Ich bin sicher, daß Ace diesen Komplex bis auf den heutigen Tag nicht voll verstanden hat, und ich begleite jeden Augenblick, den er in der Vergangenheit verbringt, mit Zittern und Zagen. Schon die nebensächlichste, scheinbar bedeutungsloseste Handlung kann eine Kette von verhängnisvollen Folgen nach sich ziehen. Laß dich nicht sehen, bring dich nicht zu Gehör. Mache deine Reise als ein Gespenst.«

»Barbara, ich verspreche dir, daß ich weder General Lee ermorden, noch dem Norden die Konstruktionsidee eines modernen, sechsläufigen Salvengeschützes verraten werde.«

»Drei Minuten. Es ist kein Scherz, Hodge. Du kannst dich nicht vorsichtig genug verhalten.«

»Glaub mir«, sagte ich, »ich verstehe.«

Sie blickte mich forschend an. Dann wandte sie sich kopfschüttelnd um und machte ihre Runde, stellte ein und kontrollierte die Geräteanzeigen. Ich schlüpfte unter dem Glasring durch, wie ich es sie und Ace so oft hatte tun sehen, und stellte mich unter dem Reflektor auf. Ich war nicht im mindesten nervös. Ich glaube, ich war nicht einmal sonderlich aufgeregt und erwartungsvoll.

»Zwei Minuten«, sagte Barbara.

Ich klopfte an meine Brusttasche. Notizbuch, Bleistifte. Ich nickte.

Sie bückte sich, kam unter dem Ring durch und auf mich zu. »Hodge...«

»Ja?«

Sie legte ihre Hände auf meine Schultern und beugte sich zu mir. Ich küßte sie, ein wenig abwesend.

»Tölpel!«

Ich sah sie aufmerksam an, aber in ihren Augen war nichts von den vertrauten Anzeichen des Zorns. »Noch eine Minute«, sagte ich mit einem Blick auf das Zifferblatt.

Sie machte sich los und verließ den Kreis. Ich steckte die Taschenuhr ein.

»Alles klar. Bereit?«

»Bereit«, antwortete ich fröhlich. »Wir sehen uns wieder um Mitternacht auf den 4. Juli 1863.«

»Richtig. Mach's gut, Hodge. Bin froh, daß du es Catty nicht gesagt hast.«

Ihr Gesichtsausdruck war der seltsamste, den ich jemals bei ihr gesehen hatte. Ich konnte mir keinen Vers darauf machen, weder damals noch später. Zweifel, Bosheit, Leiden, Rachsucht, Bitten, Liebe schienen alle darin enthalten, als ihre Hand den Schalter umlegte. Ich wollte etwas antworten, sie vielleicht bitten, noch zu warten –

aber dann strahlte das Licht auf, ich mußte die Augen schließen und erfuhr im selben Moment das auflösende, zersprengende Gefühl des Übergangs. Meine Knochen schienen sich voneinander zu trennen und auseinanderzufliegen; jede Zelle in meinem Körper explodierte in den Weltraum hinaus.

Der Augenblick des Übergangs war so kurz, daß ich mir im nachhinein kaum vorstellen konnte, wie diese Vielfalt von Eindrücken gleichzeitig auf mich eingewirkt haben konnte. Ich war überzeugt, daß alles Blut aus meinen Adern gewichen sei. Mein Bewußtsein fiel in bodenlose Leere, meine Gedanken wurden zu feinstem Pulver zerrieben und in alle Winde geblasen. Vor allem aber hatte ich das schreckliche Gefühl, für diesen winzigen Bruchteil von Zeit nicht Hodgins McCormick Backmaker zu sein, sondern Teil eines viel weiträumigeren und fremden Ichs, in dem die Identität meines alten Selbst gänzlich aufging.

Dann schlug ich die Augen auf. Ich war verwirrt und fassungslos; meine Knie und Handgelenke zitterten unkontrolliert vor Hilflosigkeit, aber ich lebte und funktionierte, und meine Individualität hatte keinen Schaden genommen. Das Licht war verschwunden. Ich stand in Dunkelheit, die nur von schwachem, durch Bretterritzen und Stallfenster dringendem Mondlicht ein wenig Helligkeit empfing. Die Luft um mich herum war warm von Tierleibern und erfüllt von Stallgerüchen. Ich hörte leises Schnaufen, gedämpftes Kettenklirren und Stampfen, das mahlende Geräusch wiederkäuender Rinder. Ich war in einer anderen Zeit.

19

Gettysburg

Ich hatte kaum die Orientierung wiedergefunden und wollte mich gerade zum Scheunentor tasten, als draußen die Hunde anschlugen. Im Nu steigerten sie sich in ein rasendes Gebell, dessen heiserer Klang vermuten ließ, daß sie in letzter Zeit viel gebellt hatten, ohne Beachtung zu finden. Ich begriff, daß es die fremdartigen Gerüche durchziehender Soldaten gewesen sein mußten, welche die Hunde in den letzten Tagen kaum hatten zur Ruhe kommen lassen, und das befreite mich von der Furcht, daß ihr Gebell den Hofbesitzer mit einer Laterne aus dem Haus locken und zu Nachforschungen veranlassen könnte. Aber ich konnte nicht verstehen, wie es Barbara und Ace auf Reisen, die nicht mit ungewöhnlichen Ereignissen zusammenfielen, gelungen war, der Entdeckung zu entgehen; mit der Aussicht auf einen solch entnervenden Lärm hätte ich die Reisen entweder aufgegeben oder die Apparate anderswo aufgebaut.

Seltsam, dachte ich, daß die Kühe und Pferde keine Zeichen von Unruhe verrieten. Daß kein erschrecktes Huhn in Panik von seiner Schlafstange flatterte. Nur die Hunde spürten – oder witterten? – meine unnatürliche Gegenwart. Hunde, die, wie Mr. Haggerwells bemerkte, ein besonderes Gespür für Vorgänge besitzen, die jenseits der menschlichen Wahrnehmungsfähigkeit liegen.

Behutsam tastete ich mich zum Scheunentor, drückte es einen Spaltbreit auf und schlüpfte mit der inbrünstigen Hoffnung, daß die Hunde angekettet sein möchten, ins Freie, denn ich hatte kein Verlangen, mein Abenteuer mit Hundebissen zu beginnen. Barbaras Warnungen schienen in der Tat unzureichend; man hätte meinen sollen, sie oder Ace hätten eine Methode zur Neutralisierung des infernalischen Gebells ersinnen können. Aber natürlich wäre ihnen das kaum möglich gewesen, ohne gegen ihre Regel der Nichteinmischung zu verstoßen.

Sobald ich die vertraute Landstraße von Hanover unter den Füßen hatte, lösten sich alle kleinlichen Empfindungen von Zweifel und Beunruhigung in Nichts auf, und die latente Erregung des Abenteuers ergriff von mir Besitz. Ich war auf wunderbare Weise im Jahr 1863, einen halben Tag und etwa dreißig Meilen von der Schlacht bei Gettysburg entfernt. Wenn es ein Paradies für Historiker gibt, so hatte ich es erreicht, ohne die Verdrießlichkeit, zuvor sterben zu müssen. Ich schritt zügig dahin, dankbar, daß ich mich für lange Fußwanderungen trainiert hatte, so daß dreißig Meilen in etwas weniger als zehn Stunden keine übermäßige Anstrengung bedeuten sollten. Das Hundegebell verlor sich hinter mir in der Nacht, und ich atmete voller Freude und Unternehmungsgeist die milde Luft.

Ich hatte beschlossen, das Risiko einer unbezahlten Fahrt mit der Eisenbahn zu vermeiden, selbst wenn gerade ein Zug vorbeikommen sollte. Als ich die Abzweigung der Landstraße nach Gettysburg erreichte, wurde mir bald klar, daß ich nicht für längere Zeit auf ihr bleiben durfte. Teile von Earlys konföderierter Division marschierten darauf vom kurz zuvor besetzten York in Richtung Gettysburg; Stuarts Kavallerie war überall im Umkreis; immer wieder kam es in der Nähe der Straße zu Schußwechseln oder kleineren Scharmützeln; reguläre Unionstruppen und die von Gouverneur Curtin für den Notfall mobilisierten Milizeinheiten marschierten vor und hinter mir in Richtung auf Monocacy und den Cemetery Ridge.

Das Verlassen der Hauptverbindungsstraße würde mein Vorwärtskommen kaum verlangsamen, denn ich kannte jede Seitenstraße, jeden Feldweg oder Pfad und jede Abzweigung, nicht nur, wie sie zu meiner Zeit existierten, sondern auch, wie sie in der Zeit gewesen waren, in der ich mich jetzt befand. Ich würde diese Ortskenntnisse noch mehr auf dem Rückweg brauchen, denn am vierten Juli würde diese Straße wie alle anderen von geschlagenen Unionstruppen verstopft sein, die ihre Nachschubkolonnen und Verwundeten zurückgelassen hatten und verzweifelt zu entkommen suchten, bedrängt von Stuarts Kavallerie und verfolgt von den siegreichen Truppen Hills, Longstreets und Ewells. Unter Berücksichtigung dieser Umstände hatte ich für den Rückweg mehr Zeit eingeplant.

Nachdem ich schon seit längerem die Geräusche marschierender Truppenteile vor und hinter mir in der Dunkelheit gehört hatte, stieß ich unverhofft auf meinen ersten Soldaten, einen schwarzen Schattenriß, der am Straßenrand saß, die Stiefel ausgezogen hatte und sich die Füße massierte. Nach seinem Käppi hielt ich ihn für einen Unionssoldaten, aber das war nicht unbedingt überzeugend, denn es gab auch viele konföderierte Regimenter, die Käppis trugen. Ich machte mich querfeldein davon und schlug einen weiten Bogen um ihn. Er schien mich nicht bemerkt zu haben.

Als der Morgen graute, hatte ich etwa die Hälfte der Strecke zurückgelegt, und bis auf diesen einen Soldaten, die ominösen Geräusche der Marschkolonnen und das gelegentliche ferne Geknatter von Gewehrfeuer hatte ich eine friedliche und ungestörte Nachtwanderung hinter mir. Ich war müde, aber keineswegs erschöpft, und konnte darauf zählen, daß meine Energie und die glückliche Aufgeregtheit über meine Mission mich noch lange nach den ersten Muskelschmerzen in Bewegung halten würden. Zwar würde ich von nun an nicht mehr so schnell vorankommen – irgendwo voraus mußte bereits konföderierte Infanterie stehen –, aber auch so rechnete ich damit, um sechs oder sieben Uhr in Gettysburg zu sein.

Jähes Hufgetrappel jagte mich von der staubigen

Straße ins Gebüsch, wo ich schreckensstarr kauerte, als eine in Grau und schmutziges Gelb gekleidete Truppe mit wildem ›Hüüjaaah‹-Geschrei vorbeigaloppierte. Die dichte Staubwolke, die sie aufgewirbelt hatte, sank langsam wieder in sich zusammen. Der Staub brannte mir in den Augen und reizte meine Nasenschleimhäute. Von nun an mußte ich auf die Nebenstraßen ausweichen.

Andere hatten die gleiche kluge Überlegung angestellt; die kleinen Nebenstraßen und Fahrwege waren überraschend belebt. Obwohl ich die Bewegungen jeder Division und vieler Regimenter kannte und sogar eine ziemlich genaue Vorstellung von den Fluchtrichtungen der Zivilbevölkerung hatte, war das Bild um mich her verwirrend und turbulent. Bauern, Händler, Handwerker und Arbeiter in Overalls waren zu Fuß, zu Pferde oder mit Fuhrwerken unterwegs nach Osten; andere, die genauso gekleidet waren und es nicht weniger eilig zu haben schienen, wollten nach Westen. Ich sah Leiterwagen und Kutschen mit Frauen und Kindern, die mit unterschiedlichen Geschwindigkeiten in beide Richtungen unterwegs waren. Abteilungen und Kompanien blau uniformierter Truppen marschierten die Straßen entlang oder durch die Felder, wo sie das schon hüfthoch stehende Getreide niedertrampelten. Ein unruhiges, häßliches Geräusch aus rauhem Gesang, Flüchen, dem Marschtritt ungezählter Stiefel, Metallgeklirr und müßiger Unterhaltung hing wie brodelnder Nebel über ihnen. Kaum eine Meile von ihnen entfernt marschierten Männer in Grau und Braungelb in dieselbe Richtung. Ich kam zu dem Schluß, daß ich in diesem ungeordneten Hin und Her keine Aufmerksamkeit auf mich lenken würde, da jeder mit sich selbst beschäftigt schien.

Es ist für den Historiker, der zehn, fünfzig oder fünfhundert Jahre von einem Ereignis getrennt ist, nicht einfach, sich für eine Weile von den großen Konzepten der Strömungen und Kräfte, der Karten, Pläne, Statistiken und Diagramme freizumachen, in denen die Wanderungen von Männern, Frauen und Kindern durch gestrichelte Pfeile angegeben sind, und wo eine Brigade halb ängstlicher und halb heldenhafter Männer zu einem sauberen kleinen Rechteck wird. Es ist nicht einfach, hinter das Quellenmaterial zu sehen und sich klarzumachen, daß Staatspapiere, Meldungen, Berichte, Briefe und Tagebücher von Menschen geschrieben wurden, die den größten Teil ihres Lebens damit verbrachten, daß sie schliefen, aßen, gähnten, sich entleerten, Läuse knackten, ihren Gelüsten frönten, aus Fenstern schauten oder mit irgendwelchen Leuten belangloses Zeug redeten. Wir sind zu sehr beeindruckt von den Grundmustern und den übergreifenden großen Zusammenhängen, die die Forschung uns offenbart hat, um uns bewußt zu werden, daß Geschichte für die Teilnehmer eine durchaus zufällige Angelegenheit ist, unübersichtlich und scheinbar ziellos, hervorgebracht von Menschen, deren Hauptsorge in den meisten Lebenssituationen dem Trivialen und Irrelevanten gilt. Der Historiker ist sich stets des Schicksalhaften bewußt, die Zeitgenossen und Beteiligten geschichtlicher Ereignisse selten.

In die Mitte einer Krise gestoßen zu sein, zugleich in die Ereignisse verstrickt und von ihnen abgesondert, war für mich die Erfahrung einer Serie von Schocks, gegen die es keine Anästhesie gab. Die Soldaten, die Nachzügler, die Flüchtlinge, die mit scheuenden Pferden kämpfenden Bauernjungen, die Zylinder tragenden Herren, die auf die Fuhrleute fluchten, die Fuhrleute, die zurückfluchten; die Gauner, Beutemacher, Spieler, Diebe, Krankenschwestern, Huren und Zeitungsleute waren unstreitig, was sie schienen: von alles überragender Bedeutung für sich selbst und von wenig Interesse für alle anderen. Zur gleichen Zeit aber waren sie ein Absatz, eine Seite, ein Kapitel, eine ganze Serie von Geschichtsbänden.

Ich bin überzeugt davon, daß ich Barbaras Warnungen

dem Geiste, wenn auch nicht dem Buchstaben nach, treu war, und daß keiner unter den Hunderten, die ich passierte oder die mich passierten, meine Anwesenheit bemerkte, außer in der oberflächlichsten Art und Weise. Ich auf der anderen Seite mußte die ständige Versuchung unterdrücken, in jedem Gesicht nach Zeichen zu suchen, die nicht in ihm sein konnten: nach Zeichen des Glücks oder Unglücks, welche die Entscheidungen der nächsten drei Tage in seine Züge eingraben würde.

Ein paar Meilen vor der Stadt wurden das Gedränge und die allgemeine Unordnung noch schlimmer, denn die Kundschafter von Ewells Korps, die die linke Flanke der Konföderierten auf der Straße nach York deckten, wirkten wie der Korken auf einer Flasche. Da ich dies im Gegensatz zu den übrigen Reisenden wußte, bog ich scharf nach Süden ab, um wieder die Landstraße von Hanover zu gewinnen, die ich kurz nach Mitternacht verlassen hatte. Auf diesem Umweg erreichte ich glücklich die Brücke über den Rock Creek und stolperte nach Gettysburg hinein. Die zweieinhalbstöckigen Ziegelgebäude mit ihren rötlich-grauen Schieferdächern lagen still und anmutig in der heißen Julisonne. Ein unerschrockener Hahn pickte mitten auf der Straße in den Pferdeäpfeln, ohne der wimmelnden Soldaten zu achten, von denen jeder plötzlich Appetit auf ein gebratenes Hähnchen verspüren konnte. Infanteristen mit den schwarzen Hüten der Potomac-Armee, Kavalleristen mit breiten gelben Streifen und Kanoniere mit roten Streifen an den Hosennähten stolzierten gewichtig einher. Schneidige Leutnants, die Hände anmutig auf Degengriffe stützend, Hauptleute mit aufgeknöpften Uniformröcken, zigarrenrauchende Obristen – alles schob sich die Straße hinauf und hinunter, ging in Häusern und Läden aus und ein, offensichtlich in bedeutsamen Geschäften, die den Verlauf des Krieges beeinflussen würden. Dann und wann ritt ein General sein Pferd durch die Menge, langsam und nachdenklich, bedrückt von der Verantwortung des Ranges. Soldaten lungerten vor Wirtshäusern und Hauseingängen, spuckten, schielten nach den wenigen Frauen, die sich blicken ließen, saßen traurig oder gelangweilt auf Eingangsstufen oder marschierten in geordneten Trupps einem unbekannten Ziel entgegen. Am Fahnenmast des Gerichtsgebäudes hing die Flagge matt und zweifelnd in der reglosen Sommerluft. Immer wieder war aus der Ferne ein Geräusch wie anhaltendes Donnergrollen zu vernehmen.

Ich tat es den anpassungsfähigen Infanteristen nach, suchte eine unbesetzte Haustür und ließ mich nach einem neugierigen Blick auf das Haus auf die Eingangsstufen nieder, beschäftigt mit der Frage, ob es von jemandem bewohnt sein mochte, dessen Briefe und Tagebücher ich gelesen hatte. Schließlich zog ich mein Proviantpaket hervor, riß mit den Zähnen Bissen vom getrockneten Rindfleisch und kaute bedächtig, ohne den Blick von den Geschehnissen ringsum abzuwenden. Nur ich wußte, wie verzweifelt diese Soldaten am Nachmittag und den ganzen morgigen Tag kämpfen würden. Ich allein wußte, daß sie am dritten Juli in der unentrinnbaren Falle gefangen sein und schließlich vernichtet oder in die Flucht geschlagen werden würden, um den letzten Akt des Krieges einzuleiten. Dieser Major, dachte ich, der so stolz auf seine neu gewonnenen goldenen Eichenblätter ist, mag bei der vergeblichen Verteidigung von Culps Hill einen Arm oder ein Bein einbüßen; der Sergeant dort drüben mag mit weggeschossenem Gesicht unter einem Apfelbaum liegen, ehe es Nacht wird.

Bald schon sollten diese Männer aus dem eingebildeten Schutz der Häuser fortgerissen werden, hinaus auf die umliegenden Höhenzüge, um vom konzentrierten Feuer eines zahlenmäßig unterlegenen, aber besser geführten Gegners in Niederlage und Verderben gehämmert zu werden. In Gettysburg selbst gab es jetzt nichts mehr nachzuprüfen, obwohl ich Tage damit hätte verbringen können, das Leben und die Atmosphäre in mich aufzunehmen. Schon hatte ich mit meinem unbekümmerten Erscheinen im Herzen der Stadt das Schicksal herausgefordert. Jeden Augenblick konnte es geschehen, daß jemand das Wort an mich richtete, um Feuer für die Pfeife oder eine Auskunft zu erbitten; ein unbedachtes Wort, eine voreilige Geste mochten gleich dem Schneeball, der zu einer alles mit sich reißenden Lawine werden kann, mit unaufhörlich an Bedeutung zunehmenden Konsequenzen den Gang der Zukunft verändern. Ich war lange genug unvorsichtig gewesen; es war an der Zeit, daß ich den Aussichtspunkt aufsuchte, für den ich mich entschieden hatte, um von dort aus zu beobachten, ohne selbst gesehen zu werden.

Ich stand auf und reckte die Glieder. Der lange Eilmarsch hatte meine Muskeln steif und schmerzempfindlich gemacht, aber die Bewegung würde sie bald wieder lockern, und ein paar weitere Meilen sollten mich aus aller Gefahr zufälliger Begegnungen mit allzu freundlichen oder neugierigen Soldaten oder Zivilisten bringen. Ich überblickte ein letztes Mal die Straße, versuchte meinem Gedächtnis jedes Detail einzuprägen, und wandte mich nach Süden, um die Landstraße nach Emmitsburg zu nehmen.

Dies war keine willkürliche Entscheidung. Ich wußte, wo und wann der entscheidende Zug, von dem alle anderen Züge abhingen, stattfinden würde Während Tausende von Männern auf anderen Abschnitten des Schlachtfeldes kämpften und starben, würde eine Vorausabteilung der Konföderierten unbemerkt und unbeachtet die Position besetzen, die das weitere Geschehen beherrschen und die Schlacht – und den Krieg – für den Süden gewinnen sollte. Beschwert von einem Wissen, das niemand sonst besaß, wanderte ich hinaus und hügelauf zu einer Farm, zu der ein großes Weizenfeld und ein Obstgarten mit Pfirsichbäumen gehörten.

20

Der Gang des Schicksals

Eine große Schlacht in ihrem Anfangsstadium ist so tastend, ungewiß und versuchsweise wie eine gerade angeknüpfte Liebschaft. Noch lag das Land in trügerischem Frieden, als wartete es darauf, welcher der beiden Kontrahenten als erster eine Aufwallung von besitzergreifender Eifersucht verspüren werde. Ich wanderte unbehelligt die Landstraße nach Emmitsburg dahin; ich wußte, daß zu meiner Linken Unionstruppen in Stellung gegangen waren, während zu meiner Rechten die Konföderierten aufmarschierten. In wenigen Stunden schon würde ein solcher Gang zwischen den Linien sofortigen Tod bedeuten, aber noch war der Fehdehandschuh nicht geworfen, die Gelöbnisse noch nicht abgelegt. Noch bestand für jede der beiden Parteien die Möglichkeit, sich ohne Prestigeverlust zurückzuziehen; keine wütende Erhitzung kettete die Gegner unauflöslich zusammen. Dann und wann hörte ich das Wummern einer Geschützbatterie, gefolgt von den dumpfen Detonationen der Einschläge, das hohle Pfeifen einer Miniékugel: bloße kokettierende Gesten.

Trotz des heißen Sonnenscheins war das Gras kühl und weich. Unter den Obstbäumen duftete es nach Pfirsichen, Feldblumen und reifendem Weizen. Schwebefliegen standen still in der durchsonnten Luft zwischen den Zweigen, um plötzlich in die samtweichen Schatten davonzuschießen. Ich pflückte einen beinahe reifen Pfirsich von einem tief herabhängenden Zweig und saugte den noch ein wenig herben, erfrischenden Fruchtsaft. Ich streckte mich im Gras aus und wartete. Im Umkreis von Meilen taten Männer aus Maine und Wisconsin, aus

Georgia und Nord-Carolina das gleiche. Aber ich wußte, worauf ich wartete; sie konnten nur vermuten.

Irgendeine akustische Anomalie schien die Geräusche in der Luft auf wenig mehr als eine leichte Verstärkung der normalen sommerlichen Geräusche zu dämpfen. Insektengesumm und Vogelgesang hatten es noch nicht schwer, den entfernten Kriegslärm zu übertönen. Aber spürte ich wirklich ein leises Zittern des Bodens unter mir, oder übertrug ich mein Vorstellungsbild von den marschierenden Regimentern, den langen Wagenkolonnen, den schweren Kanonen und den eisenbeschlagenen Pferden in einen eingebildeten physikalischen Effekt? Ich glaube nicht, daß ich einschlummerte, aber meine Aufmerksamkeit mußte sich von den Reihen der Obstbäume mit ihrer narbigen und schrundigen Borke, den gebogenen Ästen und dem anmutigen Lichtgesprenkel ihrer belaubten Zweige zurückgezogen haben, so daß ich von den dumpfen Hufschlägen und dem knarrenden Sattelzeug der Berittenen überrascht wurde.

Die blau uniformierte Kavallerie ritt langsam am Rande des Obstgartens vorüber. Auf mich wirkte der Trupp wie eine Jagdgesellschaft, die ein wenig verdrießlich von der vergeblichen Verfolgung eines Fuchses zurückkehrt; einige plauderten miteinander, andere saßen wie teilnahmslos in ihren Sätteln und schienen nicht darauf zu achten, wohin ihre Pferde sie führten. Ein paar Männer hatten ihre Säbel gezogen und hieben im Vorbeireiten aus purem Mutwillen nach den Zweigen der Obstbäume.

Hinter ihnen kam ein Zug Infanterie, schwitzende und fluchende, stumpf dahinstapfende Männer. Einige hatten notdürftig verbundene Verletzungen, andere waren ohne ihre Gewehre. Die dunkelblauen Uniformröcke waren achtlos aufgeknöpft, die helleren Hosen fleckig von Lehm und Staub und anhaftendem Gras. Ihre Bewegungen waren langsam und erschöpft. Wenn sie redeten, schienen sie zu streiten, aber ihre Wortwechsel verloren sich so rasch in Erschöpfung und Hitze, wie sie daraus aufgeflammt waren. Niemand konnte sich darüber täuschen, daß dies eine Einheit auf dem Rückzug war.

Nachdem sie vorbeigezogen war, wurde es wieder still im Obstgarten, doch hatte die Stille eine veränderte Qualität. Die Vögel, die in den Bäumen gesungen hatten, waren davongeflogen, von der verstohlen raschelnden Gegenwart von Eichhörnchen war nichts mehr zu spüren, und selbst die Blätter schienen nicht mehr im leichten Luftzug zu säuseln. Nur wenn man sehr aufmerksam lauschte, vernahm man das vielstimmige Insektengesumm. Dafür hörte ich jetzt die Kanonen, klarer und lauter als zuvor. Und anhaltender - viel anhaltender. Es war noch nicht das ungehemmte Brüllen der Schlacht, aber auch in diesem tiefen, schütternden Grollen war schon der Tod gegenwärtig.

Dann kamen die Konföderierten. Vorsichtig, aber nicht so behutsam, daß einem hätte entgehen können, wer die siegreich vordringende Armee verkörperte. Es ließ sich nicht leugnen, daß sie schäbig und abgerissen aussahen, wie sie in den Obstgarten vorstießen, aber sie waren auch hellwach und zuversichtlich. Nur eine Minderheit war mit regulären Uniformen ausgerüstet, und auch diese waren zerrissen, schmutzig und geflickt. Viele von den anderen trugen die halboffizielle Behelfsuniform aus grobem, streifig gelbbraun gefärbtem Wollstoff. Einige hatten nur gewöhnliche Zivilkleider, die sie mit Uniformknöpfen versehen hatten und zu denen sie militärische Kopfbedeckungen trugen; ein paar Männer trugen die blauen Hosen erbeuteter Feinduniformen mit grauen oder gelbbraunen Röcken.

Auch ihre Bewaffnung war alles anders als einheitlich. Es gab langläufige Vorderladergewehre, kurze Karabiner und Stutzen, Jagdgewehre und Vorderlader verschiedenen Alters, und ein bärtiger Soldat hatte in Ermangelung einer geeigneteren Waffe eine schwere, doppelläufige Schrotflinte. Aber wie immer ihre Ausrüstung beschaffen sein mochte, ihre Haltung war die von Eroberern. Wenn ich an diesem Tag der einzige war, der den Ausgang der Schlacht wußte, dann standen mir diese konföderierten Soldaten mit ihrem Gespür für die zukünftige Entwicklung nicht weit nach.

Die abziehenden Unionssoldaten waren am Rand des Obstgartens vorbeigezogen und hatten mich mit der umwölkten Wahrnehmung der Zurückweichenden übersehen. Diese Südstaatler jedoch waren im Vorrücken, und keine Bewegung, kein Geräusch entging ihrer wachen Aufmerksamkeit. Zu spät erkannte ich die Schwierigkeit, von solch scharfen, erfahrenen Augen unbemerkt zu bleiben. Ich drückte mich ins Gras, aber noch als ich mich wegen meiner Dummheit schalt, brachte ein großer, bärtiger Kerl in einem vormals modischen, flaschengrünen Rock sein Gewehr auf mich in Anschlag.

»Yank hier, Jungs!« Dann zu mir: »Was tust du hier, Kerl?«

Während ich mich aufrichtete, kamen drei oder vier andere hinzu und umringten mich neugierig. »Der komischste verdammte Yank, den ich je gesehen habe. Sieht aus, als wäre er gerade aus einem Badezuber gefallen.«

Da ich die ganze Nacht durch auf staubigen Straßen gewandert war, konnte ich nur denken, daß ihre Maßstäbe von Reinlichkeit recht bescheiden sein mußten. Und diese Vermutung wurde von ihren Ausdünstungen bestätigt: dem Gestank von Schweiß, zu lange getragenen Kleidern, ungewaschenen Füßen und Tabak.

»Ich bin ein Nichtkämpfer«, sagte ich einfältig.

»Was ist das?« fragte der Bärtige. »Eine Art von Baptist?«

»Nein«, berichtigte einer von den anderen. »Das ist ein amtlicher Fachausdruck. Bedeutet nicht richtig im Kopf.«

»Sieht aber richtig im Fuß aus. Laß mal deine Stiefel sehen, Yank. Meine taugen nichts mehr.«

Was mich in diesen Augenblicken erschreckte, war nicht der Gedanke, daß man mir die Stiefel wegnehmen oder mich als Kriegsgefangenen behandeln könnte, nicht einmal die entfernte Möglichkeit, als Spion erschossen zu werden. Eine größere Katastrophe von unübersehbarer Tragweite drohte durch meine Entdeckung. Diese Männer waren die Vorausabteilung eines Regiments, das durch den Obstgarten und das Weizenfeld vordringen, die als Teufelsnest bekannte, felsige und von Dickicht erfüllte Mulde durchkämmen und die Hügelkuppe des Little Round Top ersteigen sollte, gefolgt von einer ganzen konföderierten Brigade. Dies war die Brigade, die den Round Top mehrere Stunden lang hielt, bis Artillerie heraufgeschafft werden konnte, Artillerie, die das gesamte Schlachtfeld beherrschte und den Sieg des Südens bei Gettysburg entschied.

In keinem der Berichte, die ich gelesen oder gehört hatte, war der Zeitablauf der Operation so großzügig bemessen, daß auch nur ein kurzer Aufenthalt in diesem Obstgarten denkbar gewesen wäre. Der gefährliche Zufall, vor dem Barbara mich so nachdrücklich gewarnt hatte, war eingetreten. Man hatte mich entdeckt, und die bloße Tatsache dieser Entdeckung hatte den Gang der Geschichte verändert.

Ich versuchte darüber hinwegzugehen. Eine Verzögerung von wenigen Minuten konnte kaum einen bedeutsamen Unterschied ausmachen. Alle Historiker waren sich darin einig, daß die Einnahme der Round Tops unvermeidbar war; die Konföderierten wären unverzeihlich dumm gewesen, hätten sie sie übersehen. Tatsächlich war es praktisch unmöglich, sie zu übersehen, so hervorstechend wie die Hügelkette in der Wirklichkeit und auf den Generalstabskarten war. Außerdem hatten sie sie Stunden vor einem verspäteten Eroberungsversuch der

Unionstruppen besetzt. Es war eine unglaubliche, unverzeihliche Dummheit von mir gewesen, mich erwischen zu lassen, aber ich hatte keine Rückwirkungen geschaffen, von denen zu erwarten war, daß sie über die nächsten paar Minuten hinausreichten.

»Ich sagte, laß deine Stiefel sehen. Wir haben nicht den ganzen Tag Zeit.«

Ein großer Offizier mit einem Spitzbart und einem rötlich-blonden Schnurrbart mit wachsglänzenden, aufwärts gebogenen Spitzen, kam auf uns zu, die Pistole in der Hand. »Was geht hier vor?«

»Bloß ein Yank, Captain. Machen einen kleinen Stiefeltausch.« Der Ton war selbstbewußt, beinahe herausfordernd.

Die Ärmeltressen des Offiziers verrieten mir, daß ihr Träger wirklich im Hauptmannsrang stand. »Ich bin Zivilist, Captain«, protestierte ich. »Ich habe mich hierher zurückgezogen, weil ich niemandem in die Quere kommen wollte; es ist mir klar, daß ich hier nichts zu suchen habe.«

Der Hauptmann musterte mich kalt, mit einem Ausdruck mißtrauischer Geringschätzung. »Einheimischer?« fragte er.

»Nicht genau. Ich bin von York.«

»Schade. Dachte, Sie könnten mir was über die Yanks weiter voraus erzählen. – Jenks, lassen Sie dem Mann seine Stiefel.«

Hinter seinen Worten war ein kalter Zorn verborgen, ein Ärger und Überdruß, der sich nicht nur gegen mich als einen listigen Zivilisten der Feindseite richtete, sondern auch gegen seine Männer wegen ihres offensichtlichen Mangels an Respekt, gegen die Schlacht und die ganze Welt. Plötzlich erkannte ich, daß mir sein Gesicht auf eine ganz intime Weise vertraut war. Die Entdeckung brachte mich aus der Fassung, weil ich die Vertrautheit mit keinem Namen, Ort oder Umstand in Verbindung bringen konnte.

»Wie lang sind Sie schon in diesem Obstgarten, Mister Zivilist aus York?«

Die Frage nach seiner Identität ließ mich nicht los und beschäftigte mein Denken so, daß meine Geistesgegenwart darunter litt und ich nur mit halber Aufmerksamkeit verfolgte, was vorging.

Was ging vor? Schade. Dachte, Sie könnten mir was über die Yanks weiter voraus erzählen. Wie lang sind Sie schon in diesem Obstgarten?

Yanks weiter voraus? Da waren keine. Bis zum Angriff würden noch Stunden vergehen.

»Ich habe Sie gefragt: ›Wie lang sind Sie schon in diesem Obstgarten?‹«

Wahrscheinlich war er ein Offizier, der später einen so hohen Rang erreichte, daß sein Bild in späteren Schilderungen des Feldzugs abgedruckt worden war. Doch ich war sicher, daß ich dieses Gesicht nicht nur einmal oder einige Male in einer Illustration gesehen und wieder vergessen hatte. Dies waren Gesichtszüge, denen ich häufig begegnet war...

»Die Stiefel würden mir gefallen. Wenn wir nicht um Yankeestiefel kämpfen, worum zum Henker kämpfen wir dann?«

Was konnte ich sagen? Daß ich seit einer halben Stunde im Obstgarten war? Dann mußte die nächste Frage lauten, ob ich Unionstruppen gesehen habe. Wie ich auch antwortete, ich würde meine Rolle als Zuschauer verraten.

»He Captain – der Kerl weiß was. Sehen Sie nur das alberne Grinsen!«

Lächelte ich? Vor Angst? Vor Verwirrung? In dem Bemühen, den Mund zu halten, um nicht weiter in die Ereignisse verstrickt zu werden?

»Ich sag euch, er lacht uns aus. Er weiß was!«

Sollten sie mich hängen, sollten sie mir die Stiefel nehmen; von diesem Augenblick an war ich stumm; wie die liebe Catty es einst gewesen war.

»Heraus damit, Mann – Sie sind in der Klemme! Wie ist es mit den Yanks? Sind welche weiter voraus?«

Die Verwirrung in meinem Bewußtsein näherte sich dem Chaos. Wenn ich den späteren Rang des Hauptmanns wüßte, könnte ich ihn plazieren. Oberst Soundso. Brigadegeneral Soundso. Was war geschehen? Warum hatte ich mich entdecken lassen? Warum hatte ich überhaupt gesprochen und die Stille jetzt so bedrohlich gemacht?

»Yanks voraus – es sind Yanks voraus!«

»Seien Sie ruhig, Mann! Ich habe ihn gefragt; er hat nicht gesagt, daß Yanks voraus sind.«

»Und ob! Die verdammten Yanks sitzen dort oben. Werden uns in Grund und Boden schießen, wenn wir hier noch lange herumstehen!«

»Der Kerl sagte, die Blauröcke hätten uns einen Hinterhalt gelegt!«

War mir die Lüge durch den Kopf gegangen, um von den aufgeregten Soldaten telepathisch aufgenommen zu werden? Schützte mich nicht einmal Stillschweigen vor der Teilnahme?

»Der Mann hier hat die Unionsartillerie da oben gesehen! Sollte mich nicht wundern, wenn sie schon auf uns zielen!«

»Wir gehen zurück, Jungs! Das ist eine Falle!«

Ich hatte oft genug von der epidemischen Qualität einer völlig unvernünftigen Idee gelesen. Ein mißverstandenes Wort, ein grundloses Gerücht, eine unsinnige Meldung – eine lächerliche Kleinigkeit reichte oftmals aus, um eine Truppe, sei es ein Zug oder eine ganze Division, in vernunftlose Massenhysterie zu versetzen. Zuweilen mündete die Infektion in heroische Sturmangriffe oder heldenmütige Verteidigung bis zum letzten Mann, zuweilen in blinde Panik. Dies war ganz gewiß weniger als Panik, aber mein nervöses, bedeutungsloses Lächeln übermittelte eine Botschaft, die ich nie ausgesandt hatte.

»Ja, eine Falle. Wir gehen zurück, Jungs – weg von diesen Bäumen und zu einem Platz, von wo wir besseren Überblick haben!«

Der Hauptmann wandte sich wütend zu seinen Leuten um. »Hier geblieben, verdammt noch mal!« brüllte er. »Seid ihr alle verrückt geworden? Der Mann hat überhaupt nichts gesagt. Es gibt keine Falle!«

Die störrischen Mienen der Soldaten verrieten, daß sie ihm nicht glaubten. Langsam zogen sie sich durch den Obstgarten zurück. »Ich hörte ihn«, murmelte einer von ihnen mit einem anklagenden Blick zu mir.

»Hierher!« brüllte der Hauptmann. »Niemand geht ohne Befehl zurück! Hierher, sage ich!«

Mit ein paar langen Schritten hatte er die zögernd zurückweichenden, noch immer halb unschlüssigen Männer eingeholt. Er packte den Bärtigen, den er Jenks genannt hatte, am Oberarm und zog ihn herum. Jenks versuchte sich loszureißen. In seinen Zügen war Furcht und Haß. »Lassen Sie mich los, verdammt!« rief er. »Lassen Sie mich!« Der Hauptmann hob die Pistole und schrie, er werde jeden erschießen, der den Befehl verweigere und zurückgehe. Jenks versuchte, ihm die Waffe mit schnellem Zugriff wegzunehmen, aber der Offizier sah die Bewegung und wich aus. Er ließ Jenks los, trat einen Schritt zurück und brachte die Pistole in Anschlag. Jenks stieß den Arm mit dem aufrecht gehaltenen Gewehr zur Seite und drängte gegen den Hauptmann, bis sie Brust an Brust standen, zwischen sich das Gewehr, dessen Mündung unter das Kinn des Offiziers stieß. Jeder versuchte den anderen zurückzustoßen, um freie Hand zu bekommen. Es entspann sich ein kurzes, wütendes Handgemenge, dann löste sich ein Schuß aus dem Gewehr.

Der Hut des Hauptmanns flog in die Luft, und einen Augenblick lang stand er barhäuptig vor seinem Untergebenen und Widersacher, den er mit der Linken vor der

Brust gepackt hatte. Dann löste sich der Griff seiner Hand, er brach in die Knie und fiel rücklings ins Gras. Jenks riß das Gewehr an sich, das ihm durch den Rückstoß aus den Händen geglitten war, und machte sich mit den anderen davon.

Als ich meinen Schock überwunden hatte, ging ich zu dem Toten hinüber. Er hatte kein Gesicht mehr. Haut- und Fleischfetzen hingen bluttriefend von der Ruine eines menschlichen Schädels auf den grauen Uniformkragen und besudelten das modisch lange Haar. Ich hatte einen Menschen getötet. Durch meine Einmischung in die Vergangenheit hatte ich einen Menschen getötet, dem vom Schicksal ein längeres Leben und sogar ein gewisses Maß von Berühmtheit beschieden gewesen war. Ich war der schuldige Zauberlehrling.

Ich bückte mich, um seine Rocktaschen nach Papieren zu durchsuchen, die mir vielleicht Auskunft geben würden, wer er gewesen war, denn meine Neugierde war trotz des schrecklichen Vorfalls nicht völlig erloschen. Es war nicht Scham, die mich schließlich daran hinderte, mein Vorhaben auszuführen. Nur Übelkeit, und Reue.

Ich sah die Schlacht von Gettysburg. Ich sah sie mit all den einzigartigen Vorteilen eines Historikers, der mit den Bewegungen der taktischen Manöver gründlich vertraut ist und weiß, wo und wann es zum dramatischen Höhepunkt kommen muß, dem überlieferten entscheidenden Schlag. Für mich erfüllte sich der Wunschtraum eines jeden Chronisten.

Es war ein Alptraum.

Zuerst schlief ich. Ich schlief nicht weit vom Leichnam des Hauptmanns im Obstgarten. Es war nicht Gefühllosigkeit, sondern körperliche und emotionale Erschöpfung. Als ich einschlief, donnerten die Kanonen; als ich erwachte, donnerten sie lauter. Es war Spätnachmittag. Sofort dachte ich, daß dies der Zeitpunkt des vergeblichen Angriffs der Unionstruppen gegen die Round Tops sei.

Aber der Kanonendonner kam nicht von dort. Der ganze Schlachtenlärm war weiter nördlich, wo die Stadt lag. Ich kannte den Verlauf der Kämpfe; ich hatte ihn seit Jahren studiert. Nur geschah es jetzt nicht so, wie es in den Büchern geschrieben stand.

Gewiß, der erste Tag war ein Sieg der Konföderierten. Aber es war nicht der Sieg, den wir kannten. Er war ein wenig anders, blieb um einiges hinter dem überlieferten Triumph zurück. Und statt am zweiten Tag zu sehen, wie die Konföderierten die Straße von Taneytown besetzten und die Ausgangsposition erreichten, aus der sie im weiteren Verlauf Meades Armee umfassen und vernichten konnten, wurde ich Zeuge eines schrecklichen Gefechts im Obstgarten und dem angrenzenden Weizenfeld – Orten, die nach meinem Wissen ungefährdet hinter den konföderierten Linien lagen.

Mein Leben lang hatte ich von Picketts Angriff am dritten Tag gehört. Wie den desorganisierten Unionstruppen der letzte Todesstoß versetzt wurde. Nun, ich sah Picketts Angriff am dritten Tag, und es war nicht derselbe Angriff am selben historischen Ort. Es war ein vergeblicher Versuch, einen zahlenmäßig überlegenen Gegner aus stark befestigten Höhenstellungen zu werfen (Stellungen, die nach allen der historischen Forschung bekannten Tatsachen seit dem ersten Juli in Lees Händen waren), der in einer blutigen Niederlage endete.

Einer Niederlage für den Süden, nicht den Norden. Meades Armee war nicht zerschlagen, die Konföderierten konnten sie jetzt nicht zerstreuen und verfolgen. Die Kapitulation, wenn sie jemals stattfände, würde unter anderen Umständen zustande kommen. Die Unabhängigkeit der Konföderierten Staaten mochte noch Jahre auf ihre Anerkennung warten müssen. Falls ihr überhaupt Bestand beschieden war.

Und alles nur, weil der Norden die Hügelkuppen der Round Tops besetzt hielt.

Jahre weiteren Mordens, vielleicht gefolgt von zusätzlichen Jahren des Guerillakriegs. Tausende und Abertausende von Toten, deren Blut ich an den Händen hatte. Ein vergifteter Kontinent, eine Erbschaft von Haß und Mißtrauen. Um meinetwillen.

Ich kann nicht mehr sagen, wie ich nach York zurückkam. Wenn ich ging, war es in der Art eines Schlafwandlers. Es ist möglich, daß ich mit der Eisenbahn oder auf dem Fuhrwerk eines Farmers fuhr. Ein Teil meines Bewußtseins, ein winziger Teil, der sich immer wieder mit einem bohrenden Schmerz meldete, so oft ich ihn auch unterdrückte, erinnerte mich an jene, die gestorben waren und noch leben könnten, wäre ich nicht gewesen. Ein weiterer Teil sorgte sich nur um die Rückkehr in meine eigene Zeit, nach Haggershaven, zu Catty. Und ein dritter, viel größerer Teil war betäubt und leer, bis auf das erschreckende, unglaubliche Wissen, daß die Vergangenheit verändert werden konnte – daß die Vergangenheit verändert worden war.

Ich mußte meine Uhr – Barbaras Uhr – aufgezogen haben, denn es war zehn Uhr am Vorabend des vierten Juli, als ich bei der Scheune anlangte. Zehn Uhr nach der Zeit von 1863; das andere Zifferblatt zeigte acht Uhr vierzig, zwanzig vor Neun am Morgen, nach der Zeit von 1952. In zwei Stunden würde ich daheim sein, sicher vor dem Alptraum von Geschehnissen, die nie geschehen waren, sicher vor der Schuld am Tod von Menschen, die nicht hätten sterben sollen, sicher vor der schrecklichen Verantwortung, Schicksal zu spielen. Wenn ich Barbara nicht überreden könnte, ihre verdammenswerte Erfindung zu zerschlagen, so würde ich es selbst tun.

Die Hunde bellten wie wahnsinnig, aber ich war überzeugt, daß niemand darauf achtete. Es war der Vorabend des vierten Juli, ein Tag des Sieges und der Freude für alle Pennsylvanier. Ich stahl mich in die Scheune und nahm in der Mitte Aufstellung, riskierte sogar, mein letztes Streichholz anzuzünden, um sicher zu sein, daß ich direkt unter dem Reflektor stehen würde, wenn er sich materialisierte.

Ich konnte nicht schlafen, sehnte mich aber danach, den Schrecken auszulöschen und in meiner eigenen Zeit zu erwachen. Detail um Detail ging ich durch, was ich gesehen hatte, und legte es wie einen neubeschriebenen Bogen Transparentpapier über die Geschichte, wie ich sie immer gekannt hatte. Der Schlaf hätte mich vor diesem elenden Zwang bewahrt, mit dem die Frage nach meiner geistigen Gesundheit einherging, aber ich konnte nicht schlafen.

Es heißt, in Augenblicken des überwältigenden Schrekkens dränge sich irgendeine Belanglosigkeit beharrlich in den Vordergrund der Aufmerksamkeit. So denke etwa der zur Hinrichtung geführte Verbrecher nicht an sein unmittelbar bevorstehendes Ende oder sein Verbrechen, sondern an den Zigarettenstummel, den er in seiner Zelle brennen ließ. Die ihres Ehemannes beraubte Witwe denke nicht an ihren teuren Verblichenen, sondern an die morgige Wäsche. So war es bei mir. Hinter jenem Teil meines Bewußtseins, der die vergangenen drei Tage wieder und wieder durchlebte, beschäftigte sich ein bis in die Tiefen ungehobener Erinnerung wirkender, mehr elementarer Teil mit der Identifikation des ermordeten Hauptmanns.

Ich kannte dieses Gesicht. Vor allem kannte ich es in Verbindung mit einem grimmig-entschlossenen Ausdruck. Doch so angestrengt ich mein Gedächtnis durchforschte, ich fand keinen Zusammenhang zwischen dem erinnerten Gesicht und einer Uniform der Konföderierten. Und doch gab es keinen Zweifel an der richtigen Zuordnung. Als ich den Hauptmann in dem grauenvollen Augenblick, als ihm der Hut vom Kopf flog, barhäuptig sah, empfand ich das rötlichblonde Haar sofort unbewußt als die vertraute Ergänzung des Gesichts.

Ich wünschte, es gäbe eine Möglichkeit, auf die Uhr zu sehen, mich auf das kriechende Vorrücken der Zeiger zu konzentrieren und mich von den Wellen der zerstörerischen Selbstvorwürfe und qualvollen Überlegungen abzulenken, die mich in einem fort überrollten. Aber das Mondlicht war nicht stark genug, um die Zeiger und die Zahlen auf den Zifferblättern kenntlich zu machen. Es gab kein Narkotikum.

Wie es einem in solchen Zeiten immer ergeht, war ich überzeugt, der verabredete Augenblick sei unbemerkt verstrichen. Etwas sei schiefgegangen. Immer wieder mußte ich mich daran erinnern, daß dem im Dunkeln Wartenden Minuten wie Stunden erscheinen; ich mochte das Gefühl haben, es sei zwei oder drei Uhr früh; in Wirklichkeit war es wahrscheinlich noch nicht einmal elf. Doch es half nichts. Eine Minute - oder eine Stunde - später war ich wiederum überzeugt, daß Mitternacht vergangen sei.

Schließlich begann ich unter einer monströsen Halluzination zu leiden. Ich bildete mir ein, es werde heller und der Morgen breche an. Natürlich wußte ich, daß es nicht sein konnte; was mir als ein Hellerwerden erschien, war nichts als eine Täuschung meiner übermüdeten, brennenden Augen. Der Morgen graut in Pennsylvanien nicht um Mitternacht, und es war noch nicht Mitternacht. Um Mitternacht würde ich wieder in Haggershaven sein, im Jahr 1952.

Selbst als die Scheune im vollen Licht der aufgehenden Sonne lag und ich das Vieh friedlich hinter dem Futtertrog ruhen sah, weigerte ich mich, meinen Augen zu trauen. Ich zog meine Taschenuhr hervor, doch nur um zu entdecken, daß etwas den Mechanismus durcheinandergebracht hatte; die Zeiger standen auf fünf Uhr. Selbst als der Farmer mit vier leeren Milchkannen in den

Händen hereinkam, erschrocken zusammenfuhr und ausrief: »He, was suchst du hier?« - selbst dann glaubte ich es nicht.

Erst als ich den Mund öffnete, um meinem unfreiwilligen Gastgeber eine Erklärung zu geben, geschah etwas. Das Rätsel, das mich drei Tage lang beschäftigt hatte, löste sich plötzlich von selbst. Ich wußte, warum das Gesicht des konföderierten Hauptmanns mir so vertraut gewesen war. Vertrauter als die Konterfeis aller besser bekannten Kriegshelden beider Seiten. Ich hatte dieses Gesicht in der Tat gut gekannt. Die Nase, der Mund und die Augen gehörten Barbara Haggerwells. Der tote Mann unter den Pfirsichbäumen war derselbe, dessen Porträt in der Bibliothek von Haggershaven hing, sein Gründer Herbert Haggerwells. Hauptmann Haggerwells - er sollte es nie mehr zum Major bringen oder eine Farm kaufen. Sollte nie ein einheimisches Mädchen heiraten und Barbaras Urgroßvater zeugen. Haggershaven hatte in der Zukunft aufgehört zu existieren.

21

Unter den Umständen

Ich schreibe dies, wie ich sagte, im Jahre 1877. Ich bin ein gesunder Mann von fünfundvierzig Jahren und habe, sollte alles bleiben, wie es ist, noch viele Jahre vor mir. Ich könnte hundert Jahre alt werden, wäre da nicht ein unlogisches Gefühl, daß ich vor 1921 sterben muß. Wie auch immer, neunundachtzig sollten für jedermann genug sein. So habe ich reichlich Zeit, meine Geschichte zu Papier zu bringen. Trotzdem, es ist besser, sie jetzt zu schreiben und hinter mich zu bringen; sollte mir morgen etwas zustoßen, wird sie niedergeschrieben und nicht verloren sein.

Wozu? Als Beichte und Apologie? Als eine Art Ersatz für die barmherzige Amnesie, die mein Gedächtnis wie auch meine Biographie hätte auslöschen sollen? (Ich habe nach Wappinger Falls geschrieben; es gibt keine Unterlagen über eine Familie Hodgins, oder von Backmakers. Bedeutet dies, daß die Kräfte, die ich in Bewegung setzte, den Soldaten Hodgins ebenso vernichteten wie den unglücklichen Hauptmann Haggerwells? Oder nur, daß die Hodgins und die Backmakers sich anderswo niederließen? In jedem Fall bin ich wie Adam in dieser Welt: eine besondere, elternlose Schöpfung). Niemand steht mir nahe genug, um mein Wort gegen alle Vernunft zu akzeptieren. Ich habe in dieser Zeit nicht geheiratet, noch werde ich es tun. Ich schreibe nur, wie alte Männer zu sich selbst reden.

Der Rest meiner persönlichen Geschichte ist rasch erzählt. Der Name des Farmers, der mich in seiner Scheune entdeckte, war Thammis; er brauchte einen Knecht, und ich blieb. Ich hatte kein Verlangen, anderswohin zu gehen; tatsächlich wäre es mir unerträglich gewesen, zu verlassen, was Haggershaven war – und niemals sein wird.

In der ersten Zeit pflegte ich zu der Stelle zu gehen, wo die Agatis ihren Garten hatten, und zu jener anderen Stelle hinüberzublicken, wo ich unser Häuschen und Catty verlassen hatte. Es war eine traurige und sinnlose Pilgerschaft. Nun gebe ich mich mit der Arbeit zufrieden, die getan werden muß. Ich werde hier bleiben, bis ich sterbe.

Catty. Haggershaven. Sind sie wirklich verloren, unwiderruflich verloren in einer Zukunft, die niemals existierte, die nicht existieren konnte, sobald die Kausalkette unterbrochen wurde? Oder existieren sie doch, in einem Universum, darin der Süden die Schlacht von Gettysburg gewann und Major Haggerwells sein Haggershaven gründete? Konnte eine andere Barbara ein Mittel zur Erreichung dieses Universums ersinnen? Ich gäbe viel darum, wenn ich das glauben könnte, aber ich kann es nicht. Ich kann es einfach nicht.

Kinder wissen um diese Dinge. Sie schließen die Augen und beten: »Bitte, Gott, mach, daß es nicht geschehen ist.« Oft öffnen sie die Augen und sehen, daß es dennoch geschehen ist, aber dies vermag ihren Glauben, daß das Gebet viele Male erhört wird, nicht zu erschüttern. Erwachsene lächeln, aber kann einer von ihnen sicher sein, daß die Erinnerungen, die sie hochhalten, gestern dieselben waren? Wissen sie wirklich, daß eine Vergangenheit nicht ausgelöscht werden kann? Kinder wissen es besser.

Und einmal verloren, kann diese bestimmte Vergangenheit niemals wiedergewonnen werden. Andere vielleicht, aber niemals dieselbe. Es gibt keine parallelen Universen – wenn dieses hier auch gewunden und unbeständig sein mag.

Daß diese Welt ein besserer Ort ist als diejenige, in

welche ich geboren wurde, und überdies verspricht, noch besser zu werden, scheint wahr zu sein. Was an Idealismus hinter der Sache des Südens stand, triumphierte in der Versöhnung von Männern wie Lee; was brutal war, gewann niemals die Oberhand, wie es in meiner Welt geschah. Der Neger ist frei; schwarze Mitglieder der gesetzgebenden Versammlung von Süd-Carolina bringen fortschrittliche Gesetze durch; schwarze Kongreßabgeordnete vertreten in Washington mit Würde die Sache ihrer dunkelhäutigen Brüder und Schwestern. Die transkontinentale Eisenbahn ist gebaut, Einwanderer ergießen sich in ein aufnahmebereites Land, um es stark und reich zu machen; niemand schlägt vor, daß man sie behindern oder ihnen die Aufnahme verweigern solle.

Es gibt Gerüchte von einer Abmachung zwischen Republikanern des Nordens und Demokraten des Südens, die den Sieg des Bürgerkriegs verrät – wie seltsam ist es noch immer, nach vierzehn Jahren, diesen Begriff statt der vertrauten Bezeichnung Unabhängigkeitskrieg des Südens zu gebrauchen –, und zwar als Gegenleistung für die Präsidentschaft. Sollte das zutreffen, so ist meine schöne neue Welt nicht so schön.

Sie mag auch nicht so neu sein. Preußen hat Frankreich besiegt und ein deutsches Kaiserreich proklamiert; ist dies ein andersartiger Beginn der Deutschen Union? Wird der Beginn des nächsten Jahrhunderts einen Kaiserkrieg sehen, und zwischen welchen Mächten wird er ausgefochten werden, nachdem Frankreich jetzt keinen Kaiser mehr hat?

Jede von den Erfindungen meiner eigenen Zeit würde mich zu einem reichen Mann machen, wenn ich sie reproduzieren könnte oder wenn mir am Geld gelegen wäre. Welch ein Erfolg würde das Minibil angesichts der wachsenden Stahlproduktion und der gewaltigen Bevölkerungszunahme sein! Oder die Tinugraphie. Oder lenkbare Ballons.

Die Schreibmaschine habe ich gesehen. Sie wurde entlang anderer und umständlicherer Linien entwickelt; unausweichlich, nehme ich an, betrachtet man die ursprüngliche Divergenz als gegeben. Sie mag größere Fortschritte mit sich bringen, wahrscheinlich aber nicht. Die allgemeine Verwendung der Gasbeleuchtung muß weit in der Zukunft liegen, wenn sie überhaupt kommen soll; sicherlich wird ihre Einführung von all diesem Gerede von der Erfindung elektrischer Beleuchtung verzögert. Wenn es uns nicht gelang, die Elektrizität nutzbar zu machen, so ist es unwahrscheinlich, daß meine neuen Zeitgenossen dazu imstande sein werden. Ist es ihnen doch noch nicht einmal gelungen, den Telegrafen billig und bequem zu machen.

Und etwas wie HX 1? Das ist unvorstellbar. Könnte es sein, daß ich mit der Zerstörung der Zukunft, in welcher Haggershaven existierte, zugleich die einzige Dimension zerstörte, in der Zeitreisen möglich war?

So seltsam mühelos kann ich die Worte niederschreiben: ›Ich zerstörte.‹

Catty.

Aber wie steht es mit Tyssens Philosophie? Ist es möglich, daß ich dazu verdammt sein sollte, die Zerstörung bis in alle Ewigkeit zu wiederholen? Habe ich diese Zeilen schon unendlich viele Male niedergeschrieben? Oder ist die von Enfandin ins Auge gefaßte Barmherzigkeit eine Realität? Und wie verhält es sich mit Barbaras Gesichtsausdruck bei unserem Abschied? Könnte sie womöglich…

Nachwort des Herausgebers
Frederick Winter Thammis

Vor nicht langer Zeit, im Sommer des Jahres 1953, um genau zu sein, ließ ich mein Elternhaus in der Nähe von York, Pennsylvanien, umbauen. Unter den Bündeln alter Bücher und Zeitschriften, die auf dem Dachboden lagerten, befand sich eine Schachtel mit persönlichen Habseligkeiten, welche die Aufschrift ›H. M. Backmaker‹ trug. In dieser Schachtel befand sich das hier abgedruckte Manuskript, das mit einem unvollendeten Satz abschließt.

Mein Vater erzählte mir oft, daß in den Jahren seiner Kindheit ein alter Mann auf dem Hof gelebt habe, nominell als ein Knecht, tatsächlich aber als Pensionär, weil er über das Alter, da er nützliche Arbeit verrichten konnte, hinaus gewesen sei. Mein Vater sagte, die Kinder hätten den Alten für nicht ganz richtig im Kopf gehalten, ihn aber sehr unterhaltend gefunden, denn er habe oft lange und unzusammenhängende Erzählungen von einer unmöglichen Welt und einer ebenso unmöglichen Gesellschaft wiederholt, die sie so interessant fanden wie die Oz-Bücher. Wenn er als reifer Mann zurückblicke, sagte mein Vater, dann habe er das Gefühl, daß der alte Hodge wie ein gebildeter Mann gesprochen habe. Freilich könne dieser erinnerte Eindruck einfach auf die kindliche Ahnungslosigkeit und Unerfahrenheit zurückgehen.

Offensichtlich geschah es in dem Bemühen, seinen Erzählungen Form und Einheitlichkeit zu verleihen, daß der alte Mann seine Fabel niederschrieb, worauf er zu schüchtern war, um sie einem Verlag zur Veröffentlichung zu übergeben. Das ist die einzige einleuchtende Erklärung ihrer Existenz. Natürlich sagt er, daß er sie im Jahre 1877 geschrieben habe, als er weit davon entfernt war, ein alter Mann zu sein, und diese Behauptung erscheint heute in einem um so rätselhafteren Licht, als die Analyse des Papiers zeigt, daß das Manuskript wirklich aus jener Zeit stammen kann.

Zwei andere Gegenstände sollten erwähnt werden. In der Schachtel mit Backmakers Habseligkeiten befand sich eine Taschenuhr unbekannter Herkunft und von einzigartiger Konstruktion. In einem billigen Nickelgehäuse befinden sich zwei auf Steinen gelagerte Uhrwerke von außergewöhnlich feiner Verarbeitung und Ganggenauigkeit, denen auf der Vorderseite zwei getrennte Zifferblätter entsprechen. Beide Uhrwerke werden unabhängig voneinander aufgezogen und eingestellt.

Der zweite Gegenstand ist eigentlich keiner, sondern ein Zitat. Es läßt sich durch ähnliche Zitate in jedem beliebigen von einem halben Hundert Bänden über den Sezessionskrieg ergänzen. Ich wähle dieses nur aus, weil ich es zur Hand habe. Es ist W. E. Woodwards Buch *Jahre der Verblendung*, S. 202, entnommen und hat folgenden Wortlaut:

›*...im Laufe dieser Nacht und des folgenden Morgens nahmen Unionstruppen Positionen auf dem Cemetery Hill und den Round Tops ein... Die Konföderierten hätten diese Positionen besetzen können, doch versäumten sie es. Das war eine Unterlassung, die sich als folgenschwer erweisen sollte.*‹

HEYNE BÜCHER

Weißer Mars

Gehen Sie nicht ohne dieses Buch ins nächste Jahrtausend ...!

06/6350

Mitte des 21. Jahrhunderts landet eine kleine Gruppe von Wissenschaftlern auf dem Mars. Als sie nach einer Katastrophe von der Erde abgeschnitten werden, sind sie gezwungen, in dieser lebensfeindlichen Welt eine völlig neue Art der Zivilisation zu entwickeln.

Dieser außergewöhnliche Roman entstand in der einzigartigen Zusammenarbeit des britischen SF-Autors Brian W. Aldiss mit dem weltberühmten Mathematiker und Physiker Sir Roger Penrose.

HEYNE-TASCHENBÜCHER